古典文獻研究輯刊

十 三 編

曾 永 義 主編

第20冊

包公傳播研究（下）

李永平著

國家圖書館出版品預行編目資料

包公傳播研究（下）／李永平 著 — 初版 — 新北市：花木蘭
文化出版社，2016〔民 105〕
目 4+206 面：19×26 公分
（古典文學研究輯刊 十三編：第 20 冊）
ISBN 978-986-404-596-9（精裝）
1. 民間文學 2. 傳播研究

820.8 105002172

ISBN-978-986-404-596-9

古典文學研究輯刊
十三編 第二十冊 ISBN：978-986-404-596-9

包公傳播研究（下）

作 者 李永平
主 編 曾永義
總 編 輯 杜潔祥
副總編輯 楊嘉樂
編 輯 許郁翎
出 版 花木蘭文化出版社
社 長 高小娟
聯絡地址 235 新北市中和區中安街七二號十三樓
電話：02-2923-1455／傳真：02-2923-1452
網 址 http://www.huamulan.tw 信箱 hml810518@gmail.com
印 刷 普羅文化出版廣告事業
初 版 2016 年 3 月
全書字數 301287 字
定 價 十三編 20 冊（精裝）新台幣 38,000 元

包公傳播研究（下）

李永平　著

目

次

第三編　全方位多層次的包公文學傳播

第六章　媒介的演進與包公文學傳播之格局

　　文學媒介是指文學的感興修辭得以傳播的外在物質形態及渠道，它包括口語媒介、文字媒介、印刷媒介、大眾媒介和網絡媒介等類型。

　　文學媒介在文學中的作用表現在媒介性是文學的基本屬性。它不僅具體地實現文學意義信息的物質傳輸，而且給文學的感興修辭效果產生微妙而又重要的影響。這具體表現在如下方面：

　　第一，媒介是文學文本的物質傳輸渠道。在這個意義上，沒有媒介便沒有文學。

　　第二，媒介是作家寫作行為的物質結果。作家的寫作只有物化為媒介，才能轉化為社會的人際傳播過程，否則就只能算是內心的潛在文學傳播行為。而寫作一旦訴諸媒介，就宣告文學傳播過程的起始，由此文學進入發行、流通、消費和接受過程。

　　第三，媒介是讀者進入文學傳播過程的第一環節。讀者參加文學活動，首先接觸到的既不是文學文本的語言，更不是它所表達的意義，而是傳輸語言和意義的媒介。如果離開媒介，讀者便無從接觸文學的語言和意義，從而無從進入文學傳播。所以，在讀者參與文學這個特定的意義上講，媒介是文學傳播的第一環節。

　　第四，媒介是影響文學文本的意義及修辭效果的重要因素。由於不同的文學媒介在社會系統或文化語境中扮演不同的角色，因而文學媒介對於文本的意義及修辭效果會發生某種帶有實質性意義的影響。〔註1〕

〔註1〕 有關文學媒介的論述參閱王一川：《文學理論》，四川人民出版社，2003年版，第127～131頁。

一、搬演與包公戲劇傳播

戲劇的傳播主要是由戲班以人為媒介（演員）展開的。《太和正音譜》說道：

> 雜劇，俳優所扮者，謂之「娼戲」，故曰「勾欄」。子昂趙先生曰：「良家子弟所扮雜劇，謂之『行家生活』，娼優所扮者，謂之『戾家把戲』。良人貴其恥，故扮者寡，今少矣，反以娼優扮者謂之『行家』，失之遠也。」或問：其何故哉？則應之曰：「雜劇出於鴻儒碩士，騷人墨客所作，皆良人也。若非我輩所作，娼優豈能扮乎？推其本而明其理，故以為『戾家』也」。關漢卿曰：「非是他當行本事，我家生活，他不過為奴隸之役，供笑獻勤，以奉我輩爾。子弟所扮，是我一家風月」。〔註2〕

姚燮《今樂考證》引王棠語：

> 演戲而以班名，自宋「雲韶班」起。考宋教坊外，又有「鈞容直」、「雲韶班」二樂。宋太祖平嶺表，得劉氏閹官聰慧者八十人，使學於教坊，初賜名「簫韶部」，後改名「雲韶班」。「鈞容直」，軍樂也。在軍中善樂者，初名「引龍直」，以備行幸騎導。淳化初，改為「鈞容直」。後世總稱為班也。〔註3〕

王驥德《曲律》說：

> 丹丘先生謂雜劇、院本有正末、副末、狙、狐、靚、鴇、猱、捷譏、引戲九色之名。……今之南戲，則有正生、貼生（或小生）、正旦、貼旦、老旦、小旦、外、末、淨、丑（即中淨）、小丑（即小淨），共十二人，或十一人，與古小異。〔註4〕

戲班之名，始於北宋。雜劇劇短，一般以五人為班，偶而也有多至八人者；傳奇劇長，雖也以八人為班，但有多至十人、十二人者。當然，無論是五人、八人，還是十一人、十二人，只是指一次大戲上場演出的演員人數，並非是戲班的全部人員。

〔註2〕朱權：《太和正音譜》，《中國古典戲曲論著集成》（第3冊），中國戲劇出版社，1959年版，第24～25頁。

〔註3〕姚燮：《今樂考證》，《中國古典戲曲論著集成》（第10冊），中國戲劇出版社，1959年版，第15頁。

〔註4〕王驥德：《曲律》卷三，「論部色第三十七」，《中國古典戲曲論著集成》（第4冊），中國戲劇出版社，1959年版，第143頁。

（一）搬演傳播的場所

　　從大量的戲曲文物看，明清兩代，廟臺之多，不可悉數。如前所述，城市勾欄的建制，農村的露臺被吸收進勾欄而成爲戲臺，勾欄的「神樓」也可能是農村神廟局部的遺存。如果說宋元瓦舍勾欄是農村神廟戲臺的外遷或延伸，那麼，隨著入明以後城市瓦舍勾欄的解體，神廟戲臺就成爲農村文化娛樂的主要場所而更加熱鬧起來。如前所述，宋元時期的瓦舍勾欄，爲城鄉戲班演藝交流、競爭，提供了固定的場所。入明以後，城鄉戲班或歸入教坊，或沒入妓院，或回到農村，出現了城鄉戲班的再次分流。

　　明代戲劇在城市中的傳播主要在曲院、會館、神廟、官廳、家庭庭院等場所進行。此外，茶館、酒樓以及其它一切公共場所也可以是戲劇的傳播場所。而南京的秦淮河、蘇州的虎丘山、杭州的西湖、開封的相國寺、北京的大興隆寺更是戲劇搬演的好去處。曲院本來特指教坊司管轄的樂戶營業處，後來也泛指以賣藝爲主的所有妓院，這是明代戲曲傳播的重要場所。朱彝尊《靜志居詩話》說：「明制南、北都各立教坊司，北有東、西二院，南有十四樓。其後南都舊院特盛。」〔註5〕余懷《板橋雜記》記南京曲院之盛：

> 金陵古稱佳麗之地，衣冠文物，盛於江南，文采風流，甲於海內。白下青溪，桃葉團扇，其爲豔冶也多矣。洪武初年，建十六樓，以處官妓，淡煙、輕粉，重譯、來賓，稱一時之盛事。自時厥後，或廢或存，迨至百年之久，而古迹漸湮，存者惟南市及舊院而已。南市者，卑屑所居，珠市者，間有殊色。若舊院，則南曲名姬，上廳行首，皆在焉，余生也晚，不及見南部之煙花、宜春之子弟。而猶幸少長承平之世，偶爲北里之遊。長板橋邊，一吟一詠，顧盼自雄。所作歌詩，傳誦諸姬之口。楚潤相看，態娟互引，余亦自詡爲平安杜書記也。〔註6〕

這裏所說的十六樓、南市、珠院、舊院都是教坊司所屬的樂戶聚居賣藝之處，樂戶最初是承應官府召喚，同時也接待來南京的外地富商。後來承應漸少，多自謀生計，曲院也就成爲南京城內戲劇、時曲傳播的重要場所。

〔註 5〕朱彝尊：《靜志居詩話》卷二三《教坊》，人民文學出版社，1990 年版，第 216 頁。

〔註 6〕余懷：《板橋雜記·序》，上海古籍出版社，2000 年版，第 2 頁。

張岱在《陶庵夢憶》中記載了自己在天啓、崇禎間遊南曲即南京教坊的故事：

> 南曲中，妓以串戲爲韻事，性命以之。楊元、楊能、顧眉生、李十、董白，以戲名，屬姚簡叔期余觀劇。僕僮下午唱《西樓》，夜則自串。僮爲興化大班，餘舊伶馬小卿、陸子雲在焉，加意唱七齣，戲至更定，曲中大吒異。楊元走鬼房問小卿曰：「今日戲，氣色大異，何也？」小卿曰：「坐上坐者余主人。主人精賞鑒，延師課戲，童手指千，僕僮到其家，謂『過劍門』，焉敢草草！」楊元始來物色余。《西樓》不及完，串《教子》，顧眉生、周羽、楊元、周娘子、楊能、周瑞隆。楊元膽怯膚栗，不能出聲，眼眼相覷，渠欲討好不能。余欲獻媚不得，持久之，伺便喝綵一二；楊元始放膽，戲亦遂發。嗣後曲中戲，必以余爲導師，余不在，雖夜分不開臺也。以余而長聲價，以余長聲價之人、而後長余聲價者，多有之。〔註7〕

沈德符《萬曆野獲編》記屠隆與西寧侯夫人在曲院觀賞戲曲之事：

> 西寧夫人有才色，工音律。屠（隆）亦能新聲，頗以自炫，每劇場輒闌入優中作技。夫人從簾箔中見之，或勞以香茗，因以外傳。〔註8〕

這裏所說的「劇場」，當是南京曲院中的表演場所。而據顧起元說，明代南京教坊司曲院的極盛時實在萬曆十年以前：

> 余猶及聞教坊司中，在萬曆十年前房屋盛麗，連街接弄，幾無隙地。長橋煙水，清吪灣環，碧楊紅藥，參差映帶，最爲歌舞勝處。時南院尚有十餘家，西院亦有三四家，倚門待客。其後不十年，南、西二院，遂鞠爲茂草，舊院房屋，半行拆毀。……淫房衰止，此是維風者所深幸，然亦可爲民間財力虛贏之一驗也。〔註9〕

曲院之中戲曲的傳播，主要是以市民中的有身份者如縉紳、富商爲對象，至於一般的市民，他們接受戲曲的傳播則主要在會館、神廟及茶館、酒樓等公共場所。

〔註7〕張岱：《陶庵夢憶》卷七《過劍門》，嶽麓書社，2003年版，第268～269頁。

〔註8〕沈德符：《萬曆野獲編》卷二五《詞曲·曇花記》，中華書局，1959年版，第217頁。

〔註9〕顧起元：《客座贅語》卷七《女肆》，中華書局，1987年版，第89頁。

《客座贅語》記南京貴族、士大夫及富商家庭燕會演出情況：

　　南都萬曆以前，公侯與縉紳及富家，凡有燕會，小集多用散樂，
或三四人，或多人，唱大套北曲，樂器用箏、纂、琵琶、三弦子、
拍板。若大席，則用教坊打院本，乃北曲大四套者，中間錯以撮墊
圈、舞觀音，或百丈旗，或跳隊子。後乃變而盡用南唱。歌者只用
一小拍板，或以扇子代之，間有用鼓板者。今則吳人益以洞簫及月
琴，聲調屢變，益為淒忱，聽者殆欲墮淚矣。大會則用南戲，其始
止二腔，一為弋陽，一為海鹽。弋陽則錯用鄉語，四方土客喜聞之；
海鹽多官語，兩京人用之。後則又有四平，乃稍變弋陽而令人可通
者。今又有崑山，校海鹽又為清柔而婉折，一字之長，延至數息。
士大夫稟心房之精，靡然從好，見海鹽等腔已白日欲睡，至院本北
曲，不啻吹篪擊缶，甚且厭而唾之矣。〔註10〕

凡有燕會，小集用散樂，大席則用教坊打院本。所演劇種有北曲、有南曲，
南曲之中又有海鹽、弋陽、四平、崑山諸種。舉行燕會之地，便是衙門及自
家的廳堂及庭院。《萬曆野獲編》記：

　　崑山梁伯龍（辰魚）亦稱詞家，有盛名，所作《浣紗記》，至
傳海外，然止此，不復續筆。……《浣紗記》初出，梁遊青浦，時
屠緯眞（隆）為令，以上客禮之，即命優人演其新劇為壽。〔註11〕

凡有聲望，有錢財的主顧爭相蓄養或雇用家班，並蔚然成風。這些家班演出
一般只供家人、朋友、親戚等於己利益相關的人欣賞，傳播的範圍畢竟有限。
但也有相當一部分家班廣泛接觸社會，把一些精彩的曲目普及到那些需要文
化滋養的下層群體中去。崇禎七年（1634）中秋之夜，張岱在敢山亭舉行戲
曲大會，與會七百餘人，能唱戲曲者百餘人，同唱《浣紗記·採蓮》、《念奴
嬌序》、《錦湖萬頃》之曲，聲如潮湧，山為雷動。又命其家「茂苑班」顧（山
介）竹、應楚煙等人，於山亭演劇十餘齣，「妙入情理，擁觀者千人，無蚊虻
聲，四鼓方散。」〔註12〕除此，他還居然把戲班帶進寺廟，讓那些遠離塵世
的「寺人」也分享戲曲帶來的歡樂。〔註13〕

〔註10〕顧起元：《客座贅語》卷九《戲劇》，中華書局，1987年版，第107頁。
〔註11〕沈德符：《萬曆野獲編》卷二五《詞曲·梁伯龍傳奇》，中華書局，1959年版，
　　　　第193頁。
〔註12〕張岱：《陶庵夢憶》卷七《閏中秋》，嶽麓書社，2003年版，第260頁。
〔註13〕張岱：《陶庵夢憶》卷一《金山夜戲》，嶽麓書社，2003年版，第25頁。

　　包公戲在明代的具體演出場所劇目今實難詳考。可貴的是《金瓶梅》第四十三回「爭寵愛金蓮鬥氣，賣富貴吳月攀親」為我們提供了堂會演劇的情景，包公戲《王月英元夜留鞋記》最終選為西門慶的壽戲：

　　　　吳月娘與李瓶兒同遞酒，階下戲子鼓樂響動。喬太太與眾親戚，又親與李瓶兒把盞祝壽。方入席坐下，李桂姐、吳銀兒、韓玉釧兒、董嬌兒四個唱的，在席前唱了一套《壽比南山》。戲子呈上戲文手本，喬五太太分付下來，教做《王月英元夜留鞋記》。廚役上來獻小割燒鵝，賞了五錢銀子。比及割凡五道，湯陳三獻，戲文四折下來，天色已晚。堂中畫燭流光，各樣花燈都點起來，錦帶飄飄，彩繩低轉，一輪明月從東而起，照射堂中，燈光掩映。〔註14〕

同樣在《金瓶梅》第三十一回「琴童藏壺構釁西門開宴為歡」為西門慶生日選戲，包公戲《陳琳抱妝盒》、《普天樂》遭遇落選：

　　　　周守備道：「老太監，此是歸隱歎世之辭，今日西門大人喜事，又是華誕，唱不的。」劉太監又道：「你會唱『雖不是八位中紫綬臣，管領的六宮中金釵女』？」周守備道：「此是《陳琳抱妝盒》雜記，今日慶賀，唱不的。」薛太監道：「你叫他二人上來，等我分付他。你記的《普天樂》『想人生最苦是離別』？」夏提刑大笑道：「老太監，此是離別之詞，越發使不的。」〔註15〕

成化、弘治以後，城市逐漸繁榮，市民的文化生活也重新豐富起來。但由於城市社會關係的變化，娛樂方式特別是戲曲的表演方式也發生了新的變化。這種變化就是地域性商人組織及地方家族勢力的加強。徽商、晉商、江西商、閩商、粵商、陝商、洞庭商、兩湖商等，以及諸如江西商中的撫州商幫、吉安商幫，晉商中的澤潞商幫，粵商中的潮州商幫等，都在各地設有會館，商人向會館捐資，會館向商人集資，由會館出面聘請戲班。各地市鎮的活動則往往由一個或幾個在政治、經濟、文化上具有優勢的大家族操縱，市鎮的事務也由這些家族進行實質性的管理。因此，市鎮的戲劇演出往往由這些大家族來經辦。〔註16〕

〔註14〕《新刻繡像批評金瓶梅》卷九，《李漁全集》第十二卷，浙江古籍出版社，1992年版，第164頁。

〔註15〕《新刻繡像批評金瓶梅》卷七，《李漁全集》第十二卷，浙江古籍出版社，1992年版，第13頁。

〔註16〕關於這方面的研究，參見日本學者田仲一成《中國的宗族與戲劇》，上海古籍出版社，1992年版，第321～322頁。

　　侯方域《馬伶傳》曾記明末金陵徽商設宴演戲盛況云：金陵爲明之留都，梨園以技鳴者無論數十輩，而最者二：曰興化郡，曰華林部。一日，新安賈合兩部爲大會，遍徵金陵之貴客、文人，與夫妖姬靜女，莫不畢集。列興化於東肆，華林於西肆，兩肆皆奏《鳴鳳》。宴會規模之大，對臺演戲之盛，在社會上的影響是可以想見的。當時以「吳門梨園」、「弋陽梨園」、「海鹽子弟」、「餘姚梨園」、「宜黃戲子」、「族陽戲子」等名號稱呼這些戲班時，說明他們已經得到了觀眾的認同，他們成爲了晚明文化傳播的代言人，也是傳播晚明文化的主體部分。他們遍佈城市、鄉村的各個角落，只要有觀眾需求，搭一個臺就開鑼出演，而且鄉間節日繁多，每到這個時候，都是演劇傳播的最佳時機。

（二）包公戲搬演的傳播規模

　　在明代，《魚籃記》是常演的劇目，這種才子佳人的傳奇模式和魚籃觀音傳說相結合，又加入了當時盛傳的包拯的奇聞趣事，迎合了當時民眾普遍的審美喜好。此劇成爲當時舞臺常演的劇目，《雙錯巹自序》云：「舊有弋陽調，演普門大士收青魚精一劇，辭旨俚鄙。」〔註17〕可見此劇是弋陽腔本。《醒世姻緣傳》第八十六回唱戲樂神，也點演了此劇。另外在祁彪佳《遠山堂曲品》雜調類記還有《牡丹記》，內容與《魚籃記》略同，〔註18〕只惜劇本不存。由此可知，這個故事在當時戲曲舞臺上演出比較頻繁。其中的「觀音收精」齣，給人們留下了深刻的印象：

　　　　〔前腔〕（旦）原來是駕彩雲觀音，水月坐青蓮大士。菩薩！
　　仰望你發聲慈悲救殘生。哀憐小蚯蛇，指引再生途。不至成機滅，
　　皈依佛法中，皎潔同秋月的菩薩，唯願你千年香火不絕，大　地長
　　春輪迴百結……（貼）若肯隨我，我明日奏過玉皇封你爲魚籃觀音。
　　我天下一日走三遍，如今你替我一日走一遍。

　　　　〔紅繡鞋〕我今帶你香山，香山，接萬紹載雲煙，雲煙。人皆
　　仰，萬民傳，與國休，世相傳。〔註19〕

〔註17〕蔡毅編著：《中國古典戲曲序跋彙編》，齊魯書社，1989年版，第1511頁。
〔註18〕祁彪佳：《遠山堂曲品》，《中國古典戲曲論著集成》（第六冊），中國戲劇出版社，1959年版，第119頁。
〔註19〕《觀音魚籃記》第二十八齣，見《古本戲曲叢刊二集》，中國戲劇出版社，1959年版。

圖 6-1　花部《雙包案》（清代桃花塢木版年畫）

在晚明，包公戲廣泛傳播，呂天成《曲品》「汪昌朝所著傳奇十四本」云：「村夫巷婦無不豔談包龍圖，以《龍圖公案》所載忠孝事，最能動俗也。昌朝拾掇其關係之大者，演爲斯記。雖未必盡核，頗足維風。」〔註20〕

乾隆年間，地方戲被統稱爲「花部」。所謂「花部」，是與被稱爲「雅部」的崑曲相對應而言。對此，清人李斗在《揚州畫舫錄》中記述：「兩淮鹽務，例蓄花、雅兩部以備大戲。雅部即崑山腔；花部爲京腔、秦腔、弋陽腔、梆子腔、羅羅腔、二簧調，統謂之亂彈。」〔註21〕此後的很長時期裏，花部成了地方戲的代稱。地方戲因被視之爲花雜，亦稱作「亂彈」或「亂彈諸腔」。這一時期的戲劇歷史，也因此被叫做「花部亂彈時代」，或簡稱「亂彈時代」。

徽班於乾隆五十五年（1790）秋爲祝乾隆壽誕應徵入京。當時，應徵的是高朗亭所駐的三慶徽班。繼三慶班之後，又有許多徽班陸續進京作場，至嘉慶、道光年間，徽班已成爲花部中的一支勁旅，其中尤以三慶、四喜、春臺、和春等四大班名噪京師。徽調作爲花部的代表，其中有多種包公戲，如圖 6-2 爲徽劇《斬包勉》的臉譜。

〔註20〕 呂天成：《曲品‧具品九》增補版，「汪昌朝所著傳奇十四本」，「忠孝完節」，清華大學圖書館發現的乾隆 56 年楊志鴻抄本，爲萬曆 41 年（1613 年）呂天成增補本。亦參見趙景深《增補本〈曲品〉的發現》，《復旦大學學報》，1964年第 1 期。

〔註21〕 《揚州畫舫錄》卷五，《歷代史料筆記叢刊》，中華書局，1960 年版，第 107頁。

圖 6-2　徽劇《斬包勉》中的包拯

　　在晚清，包公戲的搬演的劇目我們可以從負責宮廷戲曲的昇平署檔案中
窺知一斑（成立於道光七年的昇平署（1827），它的前身是南府）。下面根據
已見到的，排列出演出包公戲的年月和劇目。

　　道光四年（1824）七月初七日《包公上任》。道光七年（1827）正月十
九《包公罷職》。同治九年（1870）十二月二十九日《打龍袍》，同治十年
（1871）七月《普天樂》。光緒九年（1883）十一月初一日《普天同樂》，
光緒十一年（1885）五月初九日《鍘美》，六月十六日《打龍袍》，七月初
一日《鍘包勉》，十月初一日《打龍袍》，十一月初一日《天齊廟》，九月初
一日《雙釘記》，光緒廿十年（1896）九月十一日《神虎報》，十二月初十
日《神虎報》，光緒廿八年（1902）四月初十日《雙包案》，光緒三十年（1904）
十月《花蝴蝶》。

　　光緒廿四年（1908）正月十六日《天齊廟》，正月十九日《鍘美案》，三
月初一日《烏盆記》，四月十一日《探陰山》，四月十八日《瓊林宴》，四月十
九日《花蝴蝶》，六月十五日《烏盆記》，六月十六日《天齊廟》、《花蝴蝶》，
六月廿二日《瓊林宴》，七月初六日本《探陰山》，七月十六日本《烏盆記》，
八月初八日《行路訓子》、《五花洞》，八月十二日《雙包案》，九月初一日《行
路訓子》，九月初八日《雙包案》、本《奇冤報》，九月十五日《花蝴蝶》，十

月初二日《天齊廟》、《瓊林宴》，十月初七口《行路訓子》，十月初八日本《五花洞》，十月初九日《花蝴蝶》、十月十四日《天齊廟》。宣統三年（1911），宮內上演的包公戲就包括了《探陰山》、《天齊廟》、《鍘美案》，《雙包案》、《五花洞》、《瓊林宴》、《烏盆記》、《雙釘記》、《行路訓子》、《花蝴蝶》等 14 齣。〔註 22〕

　　從上文檔案史料同民間上演的包公戲進行比較，經過初步統計，民間爲 22 齣，宮廷則爲 14 齣，除了《打鸞駕》，以包拯爲主的劇目幾乎都在宮內演出過，這就說明，滿族帝王認同包公戲，認同清官文化。對包公戲及其扮演者予以贊同和扶植，這對於京劇花臉行當的加速發展，流派紛呈，有著重要的作用和深遠影響。當時，在宮內上演過包公戲的京劇名家有穆長壽，金秀山、裘荔榮、郎得山等人。

　　道光四年慶昇平班戲目裏就有《瓊林宴》、《三俠五義》、《打龍袍》、《遇後》、《花蝴蝶》、《烏盆記》等九齣戲，演出《三俠五義》的重要關目。光緒年間是京劇公案俠義戲的繁盛期，這一時期也正是京劇發展的成熟期。正是公案俠義戲的完備繁盛，使京劇的武生行當得以迅速發展，成爲一個與生、旦並立的新行當。

　　趙景深說，「在此期間，《三俠五義》、《彭公案》、《施公案》及其續書被眾多書坊爭相刊印，影響極大。不可否認，俠義公案小說的盛行，吸引了戲曲作家的目光並受到當時最流行的本子的影響。」〔註 23〕

　　包公題材的鼓詞、評書更是受到歡迎，據孫壽彭松坪氏《彭公案序》云：「會廟場中談是書者不記其數，一時觀者如堵，聽者忘倦。」公案俠義戲在這種極爲有利的社會文化環境中得以不斷創新和發展，影響面擴大，達到繁盛。這正如王爾敏所講的：「小說的本事、說書的渲染、戲劇的表演，三種文學工具結合，彼此相互影響，合力吸引到觀眾聽眾。三者功能，各自發展，各自達到其文字條件的最高境界，可使讀者聽者醉心而不可自制。其中戲劇的力量應是最大最深、最具魅力。」〔註 24〕所有這些合力，把包公的傳播推到了一個新的高度。

〔註 22〕 引自王政堯：《清代戲劇文化史論》，北京大學出版社，2005 年版，第 151～152 頁。

〔註 23〕 趙景深：《施公案考證》，《中國小說叢考》，齊魯書社，1980 年版，第 512 頁。

〔註 24〕 王爾敏：《清代公案小說之撰著風格》，《中國文哲研究集刊》，1944 第 4 期。

二、書場與包公小說傳播

由於說書把文字閱讀變成了視聽藝術，具有濃鬱的生活氣息，敘事狀人，生動逼眞，輔之以藝人的表情、姿態，有小說不可替代之處，故存於民間社會，長演不衰。從宋元到明清，說書藝術獲得了持續的發展，與通俗小說相長，或小說被改編成說書節目，或說書直接演化爲小說，或文人記錄說書材料，整理成小說又進而反過來影響說書，後又從小說改編成各種戲曲演出。通觀文學史，民間說書爲公案小說的發展做出了巨大貢獻。宋代的說書，促成了公案小說題材的獨立，而清代的說書，又促成了章回體長篇公案小說的成熟。

在從宋代文獻裏已經有說書藝人的記載。如南宋羅燁《醉翁談錄·小說開闢》甲集卷一中云：

> 講論處不滯搭，不絮煩；敷衍處有規模，……曰得詞，念得詩，
> 說得砌……藏蘊滿懷風與月，吐談萬卷曲和詩。

有關清代說書的具體情況，據胡士瑩的《話本小說概論》、陳汝衡的《說書史話》等論著的介紹，清代說書業順著宋元明說書藝術的路子向前摸索，在整個清代取得了飛躍性的發展，就其藝術性和普及程度而言，都可以說出現了前所未有的繁盛。這表現在說書的形式和體制更加豐富，藝術技巧大有提高。出現了一批技藝高超的民間說書藝人，如韓圭湖、浦琳、葉霜林、鄒必顯、石玉昆、馬如飛等。他們以自己的藝術實踐極大地推動了說書業的發展。同時，說書在各處廣爲流傳，與當地的文化、習俗、語言相融和，形成一批具有濃鬱地域特色的曲藝品種，如鼓詞、子弟書、快書、大鼓書、河南墜子、道情、四川竹琴、廣東木魚書等，這與戲曲花部在清代的崛起是同步的，兩者的發展情況頗多類似之處。

但在清代各個時期，情況不同，嘉慶以前，說書業的發展比較平緩，這也許與清廷對文化的嚴格控制有關，到了嘉慶時期，說書業彷彿雨後春筍，一下興盛起來，正如陳汝衡先生的描述：「乾隆中葉以後，許多小說，彈詞的刊本由坊間在南方大量印行，北方的鼓詞也在不停地刊版，這些現象是和說書業的發展，聽眾的歡迎分不開的。」〔註 25〕至光緒間，說書也隨著科技的發展、都市的繁榮、娛樂業的發達而極盛一時，其盛況一直延續到民國間。

〔註25〕陳汝衡：《說書史話》，人民文學出版社，1981 年版，第 131 頁。

　　清代說書業以揚州、蘇州、上海爲中心的評話（說大書）和彈詞（說小書），以及從北方農村逐漸流人北京、天津、濟南等大城市的鼓書極爲興盛。此外，北方的大鼓、竹板書、子弟書、山東快書、河南墜子和後起的山東、蘇北琴書，及南方的揚州弦詞，浙江南詞、漁鼓，廣東木魚書，四川竹琴、相書等等都很流行。說書的內容，從歷史演義、英雄傳奇到公案俠義、煙粉靈怪都有。書場和聽眾，則上至宮廷府第中的帝王將相、官僚地主，下至勾欄瓦舍、茶肆酒樓裏的市鎮平民，非常廣泛。公案俠義小說，一般都先有故事在民間流傳，經過評話家的敷衍、戲曲家的剪裁，不斷添枝加葉，充實內容，最後在民間藝人說唱底本的基礎上，由書商或文人纂輯，刊印成書。在這裏，說書人的敷衍對作品（思想和藝術）起決定性的作用。

　　關於明清書場的形式，清人費執御（康熙時人）《揚州夢香詞》載：

> 評話每天午後登場，設高座，列茶具，先打「引子」，說雜家小說一段。開場者爲斂錢。然後敷說，如《列國志》、《封神志》、《東西漢》、《南北宋》、《五代》、《殘唐》、《西遊記》、《金瓶梅》種種，各有名家，名曰「正書」。

清人李斗《揚州畫舫錄》卷九載：

> 大東門書場在董子祠坡兒下廁房旁。四面圍坐，中設書臺。門懸書招，上三字橫寫，爲評話人姓名，下四字直寫，曰「開講書詞」。屋主與評話以單、雙日相替斂錢，錢至一千者爲名工。各門街巷皆有之。〔註26〕

以上這一類都是專業書場，而包公主要在市井細民中間傳播，其傳播的場所主要在下層市民光顧的露天臨時性書場。北方有所謂「明地兒」、也叫「撂地兒」，即說書藝人走街串巷，在人流聚集之處畫地爲場，沿途說書。

　　明人張岱《陶庵夢憶》曾憶及揚州清明時節露天書場的盛況：

> 揚州清明，城中男女畢出，家家展墓。雖家有數墓，日必展之。故輕車駿馬，簫鼓畫船，轉折再三，不辭往復。監門小戶亦攜肴核紙錢，走至墓所，祭畢，席地飲胙。……是日，四方流寓及徽商西賈、曲中名妓，一切好事之徒，無不咸集。長塘豐草，走馬放鷹；高阜平岡，鬥雞蹴鞠；茂林清樾，劈阮彈箏。浪子相撲，童稚紙鳶，

〔註26〕〔清〕李斗：《揚州畫舫錄》卷九「小秦淮錄」，《歷代史料筆記叢刊》，中華書局，1960 年版，第 207〜208 頁。

老僧因果，瞽者說書，立者林林，蹲者蟄蟄。〔註27〕

包公小說的傳播階層決定了包公在當時的傳播方式主要以說書爲主。《揚州畫舫錄》提及《清風閘》的情況云：

> 評話盛於江南，如柳敬亭、孔雲霄、韓圭湖諸人，屢爲陳其年、余淡心，杜茶村、朱竹坨所賞鑒。次之季麻子平詞爲李宮保衛所賞。人參客王建明瞽後，工弦詞，成名師，顧翰章次之，紫痂痢弦詞，蔣心余爲之作《古樂府》，皆其選也。郡中稱絕技者，吳天緒《三國志》，徐廣如《東漢》，王德山《水滸記》，高晉公《五美圖》，浦天玉《清風閘》，房山年《玉蜻蜓》，曹天衡《善惡圖》，顧進章《靖難故事》，鄒必顯《飛跎傳》，謊陳四《揚州話》，皆獨步一時。近今如王景山、陶景章、王朝干、張破頭、謝壽子、陳達山、薛家洪、諶耀廷、倪兆芳、陳天恭，亦可追武首人。〔註28〕

職業的說書藝人多有師徒傳承關係。前文已經提及乾隆間揚州說書人浦琳，將其絕技傳於弟子張秉衡、陳天恭。以演說《清風閘》聞名的說書人龔午亭，亦傳技於弟子張捷三，師徒之間一脈相承，都有幾段特別精熟的書目，能曲盡其妙，吸引各階層人士，這大大促進了包公在各個階層的傳播。有關清代石玉昆的說書事跡見第八章「包公文學的傳播主體」。

從媒介偏倚論角度看，說書和戲劇對包公的傳播是注重形式的，展演時說書人的表情、動作、語調、速度、韻律、戲劇性及一般性的表演技巧，傳授雙方的互動等都是情境性且快捷而瞬時的，它更傾向於改變個人的態度和喜好；而書面小說易於隔代存儲，對包公的傳播緩慢而持久，更有利於樹立權威，長久地影響民族集體心理。

三、小說傳抄與包公傳播

傳抄是明清小說重要的傳播方式之一。儘管明清是中國傳統印刷技術集大成的時期，但抄本小說終清之世都經久不衰。《書林清話》卷十「明以來之鈔本」云：

> 最爲藏書家所秘寶者，曰吳鈔，長洲吳匏庵寬叢書堂鈔本也。

〔註27〕《陶庵夢憶》卷五《揚州清明》，嶽麓書社，2003 年版，第 187 頁。
〔註28〕《揚州畫舫錄》卷十一「虹橋錄下」，《歷代史料筆記叢刊》，中華書局，1960年版，第 257～258 頁。

曰葉鈔，先十八世族祖崑山文莊公賜書樓鈔本也。曰文鈔，長洲文
衡山徵明玉蘭堂鈔本也。曰王鈔，金壇王宇泰肯堂郁岡齋鈔本也。
曰沈鈔，吳縣沈辨之與文野竹齋鈔本也。曰楊鈔，常熟楊夢羽儀七
檜山房鈔本也。曰姚鈔，無錫姚舜咨咨茶夢齋鈔本也。曰秦鈔，常
熟秦酉岩四麟致爽閣鈔本也。曰祁鈔，山陰祁爾光承〈火業〉澹生
堂鈔本也。曰毛鈔，常熟毛子晉晉汲古閣鈔本也。曰謝鈔，長樂謝
肇淛在杭小草齋鈔本也。曰馮鈔，常熟馮己蒼舒、馮定遠班、馮彥
淵知十兄弟一家鈔本也。曰錢鈔，常熟錢牧齋謙益絳雲樓鈔本，謙
益從子錢遵王曾述古堂鈔本，合之謙益從弟履之謙貞竹深堂鈔本，
皆謂之錢鈔也……〔註29〕

明代前期，通俗小說以抄本流傳主要是受制於印刷業的落後。庸愚子《三國
志通俗演義序》稱此書：

文不甚深，言不甚俗，事紀其實，亦庶幾乎史，蓋欲讀誦者，
人人得而知之，若《詩》所謂里巷歌謠之義也。書成，士君子之好
事者，爭相謄錄，以便觀覽，則三國之盛衰治亂，人物之出處臧否，
一開卷，千百載之事豁然於心胸矣。〔註30〕

作者意圖明確，希望傳播廣遠，「人人得而知之」，小說本身又很成功，深受讀
者歡迎。但在成書後的近二百年中，受制於印刷技術的發展，一直以抄本流傳。

萬曆以後抄本也還照樣流行，一是明清藏書家對抄本情有獨鍾，爲收藏
而抄。由於「明人刻書有一種惡習，往往刻一書而改頭換面，節刪易名。」
〔註31〕故明以來藏書家極重抄本，每得秘籍即相與傳抄。這一風氣直接影響
到小說書籍。明內府精抄本小說甚多，如嘉靖抄本《大宋演義中興英烈傳》、
《列國志傳》等。這些小說乃進呈御覽之用，精抄、精校且附有彩繪精美插
圖，足見上亦好之，珍重抄本。謝肇淛曾以抄書享譽文人間，其抄本譽爲「謝
抄」。一些文人爲擴大抄書的範圍，甚至成立抄書組織。黃宗羲、劉城、許元
溥結爲「抄書社」；丁雄飛、黃虞稷結爲「古歡社」；黃虞稷又與周在濬訂《徵
刻唐宋秘本書啓》等等，都旨在抄到自己喜歡的書品。據統計，明代以抄書

〔註29〕 葉德輝：《書林清話》，遼寧教育出版社，1998 年版，第 227～228 頁。
〔註30〕 庸愚子：《三國志通俗演義序》，《中國歷代小說論著選》（上），江西人民出版
社，1992 年版。
〔註31〕 葉德輝：《書林清話》卷七「明人刻書改換名目之謬」，遼寧教育出版社，1998
年版，第 151 頁。

著稱的藏書家有孫道明、宋濂、劉崧、葉盛、楊循吉、陸深、嚴嵩、姚咨、錢穀、柳僉、俞弁、范欽、謝肇淛、祁承煠、趙琦美、毛晉、何大成、包檉芳、馮舒等。〔註32〕

二是有些書籍流通量少，和抄本的低廉投資相比，刊刻實不合算。儘管《書林清話》卷七謂明時刻書工價低廉：「前明書皆可私刻，刻工極廉。聞前輩何東海雲，刻一部古注《十三經》，費僅百餘金，故刻稿者紛紛矣。嘗聞王遵巖、唐荊川兩先生相謂曰：數十年讀書人，能中一榜，必有一部刻稿；屠沽小兒，身衣飽暖，歿時必有一篇墓誌。」〔註33〕但書商考慮到刊刻的經濟回報，許多書籍仍然以抄本流傳，滿足民眾的需求。

三是書鋪對於一些需求量不大的小說、戲曲等通俗文學作品，通常採用抄寫的辦法。由於其服務對象通常是層次不高的讀者，又不以收藏為目的，而僅僅為了娛樂，故在紙張、字體等方面也不甚挑剔，粗抄本的形式是很適宜的。書鋪或租或售，少量幾本即可滿足市場流通。包公傳播史上最為卷帙浩繁的《龍圖耳錄》就口耳抄錄，以抄本流傳。因為它主要靠說書傳播，卷帙巨大，不易刊刻，也不必刊刻。目前所知《龍圖耳錄》曾傳世的抄本有孫楷第先生藏本、汪原放所藏謝藍齋抄本、傅惜華先生所藏同治六年抄本、李家瑞先生所藏抄本、北京師範大學所藏光緒七年抄本等。

四、書坊刊印與包公文學的編刻傳播

印刷術肇始於李唐，成熟於五代，興盛於趙宋。沈括在《夢溪筆談》中對此所做的概括，還是比較符合實際的：「版印書籍，唐人尚未盛為之。自馮瀛王（馮道）始印《五經》，已後典籍，皆為版本。」〔註34〕《九經》的刊印，是使儒家經文和學說在全國人民視聽中恢復佛教興起以前地位的力量之一，歷史學家稱頌後唐馮道的業績，理由即在於此九經刊印的另一結果，是促成了公私大規模刻書的時代，成為宋代整個時期的特徵。〔註35〕

〔註32〕曹之：《中國古籍版本學》，武漢大學出版社，1992 年版，第 141 頁。
〔註33〕葉德輝：《書林清話》卷七「明時刻書工價之廉」，遼寧教育出版社，1998 年版，第 154 頁。
〔註34〕沈括：《夢溪筆談》卷十八，上海古籍出版社，1987 年版，第 591 頁。
〔註35〕中國雕版印刷事業，從宋代開始形成地域性的中心。北宋初年蜀刻最盛，兩宋之交以浙刻為精；南宋時閩刻數量最多，被稱為宋代刻書三大中心。此外刻書較多的地區還有汴梁、建康、潭州、徽州、潮州等。與此同時，金人統治下的平陽為北方的刻書中心。元代刻書以福建建陽和山西平水為最。

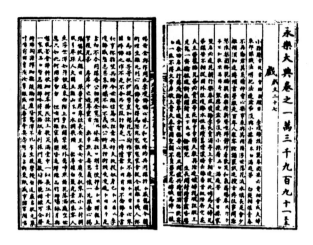

圖 6-3　永樂大典本南戲《小孫屠》、《張協狀元》書影

　　刊刻傳播興起以後，導致了社會結構的深刻變化。當人們可以把信息記錄下來後，就可以把它與時間分離開，操控它，改變它，對它進行編輯和重寫。這就使人類逐步從以感受性為核心的「視覺文化」轉變為以理解為核心的「概念性文化」時期。進而言之，人們可以對信息和知識「採取行動」，它導致了知識（知道什麼）和知者（誰知道）的分離，從而使人類知識獨立於人腦而物化為固態的精神產品。同時，隨著批量複製上的便利，大容量或大規模的文學文本的寫作、複製和發行成為可能，這逐漸地促成了「詩」的衰落和「文」的興盛，以及白話長篇小說的繁榮，同時又由於印刷媒介的普及，社會成員中的識字群體人數逐漸增加，文學的消費者和接受者數量得以隨之增長，文學從過去少數高雅「士人」的特權轉化為大量通俗市民的日常消費，從而促進了文學的大眾化進程。

　　有明一代出版過多少種書，很難統計。目前只能根據《中國古籍善本書目》和《明代版刻綜錄》知其存書的大概。《書目》分經、史、子、集、叢書五個部分，經部共收明代善本 2240 種，史部 5504 種，子部 6764 種，集部 8285 種，叢書 249 種，合計 23042 種。除去複本（同一版本的不同批註題跋本）和尚未成印刷本的稿本，實為 18621 種。《明代版刻綜錄》著錄刊者 5257 人（其中私刻 4652 人），出版 7876 種。〔註36〕臧懋循萬曆四十三年（1615）刻《元曲選》，選了《包待制智勘灰闌記》、《神奴兒大鬧開封府》、《包待制三勘蝴蝶夢》、《魯齋郎》、《灰闌記》等包公戲，且都有插圖。

〔註36〕統計數字見繆詠禾：《明代出版史稿》，江蘇人民出版社，2000 年版，第 109 頁。

圖 6-4　明萬曆吳興臧氏刊《元曲選・神奴兒大鬧開封府》插圖

　　明代江南發達的圖書印刷業，對其文化繁榮及傳播可謂功績卓著。特別嘉靖以後的晚明，各種書林、書坊、書肆在江南經濟發達地區鱗次櫛比，十分繁榮。文化的發展刺激了印刷業的興盛，印刷業的發達又為文化的進一步繁榮提供了條件。胡應麟說：「余所見當今刻本，蘇常為上，金陵次之，杭又次之，近湖刻款刻驟精，遂與蘇常爭價，蜀本行世甚寡，閩本最下，諸方與宋世同。」又說：「凡刻之地有三，吳也，越也，閩也，蜀本宋最稱善，近世甚希，燕、粵、秦、楚，今皆有刻。類自可觀，而不若三方之盛，其精吳為最，其多閩為最，越皆次之。」〔註37〕

　　明代江南刻書業在全國佔據舉足輕重的地位，特別是嘉靖、萬曆時期，刻書業盛況空前，而又以蘇州、無錫、松江、南京、揚州等地為中心。金陵、蘇州書坊尤以刊刻小說戲曲聞名於世。《小說書坊錄》所錄 225 種中，有 120 種出於萬曆。而建刻 66 種小說中，3 種是正德、嘉靖時期，3 種是天啓、崇禎時期，55 種是萬曆間刻本。小說從此進入了主要以文本形式和讀者閱讀為主的傳播時代。民間流傳和收藏小說更為普遍，成化時「故事書，坊印本行

〔註37〕胡應麟：《少室山房筆叢》卷四，「經籍會通四」，中國書店，2001 年版，第41 頁。

世頗多，而善本甚鮮。」「今書坊相傳射利之徒僞爲小說雜書，南人喜談如漢小王、蔡伯喈、楊六使，北人喜談如繼母大賢等事甚多。農工商販，抄寫繪畫，家蓄而有之。癡呆女婦，尤所酷好。」〔註38〕

　　萬曆間，金陵著名的書坊（書林）世德堂、富春堂、文林閣、廣慶堂、繼志齋、大業堂、萬卷樓、長春堂等都以刊刻雜劇、傳奇、小說及日用類書互相標榜，還請來建陽和徽州的技術工人雕版鑴圖，刻印俱佳，非常暢銷。一些通俗文學作家本身就參與了書籍的刊刻。最著名的當推吳興凌濛初。凌刻本以彩色套印方法印刷古籍，技術嫻熟，傳本極少參差錯亂。明代建陽書坊對公案題材頗爲青睞，12 種明代公案小說，除《龍圖公案》外，其餘 11 種小說，有 9 種刊刻於建陽，其中萬曆 22 年刻安遇時編《新刻京本通俗演義增像包龍圖判百家公案全傳》十卷 100 回。

圖 6-5　明萬曆吳興臧氏刊《元曲選・灰闌記》插圖

　　據鄭振鐸先生考，金陵世德堂大致是在明萬曆二十八年（1600）前後自富春堂分離出來的，常見刊署「金陵唐繡谷世德堂」、「繡谷唐氏世德堂」，刊有《拜月亭記題評》、《趙氏孤兒記》、《雙鳳齊鳴記》、《裴度香山還帶記》等十一種；所刻傳世的小說有《出像官板大字西遊記》、《唐書志傳通俗演義題評》、《南北宋志傳通俗演義題評》等書。文林閣主人爲唐錦池所刻戲曲有《易鞋記》、《胭脂記》、《觀音魚籃記》、《四美記》、《包龍圖公案袁文正還魂記》

〔註38〕葉盛：《水東日記》卷十二「小說戲文」，中華書局，1980 年版，第 213～214頁。

等二十餘部（加著重號者為包公戲並刻有插圖）。〔註39〕金陵的周姓書肆可考者十四家。周曰校萬卷樓以刻印小說為主。於萬曆十九年（1591）刊《新刊校正古本大字音釋三國志通俗演義》、三十四年刊《新鐫全像海剛峰先生居官公案》、三十七年刊《新刊大宋中興通俗演義》，以及刊刻年代不詳的《新鐫全像包孝肅公百家公案演義》六卷 100 回等。僅《百家公案》一種，已知的萬曆年間刻本就有萬曆二十二年（1594）與畊堂本（圖 6-6）；朱仁齋刊本；萬曆後期楊文高刊本；萬曆二十五年金陵萬卷樓刊本等。圖為金陵與畊堂本《百家公案》版式。〔註40〕

　　明清書坊開設的位置既考慮到人流密集的鬧市區有利於書籍銷售，又充分意識到文人乃是書籍包括通俗小說的極為重要的讀者群和購買者，故書坊亦將縣學、府學、書院等周圍的地段視為開設的理想場所，並形成專營刻售圖書的書坊街、書坊區。胡應麟《少室山房筆叢》云：「今海內書，凡聚之地有四：燕市也，金陵也，閶闔也，臨安也。」〔註41〕

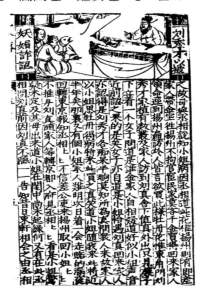

圖 6-6　金陵與畊堂本《百家公案》版式

〔註39〕趙前：《明本》，任繼愈主編《中國版本文化叢書》，江蘇古籍出版社，2003
　　　　年版，第 63 頁。
〔註40〕參見劉世德等主編：《古本小說叢刊》第二十二輯第四冊，中華書局，1991
　　　　年版，第 1725 頁。
〔註41〕胡應麟：《少室山房筆叢》卷四「甲都經籍會通四」，中國書店，2001 年版，
　　　　第 40 頁。

　　清代公案俠義小說產生於乾隆、嘉慶年間，許多小說作品在成書刊刻前其主要故事情節多曾以鼓詞、評書、戲曲等藝術形式演出過，因這類故事新穎奇特、情節驚險曲折，因而深受社會各階層人民的普遍歡迎，具有良好的群眾基礎。如《彭公案》在刊印前，「京都鈔寫殆遍，大街小巷侈爲異談，皆以爲膾炙人口。故會廟場中談是書者不記其數，一時觀者如堵，聽者忘倦」。〔註42〕僅在道光年間就至少有九種版本。

　　清代公案俠義小說的眞正暢銷走紅是在光緒年間《三俠五義》出版之後，這也是中國近代出版業的重要變革期。許多小說作品在這一時期成書刊印，書坊主四處尋訪書稿，大量刊印，讀者踊躍購買，爭相閱讀，一時間，整個社會上出現了閱讀公案俠義小說的熱潮，這股熱潮一直持續到民國年間。總的來看，與前代小說的出版相比，清代公案俠義小說的出版版本多、印量大，出版時間較爲集中，傳播範圍十分廣泛。現根據《小說書坊錄》、《增補中國通俗小說書目》等有關專著及筆者在北京圖書館、首都圖書館等處所見所聞，將清代與包公有關的俠義公案小說主要作品在北京的刊印情況列表如下：

書　名	最早刊行年代	刊印書坊	版本數量
《三俠五義》	光緒五年（1879）	北京聚珍堂	十七
《小五義》	光緒十六年（1890）	北京文光樓	十五
《續小五義》	光緒十七年（1891）	北京文光樓	九

（一）部分包公文學刊刻版本與包公文學傳播的規模

明清各地書坊所刊部分包公文學如下表：

書　名	版　本	版　框	行數／字數	館　藏	備　註
《清平山堂話本》	嘉靖武林洪楩				
《脈望館抄校本古今雜劇》	明趙琦美輯，稿本			北京圖書館	
《包龍圖公案詞話》	明成化北京永順堂	9.3×13.5	13×21	上海博物館	插圖
《百家公案》	萬曆二十二年（1594）與畊	9×16.7	13×24	日本名古屋蓬佐文庫。	《新刊京本通俗演義增相包龍圖公

〔註42〕孫壽彭松坪氏《彭公案》序，寶文堂書店，1986年版，第3頁。

	堂本朱仁齋刊本；（插圖）				案全傳》十卷一百
	萬曆後期楊文高刊本			日本山口大學棲息堂文庫	
	萬曆二十五年金陵萬卷樓刊本			韓國漢城大學奎章閣	書名《百家公案》（全像）
	《新雋全像包孝肅公百家公案演義》六卷				
《龍圖公案》	明天啓刊本，序文爲半葉五行，行十字，附目錄、圖和題詞。	十卷本	9×19	日本山口大學棲息堂文庫藏	書名《新評龍圖神斷公案》，附聽五齋評
	明末刻本		9×19		序署「江左陶烺元乃斌父題於虎丘悟石軒」
	清初刊四美堂本	大本		大連圖書館	題「李卓吾評」實無評
	乾隆乙未書業堂刊本				簡本，附聽五齋評，亦題李卓吾評，實無評
	嘉慶七年李卓吾評十卷本〔註43〕			日本內閣文庫	
	嘉慶 13 年經文堂本			國家圖書館	
	嘉慶 15 年增美堂本			英國皇家亞洲學會藏書	繡像
	嘉慶 21 年一經堂本			英國博物院藏書	繡像
	道光 23 年黎光樓本			國家圖書館	
	光緒二十一年上海飛鴻閣石印本			國家圖書館	

〔註43〕譚正璧、譚尋：《古本稀見小說彙考》，浙江文藝出版社，1984 年版，第 168 頁。

	同治戊辰緯經堂刊巾箱本〔註44〕			趙景深藏本	
《龍圖剛峰公案合編》	清嘉慶十四年刊本			復旦大學藏本	書分上下兩層，上為剛峰公案，下層為龍圖公案
《五鼠鬧東京‧包公收妖傳》〔註45〕	書林刊本		24×25	英國倫敦博物院	正文書題《新刻五鼠鬧東京傳》
《三遂平妖傳》四卷二十四回	金陵世德堂唐富春				有刻工劉希賢題名
《墨憨齋批點北宋三遂平妖傳》	陳氏嘉會堂刊				
《清風閘》	嘉慶己卯（1819）奉孝軒刊巾箱本。插圖		22×20		題「嘉慶己卯夏五月梅溪主人書」。不題撰人。
	道光元年華軒齋刊本		18×20	法國國家圖書館	繡像
	同治甲戌（1874）重刊本		22×20		插圖九幅
《五虎平西前傳》十四卷112回	嘉慶辛酉（六年）坊刊本				全題為《新鋟異說五虎平西珍珠旗演義狄青前傳》
《五虎平南演義》六卷42回	寶華順刊本				全題為《新鐫後續繡像五虎平南狄青演義傳》
	嘉慶十二年聚錦堂本，六卷四十二回		8×20	東京大學東洋文化研究所〔註46〕	
	嘉慶十三年聚錦堂巾箱本				

〔註44〕 譚正璧、譚尋：《古本稀見小說彙考》，浙江文藝出版社，1984年版，第171頁。

〔註45〕 柳存仁：《倫敦所見中國小說書目提要》，書目文獻出版社，1982年版，第67～68頁。

〔註46〕 〔俄羅斯〕李福清：《古典小說與傳說——李福清漢學論集》，中華書局，2003年版，第347頁。

《忠烈俠義傳》或《三俠五義》	光緒五年北京聚珍堂活字本			《忠烈俠義傳》（首刻）
	光緒八年（1882）北京聚珍堂活字本			《忠烈俠義傳》
	光緒九年北京聚珍堂活字本			
	光緒九年北京文雅齋書坊所刊			封裏刻著「板存京都前門外鮮魚口內小橋路北文雅齋書坊」
	光緒十六年北京聚珍堂活字本	廣百宋齋刊本		
《繡像包公審郭槐全書》〔註47〕	第七甫丹柱堂本		俄羅斯國家圖書館	「新刻龍須帕記」
《小五義》	光緒十六年文光樓書坊首刊	北京琉璃廠文光樓書坊		封裏刻「存板琉璃廠東門路北文光樓書坊」。
《續小五義》	光緒十七年首刊	北京琉璃廠文光樓書坊		

（二）小說插圖與包公的視覺傳播

　　小說插圖，由來已久。現在所能見到的最早的小說插圖是北宋嘉祐八年（1062）福建建安余氏靖安勤有堂鐫刻的《列女傳》。徐康（1814～？）《前塵夢影錄》云：「繡像書籍，以宋槧《列女傳》為最精。」〔註48〕元代在這方面亦頗有建樹，以元至治《新刊全相平話五種》為代表，在小說的創作、刻印及傳播史上產生深遠影響，可以視為明清時期小說插圖大盛的序曲。

〔註47〕〔俄羅斯〕李福清：《古典小說與傳說——李福清漢學論集》，中華書局，2003年版，第418頁。

〔註48〕徐康：《前塵夢影錄》卷下，清江標校刊《靈鶼閣叢書》第四集，光緒二十三年（1897）湖南使院刊本。

　　嘉靖、隆慶爲小說插圖的重新起步階段。明清通俗小說的正式出版始於嘉靖元年《三國志通俗演義》之刊印。經過明初以來長時期的沉寂，通俗小說開始顯出蓬勃的生機，插圖本小說的發展亦由此重新起步。萬曆至康熙小說插圖發展到巔峰時期，鄭振鐸先生把這一時期的版畫藝術稱爲「光芒熠熠的黃金時代」。〔註49〕

圖 6-7　《元曲選・包待制智勘生金閣》

　　這方面最著名的例子是余象斗。建安余氏刻書源遠流長，余象斗更是在通俗文學的刊刻方面不遺餘力。其三臺館、雙峰堂刊刻了大量的小說，還親自編輯了《南遊記》、《北遊記》等小說。余氏插圖本採用上圖下文的傳統形式，雖不及徽派精緻，但也古樸粗獷，別有興味。

　　萬曆之後，彩色套印技術開始成熟，逐漸廣泛地應用於版畫和小說插圖。明代萬曆年間刊行的著名的「秘戲圖冊」《花營錦陣》，即五彩套色木刻之作。這一時期的小說插圖不僅數量多，而且藝術質量高。通俗小說幾乎無書不插圖，無圖不精。明清的圖書刊刻中心集中在安徽、江蘇、浙江、福建一片，

〔註49〕鄭振鐸：《中國古代版畫史略》，《鄭振鐸藝術考古文集》，文物出版社，1988
　　　　年版，第 363 頁。

刻工、畫家，名家如雲，且流動性很大，帶動了版畫風格和版刻技術的推廣、交融與提高。當時的畫家與名刻工合作，創作了大量刻繪俱佳的小說插圖。「北方的北京尚保存些古風，但在南方則建安、金陵和徽州的三大派似已經有合流的傾向，彼此互相影響著，彼此都向精緻細密的道路上走。完整的『古典美』的作品隨處都可以遇得到。」〔註50〕

乾嘉時期小說插圖一度轉入低谷。乾隆一朝雖爲清代印刷技術發展的一個高峰期，但其成果用於小說刊印者甚少。雍正以來文網日密，加之乾嘉考據之學漸爲主流文化，文人學者皆以訓詁、考據、校勘爲能事，以通俗小說爲鄙，更毋論投身於小說刊刻之業了。

道光以後版畫技術始復興，特別是在廣州、上海等南方繁華地區，由於經濟的繁榮及文士的提倡，小說插圖又有聲有色地發展起來。

葛兆光先生說，既然圖像也是歷史中的人們創造的，那麼它必然蘊涵著某種有意識的選擇、設計和構想，而有意識的選擇、設計與構想之中就積纍了歷史和傳統，無論是它對主題的偏愛、對色的選擇、對形象的想像、對圖案的設計還是對比例的安排，特別是在描摹圖像時的有意變形，更摻入了想像，而在那些看似無意或隨意的想像背後，恰恰隱藏了歷史、價值和觀念，於是在這裏就有思想史所需要研究的內容。〔註51〕

首先，作爲版畫藝術，明清小說插圖對文學文本傳播起到引導和促進作用。明夏履先（天啓間杭州人）《禪眞逸史·凡例》稱該書插圖：「圖像似作兒態。然史中炎涼好醜，辭繪之，辭所不到，圖繪之。昔人云：詩中有畫。余亦云：畫中有詩。俾觀者展卷，而人情物理，城市山林，勝敗窮通，皇畿野店，無不一覽而盡。其間仿景必眞，傳神必肖，可稱寫照妙手，奚徒鉛槧爲工。」這一段話道出了小說插圖的首要作用，即以直觀的形象表現或補充說明文本的意義，從而對閱讀進行有益的引導。如萬曆二十二年與畊堂本朱仁齋刊本《全補包龍圖判百家公案》根據故事情節發展繪製插圖，如圖6-8爲小說第四十六回「斷謀劫布商之冤」，包公奉命回東京，濟南父老拜伏於道旁的情形：

〔註50〕鄭振鐸：《中國古代版畫史略》，《鄭振鐸藝術考古文集》，文物出版社，1988年版，第391頁。
〔註51〕葛兆光：《思想史研究視野中的圖像》，《中國社會科學》，2002年第4期。

圖 6-8 《百家公案》插圖「巡視回京」

　　其次，小說插圖起到了包公形象的展示作用。語言是符號的王國，圖片作爲新媒介，它重組了文學的諸種審美要素，其直觀性和反解釋性，成爲意義的替代性秩序。鄭振鐸先生說：「人物圖像雖小，但動作的活潑，姿態的逼真，是會令觀者們讚賞不已的」，其人物形象自有其可愛之處。〔註52〕如明成化北京永順堂刊刻《包龍圖公案詞話》的插圖是國內現存的最早戲曲、小說的木刻版畫插圖。因此可以說《包龍圖公案詞話》是明初通俗讀物插圖代表之作。單面獨幅佔據小說插圖主導地位後，人物被放大，其動作、姿態、面部表情都細緻入微，有了喜怒哀樂的情感的表現，也因而有了不同的形象。《包龍圖公案詞話》各作品都有插圖，筆者認爲它的插圖作用有四點。第一，主要情節的插圖化，恰似戲曲的分幕一樣，具有把故事情節段落化的效果。因此，讀者更容易理解主要場面的情景或者情況。第二，插圖使說唱者容易記憶故事的內容。換言之，看插圖就可知那場面的內容。尤其每個插圖有標目，只看插圖標目，不看文字也可知故事的情節。假如收藏這一書籍的家府人員中，識字的人朗讀給文盲的家族聽，並不識字的成員熟悉了其內容後，雖然不懂文字，但是只看插圖也可以欣賞作品。由此，圖文並茂的刻本是老少咸宜、婦孺易曉。第三，看戲曲的效果，看插圖可以聯想舞臺的公演。這點與說唱的形式連起來使讀者產生看戲曲的幻象。因爲插圖畫面可以不受任何視點所束縛，也可以不受時間和空間的限制，所以十分符合描寫戲曲的成分。第四，插圖具有產生裝飾書籍的效果。原先爲了幫助理解故事情節存在的插圖，越來越具有裝飾的作用。有了一定的社會經濟基礎以後，讀者或者收藏者要求漂亮的書籍是理所當然的。如圖 6-9 爲「包公斬曹國舅」插圖：

〔註52〕鄭振鐸：《中國古代版畫史略》，《鄭振鐸藝術考古文集》，文物出版社，1988年版，第 367 頁。

圖 6-9　《百家公案》插圖「包公斬曹國舅」

　　再次，插圖本小說往往暢銷，大大提高了書商的經濟收益，客觀上促進了包公小說的傳播。書商也往往以插圖相標榜。也因為如此，許多書坊竟不顧圖不對文，大肆剽竊他書插圖，以期速售牟利。如葉敬池刊本《警世通言》由吳郡名工郭卓然刻，其中第十三卷「三現身包龍圖斷冤」配有插圖《三現身包龍圖斷案》，精美喜人，它和另外兩幅《趙太祖千里送京娘》、《小夫人金錢贈年少》為崇禎刊本《皇明中興英烈傳》所竊。〔註53〕

五、商業利潤與諸傳播方式的傳播動力

　　法國現代文學理論家羅貝爾・埃斯卡皮說過：「凡文學事實都必須有作家、書籍和讀者，或者說得更普通些，總有創作者、作品和大眾這三個方面。於是產生了一種交流圈……在這種圈子的各個關節點上都提出了不同的問題：創作者提出各種心理、倫理和哲學的闡釋問題；作為中介的作品，提出美學、文體、語言、技巧等方面的問題；最後，某種集體的存在又提出歷史、政治、社會甚至經濟範疇的問題。」〔註54〕在構成文學要素的三部分中，受眾集體的存在及其重要意義，在中國正統文學裏往往被忽略。

〔註53〕宋莉華：《插圖與明清小說的閱讀及傳播》，《文學遺產》，2000 年第 4 期。
〔註54〕〔法〕羅貝爾・埃斯卡皮著：《文學社會學》，漢譯本，浙江人民出版社，1987年版，第 1 頁。

　　從文學創作角度，文學不是消極的承受和表達現實，而是一種「改塑物質和文化的生產力。作爲生產力，藝術在建構事物、現實和生活形式的本質和『現象』時，將會是一種綜合性的因素。」〔註55〕所以，從這個意義上說，文學藝術對新的現實和秩序的建構，實際上轉化成了對新的語言形式的發現。對語言形式的發現和操控「對於人類調節情感、意志和理性之間的衝突和張力，消解內心生活的障礙，維持身與心、個人與社會之間的健康均衡關係，培育和滋養健全完滿的人性，均具有不可替代的作用。」〔註56〕

　　同時作爲語言展演的文學，可視爲儀式表演的語言延伸，這種表演將反歸自身，在表演中向自己揭示自己，因此而生活在「想像的激情之中，生活在希望與恐懼、幻覺與醒悟、空想與夢境之中。」〔註57〕這一種建構活動實際上將宣泄人類的精神壓力，是人類與生俱來的一種治療手段。所以文學創作和傳播，不論是「野草」還是「吶喊」，都是人性的表徵，因此具有先驗的傳播動力。

　　當然，從微觀的現實層面，經濟效益的獲得使文學又具有更爲具體的傳播動力。早在宋元時期，觀眾往勾欄、瓦舍看戲，都是自己掏錢。如《太平樂府》卷九所載杜善夫《莊家不識勾欄‧耍孩兒五煞》說：「要了二百錢，放過咱，人得門上個木坡。」當時的勾欄都有棚門，同時也是收錢之處。

　　到了明代，文學的受眾群體心理、文學作品在當世的聲譽及物質回報已被納入作者動筆前的思考。在明人文獻中，神廟、會館之類大眾化的戲劇演出，一般由大戶或會館湊錢，一次性向戲班付費，觀眾則不必逐個掏錢進場。如《陶庵夢憶》所說，陶堰鎮在紹興或杭州所請戲班，一次即付「纏頭費」數萬錢。

　　明中葉以前的戲價，大約唱一場堂戲是二兩銀子左右，唱得好的有賞封，多少不定，另外再招待演員酒食。《金瓶梅詞話》第四十二、四十三回寫「王皇親家二十名小廝」的雜劇戲班由兩名師傅領著，在西門慶家裏唱了兩天戲，頭一天唱《西廂記》全本，第二天唱包公戲《王月英月夜留鞋記》一本，「戲文四折下來，天色已晚……喬太太和喬大戶娘子叫上戲子，賞了兩包一兩銀子」，晚上「管待戲子並兩個師傅酒飯，與了五兩銀子唱錢，打發去了。」其

〔註55〕馬爾庫塞：《新感性》，劉小楓等譯，見《人類困境中的審美精神》，知識出版社，1994年版，第626頁。

〔註56〕葉舒憲主編：《文學與治療》，社會科學文獻出版社，1999年版，第273頁。

〔註57〕卡西爾：《人論》，甘陽譯，上海譯文出版社，1985年版，第33～34頁。

中二兩銀子是賞錢，後來給的五兩銀子是戲錢。第六十三、六十四回寫一個海鹽戲班在西門慶家唱了兩天戲，西門家「與了戲子四兩銀子打發出門」。第七十八回一個海鹽戲班爲西門家唱了一個下午，給了「二兩銀子唱錢，酒食管待出門」，〔註58〕當時二兩銀子一場戲的價錢，約等於三分之一個奴隸的身價。

　　20 世紀 90 年代以來，研究者在論及明清經濟發展對小說的影響時成共識，認爲「明清小說一般都以商品形態出現」。雖然「小說史上許多不良現象的產生都與此相關聯」，但多數研究者還是客觀地評價它對小說的發展的積極推動作用。除了經濟的急劇發展，小說觀念的更新、創作者日益自覺的讀者意識是明清小說發展的動力。〔註 59〕在明清兩代公案小說的市場化運作中，書坊經營之目的惟在射利。它們往往能根據圖書市場的實際情況，迅速調整和變動經營策略，體現出了機動靈活、不拘一格的特點。明中葉以來之書坊，多集刻、印、租、售於一體。如大連圖書館藏乾隆五十六年（1791）自愧軒刻本《西湖拾遺》，封面鐫有「杭城十五奎巷內玄妙觀間壁青牆門內本衙發兌」的雙行牌記，表明自愧軒既刻書又售書。試以閩書坊爲例，建陽書坊雲集，「建陽崇安接界處有書坊村，村皆以刊印書籍爲業」。〔註 60〕並形成大規模的書市，書籍貿易興盛。「在崇化里，比屋皆鬻書籍，天下客商販者如織，每月以一、六日集。」〔註61〕

　　古代書籍很少直接在書上標明印書成本和價碼。在所知的幾部中，宋本《淮海集》，每書售價 500 文。萬曆蘇州龔紹山刊本《陳眉公批評列國志傳》12 卷 223 則，約 40 萬字，「每部紋價壹兩」。萬曆天啓間蘇州舒載陽刊本《封神演義》20 卷 100 回，約 70 萬字，「每部定價紋銀貳兩」。二兩銀子是當時購買一畝地的價格，按萬曆時的米價，《封神演義》折合米三石餘，相當於六品官員一個月的月俸。按照這個比價計算，萬曆二十二年與畊堂《全補包龍圖判百家公案》的價格也紋銀壹兩左右。從價格看，通俗小說還是奢侈品。這一點郭英德說的明白：「元明時期……能買得起書，尤其是有餘貲購買詩詞、

〔註58〕《新刻繡像批評金瓶梅》（上），《李漁全集》第十二卷，浙江古籍出版社，1992年版，第 148 頁。
〔註59〕陳大康：《明代小說史》，上海文藝出版社，2000 年版，第 17 頁。
〔註60〕《福建通志》卷七一，「史都·地理類·都會郡縣之屬」，文淵閣《四庫全書》本。
〔註61〕〔明〕馮繼科等纂修：《建陽縣志》卷三，上海古籍出版社，1962 年影印明嘉靖本。

曲賦、小說等文學書籍的，主要還是皇家貴族、達官貴人、土豪富商或文人學士，一般老百姓是買不起這些文學書籍的⋯⋯因此，元明時期刻印文學書籍的接受對象，基本上不出皇家貴族、達官貴人、土豪富商或文人學士的範圍。」〔註62〕

書　名	刊　本	卷　數	版式、字數	頁　數	書價
《淮海集》〔註63〕	宋本（東京內閣文庫藏原刻本）		用印版 449塊	500	500文
《封神演義》	萬曆蘇州金閶舒載陽本	20卷100回	19×20,200	50頁，100面	紋銀二兩
	清覆明本	8卷100回	15×32,480	20頁，40面	
金閶龔紹山梓本《春秋列國志傳》	萬曆姑蘇龔韶山刊本	12卷	10×20,200	60頁	紋銀一兩
	萬曆己卯（1615）本	12卷	11×20,220		
	內府抄本	8卷	13×25,325		
	萬曆（1604）三臺館本	8卷	13×20,260		

印刷媒介商業化，意味著賺得利潤是最大的目的。福建人謝肇淛《五雜組》云：「閩建陽有書坊，出書最多，而板紙俱最濫惡，蓋徒以射利計，非以傳世也。大凡書刻，急於射利者必不能精，蓋不能捐重價故耳。⋯⋯近來閩中少有學吳刻者，⋯⋯能書者不過三五人，能梓者不過十數人，而板苦薄脆，久而裂縮，字漸失真，此閩書受病之源也。」〔註64〕當然書坊的產業化運營也帶來了選題跟風、相互抄襲、粗製濫造等缺點，石庵《懺空室隨筆》云：

> 自《七俠五義》一書出現後，世之效顰學步者不下百十種，《小五義》也，《續小五義》也，再續、三續、四續《小五義》也。更有《施公案》、《彭公案》、《濟公案》、《海公案》，亦再續、重續、三續、四續之不止。此外復有所謂《七劍十三俠》、《永慶昇平》、《鐵仙外史》，皆屬一鼻子出氣。尤可惡者，諸書以外有一《續兒女英雄傳》，亦滿紙賊盜捕快，你偷我拿，鬧嚷喧天，每閱一卷，必令人作嘔三

〔註62〕郭英德：《元明的文學傳播與文學接受》，《求是學刊》，1999年第2期。

〔註63〕錢存訓：《中國紙和印刷文化史》，廣西師範大學出版社，2004年版，第352頁。

〔註64〕明・謝肇淛：《五雜組》卷一三，事部一，上海書店出版社，2001年版，第266頁。注：該書「五雜組」刊為「五雜組」。

日。余初竊不解世何忽來此許多筆墨也，後友人告余，凡此等書，由海上書儈見蠅頭之利，特倩稍識之士編成此等書籍，以廣銷路。蓋此等書籍最易取悅於下等社會，稍改名字，即又成一書，故千卷萬卷，同一鄉下婦人腳，又長又臭，堆街塞路，到處俱是也。〔註65〕

〔註65〕石庵：《懺觀室隨筆》，《揚子江小說報》第 1 期，宣統元年。引自朱一玄《明清說研究資料彙編》，齊魯書社，1999 年版，第 89 頁。

第七章　地域與包公文學傳播之空間

一、鄉村演劇傳統與包公傳播

　　如果說城市的傳播動力是刊刻技術進步所導致的商業化運營的話，在鄉村的傳播動力是依賴其發達的宗教祭祀的演劇傳統。民間迎神賽社活動最初根源可以追述到古老的社祭，社祭活動與其它村社活動融合，導致綜合性的大型迎神賽社產生，在迎神賽社紛繁蕪雜的內容中，戲劇因素是迎神敬神儀式中必不可少的一部分，它們往往與宗教儀式交織在一起，成就為民間特有的儀式劇演出。迎神賽社演出場地可延伸到整個村社；整場活動中內容豐富，無所不包，演出結構靈活自由，演出場次、內容不必完全拘泥於原劇，演員與觀眾對待敬神演出充滿敬畏之情等等。這些都是民間演劇區別於城市商業演出的特徵。

　　在這種民間宗教的祭祀場合底下，和其它除煞驅邪的「儺戲」的性質相似，「包公戲」的演出往往就是一種逐疫禳鬼祓邪除祟的宗教儀式。驅邪儀式通過戲劇演出得以實現，而戲劇搬演的本身，就是一種儀式的進行，所謂「祭中有戲，戲中有祭」，二者合而為一。有學者稱這類戲劇為祭儀劇，即留滯於民間的以驅凶納福為宗旨的祭祀儀式及其相關的故事化表演。

　　祭儀劇是現存於民間的各類儀式性戲劇的總稱，諸如儺戲、目連戲、賽戲等一系列帶有祭祀鬼神、驅凶納福的戲劇均可包括在內。祭儀劇把祭祀、儀式、演劇三者混融一體，難解難分。其儀式與戲劇的契合點即在於妝扮表演改變了參與者普通人的身份。祭儀劇的參與者既是儀式的操作者，又是戲劇的演出者。他們的根本宗旨即在於驅凶納福，在完成或實現這個宗旨的過

程中表現出戲劇化的機制。演出的過程即是傳播的盛宴，包公的傳播因此成為一種儀式傳播。

（一）儺戲驅邪與演劇傳統

「儺」是一種以攘鬼和酬神為基本內容，以假面模擬表演（歌舞或戲劇）為主要形式的巫術活動。儺儀產生於原始社會圖騰、鬼魂、祖先崇拜，在殷商時期形成一種固定的用以逐疫驅鬼的儀式，始稱儺或大儺；兩漢時儺與封禪、郊祀等共同構成維護中央集權體制的巫術禮儀制度；兩宋時受到新興人文文化的衝擊，逐漸退出中原而流佈於長江以南，與荊楚巫術傳統和道教相融合；至明清又流入西南各民族之中，與少數民族原始宗教相結合，其影響至今不絕。

我國有眾多的民族，50多種儺戲。從現在掌握的資料看，在黃河、長江、珠江流域，以及西南、東北和西北地區，都有過儺戲儺文化的存在，並以不同的方式和形態傳承著，形成一個「東起蘇皖贛，中經兩湖、兩廣，西至川、渝、滇、藏，北至陝、晉、冀、內蒙、新疆及東北的儺（巫）文化、儺戲圈。」〔註1〕曲六乙先生將中國的儺儀分為五類：宮廷儺、官府儺、民間儺（鄉人儺）、軍儺與寺院儺。〔註2〕其中宮廷儺、官府儺屬於國家和官府舉行的儺祭活動，現已成為歷史陳跡。但其它三類儺，卻以不同的形態，存活於民間、寺廟。其中鄉人儺（民間儺）是目前流行最廣泛、影響最大的一類，並與各地方的民俗信仰、原始宗教、儒釋道三教等文化因子相融合，形成一種多元巫術文化系統，亦成為很多地方的一種民俗文化事象。

宋代以來儺儀由北向南傳播。從長安而至秦中、荊楚，至巴蜀、貴州，是儺儀傳播的西線，儺儀與荊楚、巴蜀古俗相融合，與少數民族原始宗教以及佛道文化相滲透，從而形成了豐富多彩的地方儺文化。儺戲儺祭活動在湖北、湖南、四川、廣西、貴州等地盛行起來，並且，儺儀的中心已由京城轉移到桂林一帶，儺面的製作也以此地最佳。南方儺以民間儺（百姓儺）和軍儺為主。

另外，儺儀又有自長安、開封向東南各省傳播的過程，稱之為東線傳播，江南儺儀也很有名。趙彥衛《雲麓漫鈔》云：「歲將除，都人相率為儺。但語

〔註1〕 庹修明：《中國西南儺戲述論》，《貴州民族學院學報》，2001年第4期。
〔註2〕 曲六乙：《當代中國大陸儺學研究的歷史軌迹及其理論架構》，《中國地方戲曲叢談》，臺灣，1995年。

呼爲野零戲。」《武林舊事》卷三記道：「禁中以臘月二十四日爲小節，夜三十日爲大節，夜呈女童驅儺，裝六丁、六甲、六神之類。」這裏儺儀又有所變化：女童驅儺與後來江蘇僮子戲有直接關係，裝扮六丁、六甲、六神之類，則屬於道教神譜。

值得注意的是，明成化說唱《包龍圖公案詞話》與貴池儺戲底本非常相似，有時說唱的內容沒有什麼變化，即原樣照搬輸人戲曲中。有的學者認爲照搬說唱文學的戲曲屬於儀式戲劇，並且是比較早期戲曲形態。〔註3〕

古代儺戲演出的部分地域與演出劇目：

地域	儺戲別名或種類	儺戲劇目	演出時間	演出儀式	演出歷史
山西	扇鼓儺戲、賽戲（賽社）、鑼鼓雜戲、隊戲、耍鬼、目連戲、寶慶儺等	《尉遲洗馬》、《關公斬妖》、《古城聚義》、《目連救母》、《天仙送子》《五關斬將》、《戰呂布》、《關大王破蚩尤》、《古城聚義》、《關公斬妖》、《斬華雄》、《單刀赴會》		可分爲三個部分：供盞前的扮仙，供盞時的獻樂、獻隊戲和供盞後的正式戲劇演出。	宋元以來
雲南	端公戲、關索戲、梓潼戲、雜戲、大詞戲、跳神戲、香童戲、跳廟戲、謝土齋等。	關索戲。《三請孔明》《三戰呂布》、《過五關斬六將》、《收周倉》、《收馬超》、《古城女》、《張飛奪山寨》	正月初一至正月十六，三年演一次	關索戲包括點燃松柏驅邪，捉雞占卜神靈是否領牲，用雞血爲面具開光，飲雞血酒等環節。	清初康熙年間
安徽	貴池儺戲〔註4〕、端公戲、跳五猖。	《劉文龍趕考》、《魁星點斗》、《鍾馗捉小鬼》、《孟姜女尋夫記》、	正月初七、十五兩夜。	「關公斬妖」的驅鬼禮儀「舞傘」「打赤鳥」、	

〔註 3〕 曲六乙在《中國戲曲史裏一種怪現象》一文中說：「照搬詞話、説書、長詩、禮贊、對話等敍述體文學而形成的早期戲曲劇種，幾乎無例外地都屬儀式戲劇範疇。」如此說法的例子就是《說唱詞話》和貴池儺戲的血緣關係。

〔註 4〕 安徽貴池儺戲有在明代民間說唱詞話基礎上形成的可能性。貴池縣的家族儺裏保存了一些被稱爲「儺神古調」或「嚎啕戲會」的儺戲抄本，其中有五本與上海嘉定縣宣家墳 1967 年出土的明成化年間（1465～1487 年）刊本《說唱詞話》裏的說唱本形式和詞句接近，有些甚至完全相同，這只能解釋爲貴池儺戲使用了說唱本作爲底本來表演，其時間可能在明代前期。參見王兆乾《池州儺戲與成化本〈說唱詞話〉》，《中華戲曲》第六輯，山西人民出版社，1988年。

		《花關索戰鮑三娘》、《陳州散糧》（即《打龍袍》又名《打鑾駕》）《章文顯》和《張文鮮趕考》（即《賣花記》）〔註5〕。《包文正犁田》〔註6〕《宋仁宗不認母》〔註7〕		「舞回回」、「舞古老錢」、「滾球燈」、「舞財神」、「跳土地」、「跳馬」、「舞獅」。	
江蘇	南通僮子戲、淮陰香火戲	《張四姐鬧東京》、《包公告狀》、《包公審替》〔註8〕	每年七月中元節盂蘭盆會	第二天晚上僮子演出「包公審替」的禮儀。〔註9〕	
江西	燈儺、舞鬼戲、儺戲。	《鮑三娘・花關索》、《鍾馗捉鬼》	春節、正月	舞七星劍	
貴州	撮泰吉、儺堂戲、沖儺戲、地戲、跳菩薩、苗儺願、侗儺願。	全堂戲演二十四齣，半堂戲演十二齣。上半堂十二齣戲是：《唐氏太婆》、《金角將軍》、《關聖帝君》、《周倉猛將》……下半堂有《秦童挑擔》、《三娘送行》、《甘生赴考》、《楊四將軍》、《城隍菩薩》、《靈官菩薩》、《蔡陽大將》、《八虎鬧幽州》、《岳飛傳》、《五虎平西》、《陳州放糧》等。〔註10〕	每年兩次：春節和七月中旬	整個儺壇祭祀分三個階段：開壇、開洞和掃壇（或閉壇）。開壇和掃壇，就是酬神請神和送神的儀式。〔註11〕	明代嘉靖（1522～1566）前後開始〔註12〕以武戲為主。

〔註5〕董詩珠：《皖南山區的古老劇種——儺戲》，《戲曲研究》1982年第6期。據安徽貴池劉街鄉殷村桃官保藏本排印本，一名《陳州糶米記》，由五斷來結構。（一）內容與《包龍圖陳州糶米記》幾乎相同，只不過文字方面有所不同。包公曾在至和二年為兵部員外郎，知池州（安徽貴池）。

〔註6〕安徽貴池黃家店汪姓有儺戲抄本《包文正犁田》。

〔註7〕清溪鄉楊家畈和劉街蕩里姚有《宋仁宗不認母》一部。

〔註8〕庹修明《巫儺文化與儀式戲劇研究》，貴州民族出版社，2009年版，第61頁。

〔註9〕〔日〕田仲一成：《中國戲劇史》，北京廣播學院出版社，2002年版，第31～32頁（照片27、28）。

〔註10〕庹修明等：《儺戲論文選》，貴州民族出版社，1987年版，第201頁。

〔註11〕庹修明等：《儺戲論文選》，貴州民族出版社，1987年版，第190～210頁。

〔註12〕李子和：《貴州儺戲談片》。庹修明等：《儺戲論文選》，貴州民族出版社，1987年版，第48頁。

廣西	或謂儺戲、巫戲、土戲或謂唱師、屍公戲、師公舞或謂跳師、跳屍、師公戲、毛南戲。跳師、跳鬼、跳神等		五年一次		
四川	陽戲、師道戲、射箭提陽戲、慶壇戲、儺壇戲、目連戲、童子戲、端公戲、白馬藏戲。		二、三月		
廣東	紫金花朝戲、英歌戲、師公戲、竹馬戲、花鼓戲等。	《鯉魚跳龍門》、《六國封相》、《蟠桃大會》	正月、二月或十一月、十二月		

江西萍鄉縣的儺舞就屬於追儺武技中的單純的假面武術舞蹈，表演者戴上武將的假面，只揮刀弄劍，不唱、不演繹故事。其中萍鄉縣臘市鄉爐前村儺神有包公坐堂（中央）（圖 7-1）〔註 13〕、太子雙刀、單劍（將軍劍）、關羽大刀、關鬥、雙劍、趙公劍、土地判官捉小鬼等劇目。

清代西周生《醒世姻緣傳》第八十六回「呂廚子回家學舌，薛素姐沿路趕船」中寫道明朝末年山東的祭神儺戲，其中唱包公戲《觀音魚籃記》：

> 那日正當有人唱戲還願，真是人山人海。因還不曾開戲，人都閒在那裏，都圍了殿門聽素姐禱祝。……眾人祭賽過了，會首呈上戲單，齪了一本《魚籃記》。素姐因廟中唱戲，算計要看這半日，回到下處，明日起身回家。……是民間祭祀，大者用羊，小者用白毛雄雞。澆奠都用燒酒，每祭都要用戲。……這日正唱到包龍圖審問蟹精的時節，素姐就像著了風一般，騰身一躍，跳上戲臺，手綽了一根大棍，左旋右轉，口裏呷著燒酒。人有問甚麼事體，隨口就應。自己說是柳將軍，數說素姐平生的過惡，人人切齒。……素姐在那臺上吃燒酒，舞木棍，口裏胡說白道。只等唱完了《魚籃》整戲，又找了一齣《十面埋伏》、《千里獨行》、《五關斬將》，然後燒紙送神。

〔註 13〕〔日〕田仲一成：《中國戲劇史》，北京廣播學院出版社，2002 年版，第 84 頁（照片 38）。

素姐方才退神歇手。〔註14〕

圖 7-1　萍鄉縣臘市鄉爐前村儺神有包公坐堂（中央）

《魚籃記》唱到包龍圖審問蟹精的時節，係《魚籃記》的第二十齣「包公斷問」：金家將兩個金牡丹送到包公處甄別真假，包公分別審問，分辨不出。忽然之間，兩個金牡丹不見了。在《魚籃記》中，包公審問的是鯉魚精，不是蟹精。而小說中作家敘述的是「包龍圖審問蟹精」，這是作家一時的誤記，還是演出本作了改動，由於缺乏相關的文獻，難以考知。

　　江蘇南通舉行一種通過被稱爲「僮子」的當地巫覡來鎮撫孤魂以保鄉村平安的所謂「消災會」的孤魂祭祀。〔註15〕包公審替是南通童子戲依據包公

<hr>

〔註14〕〔清〕西周生《醒世姻緣傳》，上海古籍出版社，1981 年版，第 1225～1228 頁。
〔註15〕祭祀主神天齊王的神壇前方上空，用一根繩子並排吊掛著分別寫有 12 個孤魂的大型剪紙畫作爲「替身」。在禱壇的旁邊，貼看對孤魂的布告（叫做「陰榜」），上面寫著「召請王侯將相、士農工商、九瀛三教、諸子百家、大地男女、無祭孤黨等，受供超生」之類言語，與剪影畫和紙人擺放相對應。在爲期三天的祭祀中，第一天，由僮子來回跑動順次唱著孟、趙、蕭、祝、黃五位烈女的故事。這是通過孤魂與巫師的對舞、對唱表現五女悲慘故事的一種形式，是近似於評書或戲劇的一種形式；第二天，是由四個僮子奉獻「歎孤」（感歎孤魂）的禮儀，即對著上述的眾多孤魂畫像哀歎她們的慘死，悲傷地歌唱並爲她們焚燒紙錢。第三天有解救墮入地獄的孤魂、亡魂的叫做「度關」的禮儀，最後，以僮子在「榜」前面焚燒紙錢的所謂「晚齋」，結束祭祀。第二天的晚上僮子演出「包公審替」的禮儀，通過審判，顯示對孤魂中作惡者者子以處罰的陰律（冥界的法律）。在這裏，冥界女子徐氏無理加害現世女子王氏，被逮捕帶到包公面前，扮演包公的僮子以刀割腕，使之出血，塗血於判決書上，徐氏的替身被關進監獄。

捉鬼、審鬼、逐鬼的傳說編造的戲，有「包公放糧」、「告慌狀」、「提替身」、
「審替身」幾折。大意是包公陳州放糧，打道南通州，在齊天廟裏受理冤情。
包公審替，對女鬼定罪焚燒，為病人去災。圖 7-2 為南通縣僮子戲── 包公
審替・包公。〔註16〕

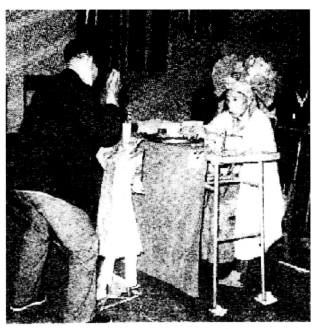

圖 7-2 ・包公審替・包公

　　四川一帶儺戲也非常發達。漢朝末年，道教興起、流佈極廣。「跳儺儺」
這一民間活動很自然地與之合流，將川北民俗中祀神的壇同化成了跳端
公，專門替人驅鬼災。南宋時期四川涪陵一帶流行著戴假面表演的儺戲。
釋道隆《大覺禪師語錄》有一首詩曰：「戲出一棚川雜劇，神頭鬼面幾多般；
夜深燈火闌珊甚，應是無人笑倚欄。」《四川日報》記載今年遺留的四川儺
戲：

　　　　杜家班儺戲發展到後期演員陣容達到十多個且來源趨向於
　　　家族化，其在民間的活躍和受歡迎程度已經遠遠超過了川戲，人
　　　們把杜氏藝人所在的胖土地村稱為「戲窩子」，把杜氏藝人的儺戲
　　　稱作「杜家班儺戲」，當地的達官顯宦，商賈巨富，操辦紅白喜事

〔註16〕照片引自〔日〕田仲一成《明清的戲曲──江南宗族社會的表象》，北京廣播
　　　　學院出版社，2004 年版，第 32 頁。

都以能特邀到杜家班儺戲爲榮。不知不覺中，杜家班儺戲作爲地
方戲的一種，幾乎壟斷了當地的演出市場，大有稱霸一方的趨勢。
杜家班儺戲發展到第二代傳人時，已有了觀衆喜歡的經典節目，
像《張公道審案》，演出時臺上剛唱完「說來天也羞，地也羞，天
羞只怕雲遮日，地羞只怕長石頭」，臺下的戲迷就會立刻傳來踢踏
之聲與之應和，渾然一體，妙趣橫生。杜家班儺戲表演場地小，
演出內容可塑性大，其足迹幾乎遍佈川北大地，成爲了名副其實
的川北一絕。……壇戲以祭神法式，儺儺驅鬼，武王伐紂爲故事
題材，由開路先鋒、趕會、點壇、耍儺儺、假和尚趕齋、張公道
討口、二郎神清宅掃蕩七個部分組成。壇戲發展到後期出現了燈
戲，相比之下，燈戲的表演較爲靈活，道具也十分簡單，演員只
需一個燈官、樂器僅需一把二胡、一個梆子。傳統儺戲劇目變臉，
舊戲與新戲接軌是杜南樓表演儺戲的又一大特點。他所表演的劇
目已不再局限在天上三十二戲，地上三十二戲，有時甚至不唱它
們而改唱《柳毅傳書》、《死而復活》、《神仙死了》、《包公懲城隍》、
《包公倒在臥牛鎮》等新戲。〔註17〕

陳勇在 2005 年 1 月 14 日《四川日報》撰文《閬中儺戲》，報導他採訪川
北儺戲第七代傳人儺戲「活化石」的南部縣民間藝人杜南樓的情況，杜南
樓說，演儺戲最起碼要 3 個人、最多達到 480 人一起共演，一般在農村都
由 3 人以上演出，在場鎮或進城去演出要 480 人，以顯壯觀。杜南樓一生
寫了 40 多本儺戲，最著名的有《包公倒在臥牛鎮》、《三件血衣》、《獄中
情》、《神仙死了》、《桂花橋》等，這至少說明在民國時期還有包公儺戲在
上演。〔註18〕

儺戲有陰戲、陽戲之分。以酬神和驅邪爲主的稱之爲陰戲，以娛人和
納吉爲主的稱之爲陽戲。圖7-3 爲四川重慶酉陽陽戲中的包公面具〔註19〕：

〔註17〕 張樞：《十字路口的杜家班儺戲》，《四川日報》，2002 年 6 月 14 日。
〔註18〕 參見陳勇《閬中儺戲》，《四川日報》2005 年 1 月 14 日；《夜訪儺戲「活化石」》，
《中國民族報》2005 年 3 月 4 日第 10 版；《儺戲尋「根」》，《四川農村日報》
2005 年 2 月 19 日第 1 版；《川北閬中儺戲探「根」》，《西部時報》2005 年 3
月 1 日第 12 版等系列採訪文章。
〔註19〕 照片引自胡天成主編：《民間祭禮與儀式戲劇》，貴州民族出版社，1999 年版，
彩色圖版八「面具」。

圖 7-3　重慶西陽陽戲面具　包丞相

　　宋代時，社火與驅儺隊伍出現融合趨勢，除夕，宮中舉行大儺儀時，除裝將軍、門神、判官外，「又裝鍾道、小妹、土地、竈神之類，共千餘人，自禁中驅祟除南薰門外轉龍彎，謂之『埋祟』而罷」，驅儺隊伍中土地、竈神的出現表明儺與社的合流。民國《臨晉縣志》載正月十五：

　　　　人民嬉戲諸技藝，則有高擡、柳木棍，妝演戲目，遊行街衢；夜
　　又有龍燈、竹馬、旱船、太平車等，金鼓喧闐，觀者如堵，俗謂之『鬧
　　社戶』。卜晝卜夜，歌謔歡呼，舉國若狂，殆濫觴於大儺云。[註20]

今天，儺祭融合進廟會社火中，綿延不絕。其中有些也搬演包公戲。據筆者對明清以來陝西省長安縣馮村和寶雞縣八魚鄉東魚池村搬演社火的考察，其中有關包公的社火有《殺廟》、《拷寇珠》等。《殺廟》的芯子造型為：

　　　　韓琦立桌上，以腰刀作出手，上立秦香蓮，再從秦香蓮兩袖中
　　接「豎折」形芯子，左右分別引牽兩個孩子。或韓琦立於桌上，以
　　腰刀或刀鞘作出手，上分別立兩個孩子；兩個孩子以籠子為出手，
　　上站秦香蓮。服飾道具：韓琦戴牌帽，中間插一纓花，身穿黑箭衣，
　　紮靠腿。秦香蓮包頭，頭上適當插幾隻銀星。兩個孩子穿綺衣褲。

《拷寇珠》的故事和《狸貓換太子》相同，其造型為：

　　　　芯子造型；一邊立陳琳，以棍仗作出手，上立寇珠。一邊立郭

──────────────
〔註20〕民國《臨晉縣志》「歲時民俗」，《中國地方志民俗資料彙編》華北卷，第720頁。

淮：用雉毛作出手，上立劉皇后。如簡化，一邊只上綁淮，站桌子
旁，或郭立桌下，以雉毛爲出手。一雉毛芯子上架一椅子：上坐皇
后。一雉毛芯子上站陳琳：陳再以棍作垂手，上站寇珠。服飾道具：
寇珠按宮女打扮，應給人以雋秀端莊感。陳膝雖屬宮人，但生性豪
爽仗義，衣服是性格的外露，故穿紅衣，登靴，頭上戴官人帽，插
紅纓花。郭淮助紂爲虐，故其臉譜給人以兇惡感，頭戴將額，身穿
紅官衣，插雉毛，登靴。〔註21〕

圖7-4　寶雞縣八魚鄉東魚池村高田玉（已故）
收藏的「同治十一年」，包公社火臉譜，
田榮軍博士提供

民間信仰作爲民族文化傳統的一個組成部分，其淵源可以追溯到中華文明社會
的起源，作爲民間社會所特有的一種根深蒂固的信仰遺存，它構成了希爾斯所
說的中國傳統社會的一種「實質性傳統」。這一「實質性傳統」伏脈千里，在當
代社會以變相的形式存在，主要的原因倒不是因爲它們是仍未破除的習慣和迷
信的外部表現，而是因爲它們同敬重權威、思念過去、祈福禳災、信仰上天等
人類普遍的情感一樣，適應了作爲社會動物的人的原始心理需要。〔註22〕
　　近代以來的一些社會學家曾經以爲在世界現代化進程的強力推動下，宗教

〔註21〕柏宗蔚編：《陝西長安縣斗門鎮馮村社火譜──馮村射虎一百桌》（社火底本，
　　　　內部資料），2000年版，第34頁。
〔註22〕〔美〕E‧希爾斯：《論傳統》，上海人民出版社，1991年版，第304頁。

等傳統情感的衝動源泉將會很快枯竭。然而,事實證明他們都低估了傳統權威及體現它的信仰模式和制度模式的抗拒力量。〔註23〕儘管現代化和理性化不斷地削弱和改變著傳統,但是,只要理性化的規劃不能(也不可能)覆蓋人類社會生活的全部領域,便爲包括民間信仰在內的傳統文化留下了存續的空間。

從傳播的規模和方式的多樣看來,民間演劇總是和迎神、祭神有關。廟會或相關的宗教祭祀活動都要演戲,其中迎神賽社活動,就是民間最典型、最普遍,規模最爲大型的演出。而且迎神賽社三個部分迎神——酬神——送神過程中,有眾多不同內容、形態的戲劇演出,大體分爲兩類:一是從祭祀儀式中演化出來的戲劇,這些戲劇故事的主人公是由人扮演的神靈,內容也是神靈的故事,表現形式更是多種多樣,有主吟誦的,有主舞蹈的,有主對話的,有時是代言體,有時是敘事體的。這種自由的神靈故事表演與祭祀儀式密不可分,儀式過程就是表演過程,戲劇表演也是儀式的進行,離開祭祀儀式,這種儀式戲劇一般不能單獨演出。〔註24〕

包公祭儀劇作爲一種驅邪趕鬼的儀式,至少有三種力量,在三個層次上運作,向在場的參與群眾產生心理效用,而完成其儀式功能。這三個力量分別來自「圖像」、「語言」和「敘事—搬演」。劇中的故事情節和賓白語言,都顯得並不重要。因爲包公的形象本身,和關公一樣代表一種震懾妖邪惡煞的力量,包公在戲中的出現,成爲一種類似宗教圖像的存在,近似民間信仰門神和鍾馗的畫像、基督教中的十字架,本身就有阻嚇鎮壓妖魔鬼怪的威力。〔註25〕

〔註23〕〔美〕E・希爾斯:《論傳統》,上海人民出版社,1991年版,第403頁。

〔註24〕另有綜合性的戲劇在酬神活動中演出歷史上的英雄賢臣烈士事跡,當然也有少部分世俗故事戲、婚姻家庭戲,這些戲劇演出作爲敬奉神明的一種方式而存在,他們也是儀式中不可缺少的部分,離開祭祀儀式,它們可以單獨演出。廣義上,這兩部分戲劇都可稱爲祭儀劇,因爲他們都被框定在祭祀儀式這個框架內,都是儀式的組成部分。

〔註25〕容世誠:《戲曲人類學初探》,廣西師範大學出版社,2003年版,第19頁。民間演出都是爲一定實用目的而設,或因爲春祈秋報,或因爲求子、求學、求財,或爲了慶祝等,這種目的在演出中一定要有所表現,爲了突出這種目的,演員的演出行爲有時會從戲裏回到現實生活中,有時不惜改變劇目原有內容,這些在城市商業演出中絕不允許的行爲,在民間迎神賽社演出中卻是比比皆是,如上黨《過五關》演出中,關羽可以沿途隨意與觀眾談笑,甚至吃街上小販的東西,《捉黃鬼》中迎送黃鬼的大鬼、二鬼和跳鬼可以中途到就近人家歇息、喝茶、取暖,對演出活動中出現的這些「紕漏」,觀眾們毫不在意,他們願意讓關羽吃自己的東西,願意讓押黃鬼的鬼卒到家裏來,因爲在他們眼裏,這些演員不只是在演出,他們是在送吉祥、驅邪氣,他們的到來就是福祉的到來。

　　同時，儺戲演出時，演員也時時不忘自己演出的目的和觀眾內心需要，演出過程中隨時都會從戲裏跑到戲外，出現人神交流，四川梓漁陽戲演出《出鍾馗》時，鍾馗揮劍舞蹈一番捉住小鬼後，招呼還願主家上場：

　　鍾馗：你可認得這二小鬼？

　　主家：（茫然）不認得。

　　鍾馗：此二鬼在你家前屋後，宅左宅右，逗雞弄犬，擾害良民，現已捉住，啥子報答？

　　主家：錢財報告。

　　鍾馗：好錢花上三分，好酒斟上三杯。吾當斬二小鬼於陰山背後，保祐你家門清泰，人人平安。各自下去。

　　主家：謝過神恩（退下）

　　（鍾馗斬二鬼過場。）〔註26〕

圖 7-5　土家族儺堂戲包公面具

儘管儺戲演出觀賞性不強，但這類演出每次迎神賽社必演，民眾注重的是它的儀式性、象徵性，心中「對神既敬畏又嚮往的感情交織」，成為一種儀式的焦慮。

〔註26〕參看曲六乙、錢茀：《中國儺文化通論》，臺灣學生書局，2003 年版，第 236 頁。

在安徽貴池，當迎神賽社演出時，幾乎在所有的舞臺或平地演出場所的後方，演員出場後都有兩位或一位先生坐場，手捧劇本總稿進行指揮，先生既化妝，也擔任臺上的檢場工作，也負責引戲上場和喊斷。有的劇本，如《陳州放糧》《宋仁宗不認母》演出時，「先生」要坐在臺上高聲演唱，唱到哪個角色，哪個角色就出場，根據唱詞需要動作一番，其餘時間則無動作，形同木偶。表演理論的代表人物理查德‧鮑曼（Richard Bauman）在其代表作《作為表演的語言藝術》（Verbal Art as Performance，1977）中這樣規定「表演」的本質：「表演是一種說話的模式」，是「一種交流的方式」。表演理論是以表演為中心，關注民間文學文本在特定語境中的動態形成過程和其形式的實際應用。其理論核心就是把民間敘事當做一個特定語境中的表演的動態的過程，是一個實際的交流的過程。表演理論主要的關注視點可以概括為以下五個方面：一是特定語境中的民俗表演事件；二是交流的實際發生過程和文本的動態而複雜的形成過程；三是講述人、聽眾和參與者之間的互動交流；四是表演的即時性和創造性；五是表演的民族誌考察。和傳統的理論相比，表演理論更側重於把民間敘事作為交流的事件，更關注於「作為事件的民俗」而不是「作為事象的民俗」，以表演為中心而不是以文本為中心，更注重考察民間敘事的即時性和創造性而不是它的傳播與傳承，更注重於個人性而不是集體性，更注重民族誌背景下的實踐而不是追求普遍性的分類體系或尋求功能的途徑。

更能體現這種「元語言」驅邪儀式的，應該是記錄在《禮節傳簿》中的供盞隊戲（又稱「啞隊戲」）。關公、鍾馗、包公、目連和尉遲敬德等的形象，在祭祀的場合中出現，對於參與儀式的觀眾來說，已構成一種鎮壓四方妖邪的力量。換句話說，沒有賓白語言，只有簡單表演動作的啞隊戲，是依賴宗教圖像的力量來除煞驅魔，這點和在儺戲中表演「關雲長耍大刀」的劇目，其背後的儀式意義是相通的。

儺戲中儀式性衝突的雙方在結構和功能上具有同一性：

儺戲的地域	儀式性衝突（正方）	儀式性衝突（反方）
山西	關公	妖（蚩尤）
四川	包公	城隍
河北	閻王	黃鬼
雲南	關公	周倉（蚩尤）

安徽貴池	鍾馗（包公）〔註27〕	小鬼（劉衙內）
江蘇南通	包公	孤魂

　　本論題一個中心論點是：在祈福除祟的祭祀場合裏所上演的包公戲等，往往就是一種驅邪儀式，儀式就在戲劇裏面，戲劇是儀式的實現方式。在這種情況底下，戲劇演出裏的演員、語言和動作，都可能具有雙重身份和意義。在包公戲裏飾演包公的演員，在戲劇故事的層面上，一方面扮演著公案故事裏鐵面判官，又或演出例如在《魚籃記》、《包公懲城隍》裏神化後的包公，但在同一時間和舞臺空間裏，在儀式進行的層面上，他卻是一個主持驅鬼儀式的祭師，在重演儺儀裏方相氏的角色，其彌漫性傳播的意義是有著深厚的民間信仰做支撐的。

　　基於這一原因，劇中角色在臺上的語言行為，也包含了兩重意義。首先，他們用合乎語句文法、地區語音，以及戲曲文類慣例的話語，在運用語言的過程中，表現了人物的內心世界，交代了故事的情節發展，也塑造出一個模擬的戲劇世界，在戲劇演出的層次上，完成了指涉的功能。其次，在賽祭的宗教演劇場合底下，在進行驅鬼除煞的語言環境裏，扮演包公角色的演員在戲臺上的說話行為，除了上述指涉功能外，本身就是一種驅邪的行為活動。亦即是說，在特定的場合裏，臺上角色說話或唱曲的時候，並不單是在說話或唱曲，而是在從事一項行為——在進行一項驅邪的儀式。也就是說，當在戲臺上的包公角色張開嘴巴說話的同一時間，在說話的過程中，他已在進行驅邪除煞的活動。再進一步來說，戲裏面的話語，在驅鬼的場合裏，通過驅邪儀式的祭師——包公角色的口中說出，使話語的身份有了改變，使它們變成了鎮壓邪魔的一種工具，蘊涵著符咒一類的力量，成了趕鬼活動裏的另一種憑藉。包公這種基於場合、儀式賦予的符咒能力，是一種民間信仰作用的結果，正是作為信仰的存在，使包公獲得年復一年銘記並傳播的內在驅動。

〔註27〕　如安徽貴池的《鍾馗捉小鬼》，鍾馗瓜青黑色面具，駝背雞胸，手拿寶劍，身掛「彩錢」，小鬼則戴鬼面具，舞蹈以鑼鼓為節，先是鍾馗用寶劍指向小鬼，小鬼不斷作揖求饒，鍾馗恃威自傲，小鬼卑躬屈膝，二者形成鮮明對比，不久小鬼伺機奪過鍾馗手中的劍，鍾馗反而向小鬼求饒，最後，鍾馗急中生智，奪回寶劍，將小鬼斬殺。儘管其中注入世情因素，但表演的基本情節還是殺鬼。再如賽戲中「除十祟」演出真武爺降服群鬼的故事。

（二）江南宗族祭祀與演劇傳統

弗里德曼指出：「宗族」在明初以後逐漸成為中國南方具有支配力的鄉村社會組織，早已是不爭的事實，「宗族」也被理解為在地方社會中解決法律糾紛的最大單位。〔註 28〕研究表明，宋元以後，宗族的興盛程度出現了與通常的邏輯推論相反的趨勢：宗族的存在恰恰是與集權政治保持距離的結果。也就是說，只有在遠離政治中心控制的情況下才有廣泛生存的可能。所以越是閉塞、不發達，政治權利占主導地位，宗族越不活躍；越外向、商品關係發達的後起地區反而多宗族。從時間看，明清甚於宋元，從空間看，東南沿海甚於長江流域，長江流域又甚於黃河流域。所以在包公在江南宗族社會關係中的日常傳播離不開江南的宗族祭祀，它使得包公的傳播鑲嵌在宗族的日常生活之中，從文化人類學的角度看，在相對封閉的人群中，衣食住行因日復一日、年復一年的重複而成為習慣，又隨著空間擴展和時間延續變為風俗，而風俗的人格化即為社會；所謂文化傳統不過是社會的符號表徵，它一旦形成即會反過來規範人們的日常生活。

日本學者田仲一成指出：「大家族的較多出現，從地域上看，是在幾乎所有村落都由宗族構成的江蘇、浙江、江西、廣東等江南地區；從歷史時期上看，是在大地主宗族對村落的支配被強化了的明中葉以後。……從中國戲劇發展史的總體上來看，宋、元以前，戲劇的主體是在市場地、村落等地緣集團中，進入明代以後，宗族對地緣集團祭祀戲劇起的作用增大，……從宋元至明清，可以說就是從地緣性的市場——村落祭祀戲劇，向血緣性的宗族戲劇收縮的歷史。」〔註 29〕

元末明初戲劇中心向江南轉移以後，江南鄉村宗族統治力量增強，影響到了鄉村戲劇的發展。〔註 30〕

到了明代後期，一直由都市裏專業俳優繼承的樂曲類戲劇，被江南宗族鄉村的地主階層所接受。明代末期刊行的福建日用百科全書《鼇頭雜字》五卷中記載的鄉村在賽願時舉行祭祀戲劇的戲臺（神殿對面的舞臺）上貼的「演戲賽願對聯」是反映這一情況的資料，和另一本子明代曾楚卿編的《莆曾太

〔註 28〕　弗里德曼：《中國東南的宗族組織》，上海人民出版社，2000 年版，第 145 頁。
〔註 29〕　〔日〕田仲一成：《中國的宗族與戲劇》，上海古籍出版社，1992 年版，第 321 ～322 頁。
〔註 30〕　〔日〕田仲一成：《中國的戲劇史》，北京廣播學院出版社，2002 年版，第 282 ～284 頁。

史彙纂鼇頭琢玉雜字》三卷（崇禎年間刊本）比勘（前者 30 副，後者 40 副），我們發現：在「廣告」的 40 種劇目中，忠孝類 14 種；節義類 10 種；功名類 11 種；風情類 5 種。其中節義類第 18、22 均為包公戲，它們分別為：

〔李彥貴：賣水記〕

賣水康壯，清白一肩差相府

遺金暮夜，芳名千載記花園

〔包文拯：包公案〕

荷賢嫂撫育深恩，果試狀元開俗眼

悲龍圖忠良抗疏，誰知寶位出妃宮

社祭的社戶輪值制度、社產製度和演劇費用籌集制度形成是一個過程，宋代朱熹的弟子陳淳曾描述了秋後「秋報」時，「戲頭」逐家索錢集資聘請戲班的情況，並痛陳對有傷風化的憂慮：

某竊以此邦陋俗，常秋收之後，優人互湊諸鄉保作淫戲，號「乞冬」。群不逞少年，遂結集浮浪無圖數十輩，共相唱率，號曰「戲頭」逐家哀斂錢物，奏優人作戲，或弄傀儡。築棚於居民叢萃之地，四通八達之郊，以廣會觀者至市廛近地，四門之外，亦爭為之，不顧忌。今秋自七八月以來，鄉下諸村，正當其時，此風在在滋熾。其名若曰戲樂，其實所關利害甚大。一無故剝民膏為妄費；二荒民本業事遊觀；三鼓簧人家子弟玩物喪恭謹之志；四誘惑深閨婦女出外動邪僻之思。〔註31〕

宋元以來建立的穩定的社戶輪值制度，在經過約 150 年的明代中期的嘉靖年間，因當值社戶的怠慢，社產的流失，逐漸走向衰落，祭祀的重點轉向了內神祭祀，演劇格局發生質變〔註 32〕，演劇活動也日益頻繁。從戲劇人類學的角度看，內神祭祀演劇的場合、演出劇目、演出的意義功能相互關聯，維繫著鄉村社會的存在，客觀上也促進了商人、地主、士人等各個階層之間的交流。

〔註31〕 《上傅寺丞論淫戲》，宋陳淳撰，《北溪大全集》卷四十七，文淵閣《四庫全書》本。

〔註32〕 日籍學者田仲一成指出，在中國的傳統社會裏，不同的社會群體例如士紳階級、商人階級和農村農民傾向喜好和支持不同的聲腔劇種。參見《中國戲劇史》，北京廣播學院出版社，2002 年版，第 181～187 頁。

　　以宗祠爲中心的宗族演劇，與社廟演劇相比，舞臺狹小，上演時間最多限定在一天到兩天。因而，通常不能上演長達 40 齣的整本傳奇戲曲，大體只能選擇觀眾喜歡的數種「齣」（片斷）來上演，人們也把這種片斷演出稱爲「摺子戲」。多數場合是，劇團向主辦者提出可能上演「摺子戲」目錄，由主辦者從中選出認爲適當的項目。這叫「點戲」，在宗族演劇的場合，因採取每年輪流的值年制，由擔當運營的當伯者（即「值年」）進行「點戲」，而在這時，作爲宗族的選擇基準，上述「福祿壽喜」、「忠孝節義」等價值觀就發揮作用了。明萬曆二十八年南京書肆唐振吾刊行的《樂府紅珊》作爲某種系統性的資料，詳細羅列了演劇的目錄：〔註33〕這裏把 100 種「摺子戲」分爲 16 類列出：

1. 慶壽類八仙赴蟠桃勝〔大）會（升仙記）以下，8 種
2. 伉儷類蔡議郎牛府成親（琵琶記）以下，5 種
3. 誕育類商三元湯餅佳會（斷機記）以下，5 種
4. 訓誨類竇燕山五經訓子（萃盤記）以下，7 種
5. 激勵類鄧二娘桑林激夫（投筆記）以下，5 種
6. 分別類陳妙常秋江送別（玉簪記）以下，10 種
7. 思憶類錢玉蓮姑媳思憶（荊釵記）以下，9 種
8. 捷報類呂狀元宮花報捷（繫鞭記）以下，7 種（小計 56 種）
9. 訪詢類雙生訪蘇小卿（茶販記）以下，3 種
10. 遊賞類吳王遊姑蘇臺（浣沙記）以下，9 種
11. 宴會類楚霸王軍中宴（千金記）以下，9 種
12. 邂逅類蔣世隆曠野奇逢（拜月亭）以下，4 種
13. 風情類卓文君月下聽琴（題橋記）以下，5 種
14. 忠孝節義類　蕭何月夜追韓信（千金記）以下，7 種
15. 陰德類竇儀魁星映讀（萃盤記）以下，4 種
16. 榮會類蘇秦衣錦還鄉（金印記）以下，3 種

　　其中「誕育類」，是宗族裏男孩子誕生時要舉辦慶祝演出的劇目，《樂府紅珊》卷三記載，要演出《斷機記》、《妝盒記》（別名《金丸記》）等 5 種，

〔註33〕大英圖書館藏。清嘉慶五年積繡堂重刻本。王秋桂主編《善本戲曲叢刊》（臺灣學生書局影印本，1987）所收。原刻本是明萬曆年間所刊刻的，清代又予以重刻，從這一點可以看出，直到清代後期仍保持著實用價值。參閱〔日〕田仲一成：《明清的戲曲──江南宗族社會的表象》，北京廣播學院出版社，2004 年版，第 229～230 頁。

《妝盒記》是包公戲。在「捷報類」裏，《樂府紅珊》卷八列舉了七種要演的摺子戲，其中《米欄記》（又名《高文舉珍珠記》、《珍珠米欄記》）爲包公戲。〔註34〕

巴赫金說，歐洲狂歡節的中心場地是廣場，並說「廣場是全民性的象徵」。中國傳統社會的城市和鄉村中，並不具備面積較大的中心廣場，其廟會及娛神活動的集聚中心，就是各地的寺廟所在。爲了便於舉行廟會活動，在中國傳統的寺廟之前，往往有較大的空場，而在廟門或正殿對面，又往往建有戲臺。神廟的戲劇演出一般發生在城鎮或城郊，也可以是在鄉村，這是比曲院、會館廣泛得多的戲劇傳播活動。

著名人類學家涂爾幹對於民眾的宗教生活和節日狂歡有一個很好的見解：「膜拜的基本構成就是定期反覆的節日循環」。「只有將人們集中起來，社會才能重新使對社會的情感充滿活力。但是人們不可能永遠集中在一起……只有當他們再次感到需要這樣做的時候才會重新集合。正是這種必然的交替，才相應帶來了神聖時期和凡俗時期的有規律的交替。」〔註35〕可以說包公演劇因爲信仰而成爲一種民眾的日常活動乃至於習慣，包公戲的傳播因此才有了內生制度的保障，這是包公傳播和我們今天新聞傳播的實質性的不同。〔註36〕

〔註34〕民間賜福戲演出，最常見的形式是演出前演「帽兒戲」，這是民間演劇內容中不可或缺的一部分，戲班爲了給當地民眾或某團體、主家送去吉祥，戲班自己也圖個吉利。如「觀門樓」爲《搖錢樹》的一齣，描寫玉帝的四女兒張四姐羨慕人間，私自下凡與窮書生崔文瑞相愛，並以寶物搖錢樹使崔驟富。開封府尹包拯爲探明張四姐是人是妖，在崔府新宅落成之際，前往祝賀。這齣戲中，包拯的唱詞多有對宅院的讚美，所以用於人家蓋房，舉行上梁儀式時。參看〔日〕田仲一成：《明清的戲曲——江南宗族社會的表象》，北京廣播學院出版社，2004年版，第264頁。

〔註35〕涂爾幹：《宗教生活的基本形式》，上海人民出版社，1999年版，第457～458頁。

〔註36〕趙世瑜先生對社火的「泛宗教化」性質和凝聚精神功能也有深刻論述：「……如果我們同時考慮到社火具有社祭的淵源，考慮到它既游離開歲末的儺事活動，又游離開二月初的社祭活動，在傳統上「金吾不禁」的元宵狂歡之夜進行，就可以知道它並不僅是民眾大匯演中的一類節目，而仍具有一種「泛宗教化」的特質，…… 同時，由於社火與社祭、與儺事有密切的聯繫，而社祭本是對本境地方神的祭禮活動，祈告本地五穀豐登，儺事也是爲一境之平安而舉行（至於其它地方是否有水旱之災，或者是鬼魅疫癘是否被驅趕到其它地方，人們並不關心），因此它必有凝聚村社的意義。我們從社火的具體組織系統、組織過程，以及「鬧社戶」、即把本社的家家戶戶捲入其中的做法中，都可以清楚地看到這一點。因此，正如前述，社火按「社」這種傳統的基層

（三）市場戲劇與包公傳播

從宋元時代發展起來的農村市場，在將農村祭祀禮儀從咒術的束縛中解放出來，促使其向戲劇發展這一過程中，起著推動作用。明代初期，鄉村戲劇在社戶和里甲制的支持下處於穩定狀態。農村市場的戲劇也在鄉紳的控制下，作爲鄉村戲劇的一部分，沒有表現出獨立而又顯著的動向。然而到了明代後期，鄉村戲劇的社戶制和里甲制均已崩潰，組織鄉村戲劇的主體變成了少數大地主。大地主熱衷於自己所屬宗族的宗族戲劇和家堂戲劇，對遠離家園的市場戲劇漠不關心。爲了填補這一空隙，在農村市場出現了承包戲劇的「包頭」，市場戲劇開始被「包頭」用於賺取利潤。因此，明代後期，隨著鄉村戲劇的衰退，取而代之的是市場戲劇的興盛。

據明人王稺登的《吳社編》、范濂的《雲間據目抄》、張採的《太倉州志》、清人顧祿的《清嘉錄》等書記載，蘇州一帶迎神賽會很多，一年四季，名目繁多，其中的戲曲和百戲盛演不衰。統計起來有：2月12日百花生日；二三月間有祈求好收成的春臺戲；3月28日爲東嶽大帝生日；春夏之交有五方賢聖會：小滿前後，先蠶廟《俗呼蠶王廟》演劇3日；4月28日爲藥王生日；5月13日爲關公生日；中元（7月半）前後梨園擇日祀神演劇，叫「青龍戲」；9月13日爲關公成神之辰，也像5月13日那樣演戲祭獻；下元（10月15日）賽神演臺閣戲等等。這樣的集會，是市民觀戲聽戲的極好機會。祁彪佳在其日記中用「觀者如堵」來形容這盛大的場面。市場化的運作爲演劇傳統注入了新的要素活力，從此娛樂活動和廣泛參與成爲演劇的商業需要。虞山人王應奎曾在《戲場記》裏描寫道：「於是觀者方數十里，男女雜沓而至」，「有黎而老者，童而孺者，有扶仗者，有牽衣裙者，有衣冠甚偉者，有豎褐不完者，有躇步者，有睡步者，有於眾中擋必挨枕以示雄者。約而計之，殆不下幾千人焉。」〔註37〕

在市場演劇中，人們都喜歡上演什麼樣的戲劇呢？關於這個問題，范濂在記載明末松江府事情的《雲間據目抄》第五卷「風俗」中作如下記載：

　　倭亂後，每年鄉鎮，二三月間，迎神賽會，地方惡少喜事之人，

文化社區來組織，來進行，補足了政府設置的基層行政組織所缺乏的文化凝聚職能（其稅收的和治安的職能往往是強制性的或控制性的）」趙世瑜：《狂歡與日常——明清以來的廟會與民間社會》，三聯書店出版社，2002年版，第250～251頁。

〔註37〕〔清〕王應奎：《柳南隨筆續筆》卷一，中華書局，1983年版，第33頁。

先期聚眾，搬演雜劇故事。如曹大本收租，小秦王跳澗之類，皆野
史所載，俚鄙可笑者。然初猶僅學戲子裝束，且以豐年舉之，亦不
甚害。至萬曆庚寅，各鎮賃馬二三百匹。戲劇者，皆穿鮮明蟒衣靴
帶，而襆頭紗帽，滿綴金珠翠花。如狀元遊街，用珠鞭三件，價值
百金有餘。又增妓女三四十人，扮爲寡婦征西，昭君出塞名色，華
麗尤甚。其它彩亭、旗鼓、兵器，種種精奇，不能悉述。街道橫梁，
皆用布幔，以防陰雨。郡中士庶，爭挈家往觀。遊船馬船（車），擁
塞河道，正所謂一國若狂也。每鎮或四日或五日乃止。〔註38〕

這裏例舉了演出的兩種劇目，「曹大本收租」屬於野史《龍圖公案》中的一
個故事。此劇的腳本雖沒有流傳下來，但在明末會稽人祁彪佳的《遠山堂
曲品‧雜調》中列出了劇名《剔目記》，徐渭的《南詞敘錄》裏所載的《陳
可中剔目記》也是相同的劇目。近年，福建泉州的梨園戲劇團閩南七子班
的腳本中，有題爲《劉大本》的劇，可以明確判斷這就是《曹大本收租》
一劇。〔註39〕

類似的市場戲劇的劇目安排，在明末劇作家李玉的戲曲《永團圓‧會讌》
一齣中能夠見到。其中有描寫在南京城門舉行的元宵節時，劇中人物裝扮遊
行的段落，據此推斷出相關的劇名，其中就有包公戲──《魚籃記》。

〔註38〕 范濂：《雲間據目抄》第五卷「風俗」，《筆記小說大觀》第6冊，江蘇廣陵古
籍刻印社，1995年版，第734頁。

〔註39〕 根據劉念茲《南戲新證》，《曹大本收租》的故事梗概如下：宋仁宗時，皇帝
的親戚（仁宗的表兄弟）劉大本（曹誤爲劉）依仗權勢，欺壓百姓。書生陳
可中（忠）向大本借了10兩銀子，加上利息還了15兩。但大本知道了陳妻
的美色，將借據上金額改爲50兩，並添上以其妻田氏作爲人質的字樣。陳赴
京趕考途中，遇到包拯，就訴説了大本的惡行。包公喬裝私訪。大本派趙大
去陳家催債，欲強搶陳妻。田氏爲了與他理論，去了大本家，途中遇到包拯，
一起到大本家，二人被大本拘捕關進水牢。趙大的奴婢吳氏知道後，去水牢
送食物。包拯詢問原委，吳氏説自己的丈夫從大本那裏借了5兩銀子，被篡
改成25兩，丈夫死後，吳氏母女被迫爲奴，大本欲納女兒爲妾，女兒不從，
被大本踢死，遺體被燒成了灰。包拯亮明了身份，吳氏放走了二人。包拯回
來後，立即開庭，受理吳氏和田氏的訴狀。給李虎欽差的手諭，派他去捉拿
大本，被大本打死。包拯親自出場，説弄錯了逮捕令而來謝罪。大本表示諒
解，親自送包拯出門，被包拯埋伏的手下人抓獲。在公堂上對質後，將大本
送往都城問罪。但仁宗袒護親戚大本，豁免釋放了他。陳可中爲考試到京城，
又遇到大本，被大本抓住，並被剜掉了眼睛。最後，包拯捉拿大本問罪，以
團圓結束。

在松江、蘇州、南京的市場戲劇中，如果將市場演出劇目，套用呂天成的南戲六門分類法進行分類的話，我們發現：將野史中出現的英雄豪傑劇歸於豪俠類，神魔小說的劇目歸於仙佛類，就有了如下分類：

忠孝類1種1件；節義類無；功名類3種3件；風情類8種12件；豪俠類14種36件，其中有包公案（曹大本、倉官）；仙佛類14種25件。〔註40〕

山西樂戶的市場戲劇，根據明代的《迎神賽社禮節傳簿》記載，已經有了英雄戰記劇、神怪劇等，到了清代，這一特徵繼續發展並逐漸擴大。根據嘉慶二十三年（1818年）的抄本《唐樂星圖聽命文》〔註41〕，其演劇的劇目中「忠孝節義類公案及其它」中有包公戲《玎玎璫璫盆兒鬼》。

京劇是從原來的鄉村詩贊體祭祀戲劇或者它的發展形態市場戲劇發展而來的。因此，其劇目基本上是以講史小說爲題材，特別是以英雄鎮魂劇和武劇爲中心構成。其劇目系統屬於：脈望館抄本的元雜劇《永團圓》、《鼓掌絕塵》中出現的明代市場戲劇劇目、山西樂戶的《禮節傳簿》（萬曆抄本）、《唐樂星圖》（嘉慶抄本）、《祭祀文範》（道光抄本）的劇目，甚至安順的地方戲劇目。吳燾（倦遊逸叟）的《梨園舊話》（《清代燕都梨園史料》所收）記錄了戲園戲劇鼎盛時期（咸豐、同治年間）的京戲演員和演出劇目的情況：

譚鑫培，……與其父同隸三慶班。其父演老旦劇，鑫培演武生劇。……人遂以「老叫天」、「小叫天」分屬其父子焉。……三慶老叫天，其擅長之《探窯》（《征東全傳》王允夫人）、《斷後》（《七俠五義》李后）、《辭朝》（《英烈全傳》劉基）、《胭脂虎》（唐代故事《妓女擒寇》李景讓）等劇，情致纏綿，醰醰有味。

（花旦）梅巧齡，如《雁門關》（《楊家將》蕭后）、《盤絲洞》（《西遊記》蜘蛛精）、《渡銀河》（唐代故事楊貴妃）等劇，最爲出色。……松齡，余觀其演《翠屏山》之潘巧雲，……至長貴擅長之劇，爲《雙鈴記》、《雙釘記》（《包公案》白金蓮）。〔註42〕

賽社獻藝是中國古代戲曲生成與生存的基本方式。古代宗教，主要是民間宗教在宋代的興盛是戲曲形成於宋代的一個重要原因。民眾對迎神賽社的狂熱

〔註40〕〔日〕田仲一成：《中國戲劇史》，北京廣播學院出版社，2002年版，第236頁。
〔註41〕李天生：《唐樂星圖·校注》，《中華戲曲》，第13卷，第1～130頁。
〔註42〕引自田仲一成：《中國戲劇史》，北京廣播學院出版社，2002年版，第434～437頁。

成就了迎神賽社活動本身，也成就了作爲迎神敬神活動的民間演劇，最終成就了包公戲劇的傳播。

二、城市的書坊刊刻、會館戲劇與包公傳播

（一）書坊刊刻與包公傳播

城市，如文化人類學研究所發現的，不能僅僅外在地歸因於人類直接覓食、藏身與工商貿易的聚合結果，而同時還是起源於祭祀地點的固定化以及「精神世界」保存寄託的需要。〔註43〕城市特有的向心力，不只是由於它意味著財富、生存機遇與享受，而且更深刻地是因其所象徵與代表的文明、文化的精神中心。

經過分析我們發現，書籍刊刻和說書傳播以城市爲中心，包公演劇傳播以農村爲中心。明中葉之後，在工商業顯著發展的大城市中，江南地區獨佔鰲頭。蘇州、松江、杭州、嘉興、湖州皆爲當時的繁華都市，其中尤以蘇州爲最。崇禎《吳縣志》王心一序云：「嘗出闤市，見錯繡連雲，肩摩轂擊。楓江之舳艫銜尾，南濠之貨物如山，則謂此亦江南一都會矣。」〔註44〕以蘇州爲代表的江南諸城市，其盛況已由此可見一斑了。更重要的是，這幾大城市的商業機能向四周擴張，帶動了周邊地區的發展，在江南形成了頗具規模的市鎮網絡。據統計，明代江南市鎮數達 316 個，清代增至 459 個。〔註45〕

江南市鎮成爲連接城市與鄉村的中間環節，其文化功能在於疏通與縮短了文化傳播渠道，縮小了城鄉文化的差距，促成了城鄉之間的文化認同。這樣就使江南不僅在經濟上自成一體，而且在文化形態上也體現出強烈的區域整體感。

明清小說的刊刻與傳播之興衰和與城市的人口分佈有著正相關。人口最爲稠密的江南地區，包括南京、蘇州、杭州、湖州等地，刻書業都極爲發達，刊刻了大量包括小說在內的通俗讀物。此外，北京作爲政治經濟與文化中心，在明代人口就近百萬，清代正式成爲中國歷史上第六個人口逾百萬的大都市，而北京的小說刊刻也相當引人注目。唯有福建作爲明代書籍特別是小說重要的刊刻地，似無法以人口分佈情況來解釋，雖則明代有

〔註43〕 參閱弗雷澤（J.G．Frazer）：《金枝》，中國民間文藝出版社，1987 年版。
〔註44〕 《吳縣志》首卷「王心一序」，崇禎十五年（1626）刻本。
〔註45〕 樊樹志：《明清長江三角洲的市鎮網絡》，《復旦學報》，1987 年第 2 期。

福州、建寧等都會，清代廈門又發展起來，但缺乏區域發展的整體性。明代閩中刻書之盛當主要是上承宋元傳統，依賴其發展刻書業的自然條件，至清初逐漸衰落。

　　北京乃明清兩代的都城，爲全國政治文化中心。其書坊不及金陵之多，當地刻本也有限，卻成爲明清最大的書籍集散地。正如胡應麟《少室山房筆叢》所云：「燕中刻本自稀，然海內舟車輻輳，筐篋走趨，巨賈所攜，故家之蓄，錯出其間，故特盛於他處。第其值至重，諸方所集者，每一當吳中二，道遠故也。輦下所雕者，每一當越中三，紙貴故也。」〔註46〕書市另作兼售圖書的綜合性商業集市。胡應麟《少室山房筆叢》云：「凡燕中書肆在大明門之右及禮部門之外，及拱宸門之西，每會試舉子，則書肆列於場前，每花朝後三日，則移於燈市，每朔望並下澣五日，則徙於城隍廟中。燈市極東，城隍廟極西，皆日中貿易所也。燈市歲三日，城隍廟月三日，至期百貨萃焉，書其一也。」〔註47〕

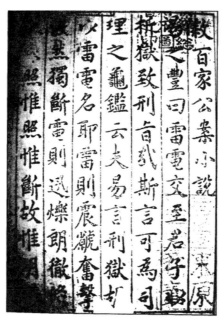

圖 7-6　萬曆二十五年萬卷樓本完熙生序

〔註46〕胡應麟：《少室山房筆叢》卷四「經籍會通四」，中國書店，2001 年版，第 41 頁。

〔註47〕胡應麟：《少室山房筆叢》卷四，「經籍會通四」，中國書店，2001 年版，第 42 頁。

晚明時，金陵書坊更多，像富春堂、文林閣、廣慶堂、世德堂、繼志齋、師儉堂、大業堂、萬卷樓、長春堂、彙錦堂、人瑞堂、文秀堂、三山書林、周如山大業堂、吳桂宇文樞堂、王慎吾、王風翔光啓堂、友花居、友石居等。其中周曰校、環翠堂、繼志齋、唐氏等尤爲著名。周曰校，字應賢，號對峰，室名萬卷樓。刻有《新刻校正古本大字音釋三國志通俗演義》、《新刊大宋中興通俗演義》、《新鐫全像包孝肅公百家公案演義》、《新刊京版批評百將傳》、《東垣十書》、《新刊舉業利用》、《新刻沈相國續選百家舉業奇珍》等書。有人統計，僅傳奇類書就達一百餘種。著名的本子有富春堂刊的《玉塊記》、《灌園記》、《拜月亭記》等。世德堂刊本《玉合記》、《千金記》等；繼志齋刊《紅渠記》、《紅拂記》、《雙魚記》、《錦箋記》等；環翠堂刊《環翠堂樂府》等。小說有《新刻出像增補搜神記》、《新刻出像官板大字西遊記》、《南北兩宋志傳題評》、《新刻校正古本大字音釋三國志通俗演義》、《鐫出像楊家府世代忠勇演義》等。

（二）會館戲劇與包公傳播

宗族戲劇流入都市主要表現爲士人會館戲劇。會館是明代城市發展的產物。一般來說，它是寓居外地某一城市中同一鄉貫士紳和商人共建的館舍，是城市中同一鄉貫士紳商人聚會、聯絡的場所。沈德符《萬曆野獲編》說：「京師五方所聚，其鄉各有會館，爲初至居停，相沿甚便。」〔註48〕

明中期以後，蘇州、武昌、蕪湖、重慶、湘潭、梧州，凡是商業發達的城市以及移民眾多的鄉鎮，幾乎都有各地商人建立的會館。這些地區的會館與北京的會館不同，北京的會館多爲官、商共建，外地的會館則基本上由商人所建。

王強《乾隆時期的山陝會館戲臺》較爲詳細地記載了清乾隆時期山西和陝西商人在洛陽、開封、亳州、南陽等地所建會館的情況，在各處會館中，戲臺都是主要的建築。以乾隆二十二年建在南陽賒旗鎮的山陝會館戲臺爲例，遺存的戲臺名「懸鑒樓」，又稱「八卦樓」。山陝會館中現存的一塊《會議雜貨行規碑記》規定：「每年正月十五演戲敬神，各家俱要齊備，如故違者，不許開行。」正月十五演戲是爲了敬神，而平日作爲商人主要娛樂活動，演戲自不在少數。〔註49〕

〔註48〕沈德符：《萬曆野獲編》卷二四《畿輔‧會館》，中華書局，1959年版，第187頁。
〔註49〕王強：《乾隆時期的山陝會館戲臺》，載《戲曲研究》第三十一輯。

在今天江西的贛州、景德鎮、婺源城內所見到的清代新安即徽州商人所建的會館，也均有戲臺。只是這些戲臺建在會館之內，爲弔樓式建築，遠沒有上述山陝商人在南陽賒旗鎮所建戲臺的規模，但仍可以說明戲劇在當時的普及。而會館作爲戲劇傳播的主要場所之一，當是沒有疑問的。從各種史料記載來看，清代會館的結構與明後期大致相近，所以從這些會館的戲臺，也可以看出明代會館的基本情況。

清代的權勢宗族，爲了本族中的官僚候補者、現役官僚、退休官僚等精英們在社交上的方便，在省城修建大宗祠，作爲投宿和聚會場所。這只是名義上的大宗祠，實際上也是公館、公所。在這裏，正月、中元或者十月冬祭等時節經常舉辦社交戲劇。除此之外，省內的各異姓宗族聯合起來組織同鄉會，在省城修建同鄉會館。在這裏，季節祭祀也奉獻戲劇。袁中道《遊居柿錄》中有如下記錄：

> 萬曆三十八年庚戌正月初一日，寓石駙馬街中郎兄家。中郎早
> 入朝，午始歸。予過東寓，偶於姑蘇會館前，逢韓求仲、賀函伯，
> 曰：「此中有少宴集，幸同入。」是日多生客，不暇問姓名。聽吳優
> 演「八義」。〔註50〕

在這裏，蘇州的同鄉人舉行正月的團拜後，叫故鄉姓吳的俳優用「崑曲」表演《八義記》。另外，僑居山西太原府的八旗、奉天、河北、山東四省的人，在府城內修建了「旗奉燕魯會館」，供奉武科舉神關聖帝和文科舉神文昌帝，正月裏同鄉的士人雲集於此，對文武二帝進行團拜後，舉行演劇。該會館的「公議章程」《旗奉燕魯會館錄》中可見如下記錄：

> 一、會館供奉關聖帝君，文昌帝君。每年春秋二季，於正月、
> 九月內，擇日致祭，演戲三日，不演夜戲。

> 二、會館團拜，每年，於春祭第三日爲定期。……至團拜之日，
> 演戲設席，各同鄉，於巳刻齊集。未刻，於正廳，鋪設地毯，年長
> 爲尊者，居上。少者，居下。同行一跪三叩禮。禮畢，按序筵宴。
> 如人多，則按年齡排列以免擁擠。至是日，應請客，用何等酒席，
> 均臨時公酌。

〔註50〕袁中道：《珂雪齋文集》，《中國文學珍本叢書》第一集，民國二十四年上海貝
　　　　葉山房排印本。

另外，在士人會館中，同鄉成員有租借場所舉行私人社交戲劇的。比如，前面提到的太原「旗奉燕魯會館」有如下規定：

> 一、凡有在會館辦事者，須先知會值年。看館人開門，預備。……
> 辦事之家，素事，送香資六千。喜事，演戲者，十二千。不演戲者，
> 八千。並每次另給看館人錢五千。
>
> 二、官場中，如有平時及祭祀團拜後，接聯借用會館，請客演
> 戲者，其香資，按日計算。借一日，送錢六千。三日者，十八千。
> 給看館人五千。但不准演唱夜戲。

通過這一記載，確認了同鄉成員在冠婚葬祭之際，借會館擺設筵席，特別是祝賀場合用戲臺演戲的事情。只是需要交費。而且在官僚成員中，允許爲了官場的社交接待活動舉辦宴會，特別是借會館舉辦戲劇。其使用費基本上與成員冠婚葬祭場合一樣低廉，說明會館是爲支持同鄉官僚而設立的。

安徽、江蘇人在保定縣建立的「保定上下兩江會館」中也有同樣的規定。《酌定上下兩江會館條約》規定：凡有喜慶等事，同鄉借用會館，演戲開筵，每日捐香資四千。尋常演客，亦捐二千。外省友人借用者，演戲，每日捐香資十六千。〔註51〕

會館中包公戲的具體演出情況我們已經很難確知，但無論如何，會館演出的包公戲一定不少。

三、包公文學在海外的傳播

（一）流傳至海外的珍稀作品〔註52〕

（1）《包文拯坐水牢》

此作品是俄羅斯著名漢學家李福清教授於 1983 年 3 月在奧地利維也納的國家圖書館發現的。李福清教授長期致力於中國古代俗文學的研究，曾就現存於歐、美、亞洲許多國家圖書館漢籍本與善本，作過相當廣泛的調查。他在歐洲訪問與講學收集到三種大陸已失傳的明代戲劇散出選集——《新鍥精選古今樂府滾調新詞玉樹英》、《梨園會選古今傳奇滾調新詞樂府萬象新》和《精刻彙編新聲雅雜樂府大明天下春》。這三種選集皆是明萬曆年間的坊刻

〔註51〕 《保定上下兩江會館錄》，同治十二年（1873 年）刊行。引自〔日〕田仲一成
　　　　《中國戲劇史》，北京廣播學院出版社，2002 年版，第 372～373 頁。
〔註52〕 本部分參考了孔繁敏《包公研究》第六章，中國社會科學出版社，1998 年版。

本，亦即為滾調流行時期的刻本，但各有殘缺，其中《大明天下春》存四至八卷，《包文拯坐水牢》即收在此書卷八，為明傳奇的片段。〔註53〕

（2）《包公演義》

有關包公的短篇小說集，最早的版本是明萬曆二十二年（1594）與耕堂刻《全補包龍圖判百家公案》，其次為明萬曆二十五年萬卷樓刻《包孝肅公百家公案演義》。《百家公案》尚有存本流傳，《包公演義》在國內已失傳，而在韓國漢城大學奎章閣卻珍藏此書漢文本，1995 年由韓國朴在淵教授斥資翻印出版，後在我國國內出版了《韓國藏中國稀見珍本小說》。〔註54〕

（3）《五鼠鬧東京》

1957 年的夏天，柳存仁先生在倫敦英國博物館和英國皇家亞洲學會查閱了有關舊刻本的中國小說，並作了提要性的札記。後經版本的考索和研究，發現其中有若干種的孤本和珍本。涉及包公的有《五鼠鬧東京》、《繡像龍圖公案》、《忠烈俠義傳》三種。後兩種在我國曾多次刊刻，廣泛流行，而流失到英國的因刊刻時間較早，故在版本學上有一定價值。前一種則屬刊刻及流行皆較少的珍本。

（二）翻譯及改編的作品

由於地理交通、語言文字諸方面的限制，中外文化交流必經作品翻譯的階段。元明清時期最輝煌的藝術成果——戲曲、小說在國外受到比較廣泛的讚賞，這其中包括有關包公的文學作品。據筆者查考的有限資料，在國外影響最大的包公文學作品有元曲中的《灰闌記》，明清小說中的《龍圖公案》、《三俠五義》，已有英、法、德、俄、日、朝諸國文字的翻譯作品。珍稀本《包公演義》尚有朝譯本存於原李朝王室樂善齋書庫中，供宮中人閱讀欣賞。

任何國家接受外來文化都要從本土文化出發加以取捨揚棄或加工改造，適應本國人的習俗口味才會有旺盛的生命力。所以包公的文學作品在國外傳播過程中，有些被所在國進行了改編。這種改編作品又分兩種情況：一是根本性的改編，即從主題到人物情節皆做了較大改動。二是局部性的改編，即僅有部分文字和人物情節的修改。前者代表作是《灰闌記》，後者代表作是《包閻羅演義》。

〔註53〕〔俄〕李福清、李平編：《海外孤本晚明戲劇選集三種》，上海古籍出版社，1993 年版。

〔註54〕王汝梅、朴在淵：《韓國藏中國稀見珍本小說》（4），中國大百科全書出版社，1997 年版。

元雜劇《灰闌記》是寫宋代馬均卿妻子和趙令史同謀，誣告馬均卿妾張海棠害死丈夫，並強奪海棠之子，後經包公用粉灰畫闌圈，將孩子放其中，由兩婦人爭奪的辦法斷案並懲辦了罪犯。此故事中的包公和《舊約全書・列王記》中所羅門王、《古蘭經》先知故事中的素萊曼，以及佛教《賢愚經》中的大國王阿婆羅提目怯，皆屬智斷「二母爭子」訟案，故引起人們的特別關注。〔註55〕早在1832年法國漢學家朱麗安即有譯本問世，1876年沃達・豐塞薩譯成德文在雷克拉姆出版社出版，1925年克拉邦德在柏林出版了《灰闌記》的改編本並成功地搬上舞臺演出，在德國首次產生轟動效應。1925年詹姆斯・拉弗根據德文改編本轉譯成英文在英國發表。此後，在歐洲還流傳多種譯本、改編本，而影響最大的是德國著名戲曲家貝托爾特・布萊希特於1944至1945年根據《灰闌記》改編創作的《高加索灰闌記》。1948年在美國的諾斯菲爾德用英語首次上演，劇本被譯成多種文字流傳，1985年北京青年藝術劇院又將《高加索灰闌記》搬上中國舞臺〔註56〕。

中國明代著名的收藏家、畫家陳繼儒在《太平清話》中說：「朝鮮人愛書，凡使臣入貢限五十人，或舊典新書、稗官小說，在彼所缺，日出市中，各寫書目，逢人便問，不惜重金購回，故彼國反有異書藏本。」〔註57〕所謂「異書」當指存世的稀見本或是孤本。〔註58〕韓國宣祖36年（1603年）宣祖下貞淑翁主的書箚中寫道：「且送馴馬《四書》一帙、《書信故事》一帙，《包公案》一帙，《包公案》乃怪妄之書，只資閒一哂而已。」〔註59〕可見包公文學長期在朝鮮貴族中流行。除了上述介紹的以外，現藏於韓國的包公文學版本情狀如下：〔註60〕

〔註55〕「二母爭子」爲一世界範圍的民間故事的類型，具體論述參見劉守華《中國民間故事類型研究》，華中師範大學出版社，2002年版，第693～701頁。

〔註56〕參閱宋柏年主編《中國古典文學在國外》，北京語言學院出版社，1994年。衛茂平著《中國對德國文學影響史述》，上海外語教育出版社，1996年。

〔註57〕引自李時人《中國古典小說在韓國之傳播・序二》，學林出版社，1998年版，第8頁。

〔註58〕參見魯德才《中國古典小說在韓國之傳播・序一》，學林出版社，1998年版，第1頁。

〔註59〕金一根：《親筆諺簡總覽》，景仁文化社，1974年版，第21頁。引自（韓國）鄭沃根《明清小說在朝鮮》，《中國文學研究》，2003年第3期。

〔註60〕參見閔東寬：《中國古典小說在韓國之傳播》，學林出版社，1998年版，第152～153頁。

（1）《龍圖公案》

書　名	編、著者名與出版事項	對照事項與版式事項	一般注記事項	現藏地
《龍圖公案》	撰者未詳，中國木版本。清末西餘堂刊。	8 卷 4 冊。四周單邊、有圖 27.9×14.9、半郭 19.9×13、無界、12 行 26 字、上黑魚尾。	裏題《繡像龍圖公案》紙質，竹紙。	成均館
《新評龍圖神斷公案》	撰者未詳，韓國寫本。寫作年代、作者未詳。	8 卷 4 冊。四周單邊、21×14.3、半郭 16.4×11.4、9 行 20 字、無魚尾。	序，陶浪元。	啓明大
《新刻全像包孝肅公神斷百家公案演義》	撰者未詳（明），中國木版本。萬曆二十五年（1597）金陵萬卷樓刊。	6 卷中卷 3 缺。有圖、13 行 26 字。	版心題《全像包公演義》。序，饒安完熙生。〔《包公案》祖本〕	奎章閣
《百斷奇觀繡像龍圖公案》	撰者未詳（明），中國木版本。刊年未詳。清敬業堂刊。	8 卷 4 冊。有圖、12 行 26 字。	版心題《龍圖公案》。序（江左陶浪元）。	高麗大（六堂本）
《繪圖龍圖判斷奇冤》	撰者未詳（明），中國石版本。刊年未詳（清）。	殘本 4 卷 4 冊（卷 2、3、4、6）四周雙邊、10.7×6.8、半郭 9.6×5.7、13 行 30 字、上黑魚尾。	紙質，綿紙。	成均館
《繡像包公案鼓詞全傳》	撰者未詳，中國石版本。清末上海校經山房刊。	殘本 2 卷 2 冊。有圖、25×9、半郭 13.2×8、無界、20 行 48 字、四周單邊。		梨花大
《包公演義》	撰者未詳，韓國寫本（韓文）、寫作年代、作者未詳。	9 卷 9 冊。無絲欄、29×20.7、11 行字數不定、無郭。	標題《包公演義》。紙質，楮紙。	精文研

（2）《三俠五義》（包括續書）

書　名	編、著者與出版事項	對照事項與版式事項	一般注記事項	現所藏
《七俠五義傳》	俞曲園，（清）訂，中國石版本。光緒十五年（1889 刊。	6 冊。有圖、2.1×13.1		慶北大

《繡像七俠五義傳》	石玉昆述、俞曲園（清）訂，中國石版本。1899 年上海掃葉山房刊。	12 卷 6 冊。四周雙邊；有圖，20×13.3、半郭 17.2、×12、22 行 49 字。	序，光緒十五年（1889）曲園居士。紙質，綿紙。版心內題《繡像七俠五義》。	江陵市船橋莊
	*6 卷 6 冊。共和書局刊精文研			
《繡像繪圖七俠五義傳》	石玉昆述、俞曲園（清）訂，中國石版本。清末上海進書局刊。	6 卷 4 冊。四周雙邊、有周雙邊、有圖、20.1×13.5、半郭 18.2×12、27 行 60 字。上黑魚尾	紙質，竹紙。	成均館
	*6 卷 6 冊《圖像七俠五義全傳》全南大			
《忠烈小五義》	無名氏（清）撰。韓國寫本（韓文）。寫作年代、作者未詳。	殘本 16 冊。28.4×19.6。	紙質，楮紙。	奎章閣
		本 30 卷、附 1 卷、合 31 冊。行字數不定、無絲欄、28×18.6、無郭、無版心。	紙質，楮紙。	精文研
《像繪圖小五義傳》	石玉昆述，中國石版本。清末上海進書局刊。	6 卷 4 冊。四周雙邊、20.1×13.5、半郭 18.2×12、27 行 60 字、上黑魚尾。	紙質，竹紙。	成均館
《繡像全圖小五義》	（清）無名氏撰，中國石版本。光緒二十五年（1899）上海掃葉山房刊。	12 卷 6 冊。四周單邊、20×13.3、半郭 17.3×12、22 行 49 字、無界。	版心題《繪像小五義》內題《繡像小五義》。光緒二十五年仲夏朱蔚彬書。綿紙。	江陵市船橋莊
《繪圖小五義全傳》	無名氏（清）撰，中國石版本。共和書局刊。	6 卷 12 冊（續 6 冊）。	包括續傳。	精文研
《增像小五義全傳》	無名氏（清）撰，中國石版本。清末刊。	6 冊。		全南大
《增像續小五義》	無名氏（清）撰，中國石版本。清末刊。	殘本 4 冊（卷 1、3、5、6）。		全南大

《新刻全圖續小五義》	無名氏（清）撰，中國木版本。光緒十七年（1891）光樓書坊刊。	24 冊。17×12.2	序，光緒十六年（1890）鄭鶴齡，卷頭書名《續小五義》。	奎章閣
《繡像忠烈續小五義》	無名氏（清）撰，中國木版本。簡青齋書局、中國石版本。	6 冊	清末本。	朴在淵
《繡像七劍十三俠全集》	桃花館主編；中國石版本。上海錦章圖書局刊。	12 卷 6 冊。四周雙邊、20．3×13.4、半 18.1×12.2、26 行 56 字、無界、白口上黑魚尾。		澗松元
《足本大字繡像七劍十三俠初集》	無名氏（清）撰，唐芸洲編，中國石版本。清末上海廣益書局刊。	12 卷 12 冊。四周單邊、有圖、20.2×13.3、半郭 17×11、18 行 40 字、上黑魚尾。	紙質，竹紙。	成均館

四、包公文學傳播中情節的地域文化適應現象〔註61〕

（一）地域文化產生的作品差異

　　孫楷第說，大概包公故事的傳說，起於北宋而泛濫於南宋和金元，至元則名公才子都來造作包公的故事。……到明洪武以後，以包公案故事入劇的風氣似乎消歇下去了。但至嘉靖以後包公案故事又復興起來。……以後歷明季以至於清初，劇本也出了不少。明季且有《百斷公案》小說，以包公號召。……由此看來，包公故事之流傳竟有七八百年的悠久歷史。其故事之源流變化，無論如何是極有趣而值得研究的。〔註62〕又說，如呂祖謙的《呂氏家塾記》上說，「公為京尹，令行禁止，至今天下皆呼包待制，又曰包家。」元遺山的《續夷堅志》卷一《包女得嫁》又說：「世俗云：包希文（『文』當作『仁』）以正直主東嶽速報司，山野小民無不知者。」可見包公在南宋不但著名於南方，而且盛傳於北方，並且益發將包公神化了。〔註63〕

〔註61〕本部分參閱了北京大學劉岱旼博士論文《包公題材說唱文學研究》的相關章節。
〔註62〕孫楷第：《包公案與包公故事》，《滄州後集》卷二，中華書局，1985 年版，第78 頁。
〔註63〕孫楷第：《包公案與包公故事》，《滄州後集》卷二，中華書局，1985 年版，第77 頁。

　　從包公文學流播的地域看來，包公故事在中國南北各地都有演繹，並且劇目各有不同，表現出十足的地域文化色彩。由說唱文學對方言的使用以及地方風俗的展現，可以瞭解包公故事融入地域後產生的地域性審美情趣。

　　元代的包公故事在北方已廣為流傳，因此雜劇作家才會有意識地將包公判案做為一個題材來大量創作。但宋元南戲中僅有三部與包公相關的故事：《王月英月下留鞋》、《包待制判斷盆兒鬼》、《包待制捉旋風》，據其題目來看，它們都改編自元雜劇，並無創新。由此看來元代包公故事在南方尚未受到足夠的重視。

　　明成化說唱《詞話》是用南方的語言來敘述的，通過幾個例證來看，可以推斷其為南方的作品，但它是在北京刊印的，這充分表明了當時成化說唱《詞話》的流行程度。

　　明傳奇講述的包公故事共計十種，大部份出自民間無名氏之手。《包龍圖判百家公案》有萬卷樓刻本，《包龍圖智賺合同文》、《三現身包龍圖斷冤》、《鬧樊樓多情周勝仙》為北京刻本，無名氏《五鼠鬧東京·包公收妖傳》乃是福建建陽一帶書坊刊刻。《龍圖公案》序言中有「江左陶烺元乃斌父題於虎丘之悟石軒」等字樣，表明它最早是在江南付梓。明成化說唱詞話的發現地點為上海的宣氏墓，刊刻商家是北京永順堂。宣氏之夫本在陝西為官，或有可能這些詞話是宣氏之夫在北京購買抑或親友饋贈，宣氏因極為喜愛這些故事，死後家人便將這些作品做為她的陪葬物。由上可知明代包公故事不僅在北方盛行，而且傳入南方各地。

　　《三俠五義》不僅在北方廣泛流傳，在南方也同樣備受矚目。俞樾曾將它改編成為《七俠五義》，在江浙一帶頗為盛行，又出現了《小五義》、《續小五義》等接續《三俠五義》人物及故事的小說。

　　除此之外，包公傳說至今依然在全國各地流傳，種類繁多。丁肇琴曾搜羅各地包公傳說，按照流傳地域略加整理如下〔註64〕：

出生傳說	黑臉	江蘇、揚中、揚州
	怪胎	南通、合肥
成長傳說	長嫂如母	合肥
	考驗	南通、河南、鞏縣、天長縣

〔註64〕參看丁肇琴《俗文學中的包公》第三章《地方風物傳說中的包公形象》，文津出版社，2000年。

為官傳說	清廉	河南、安徽、肇慶
	公正	河南、合肥、浙江、南通
	巧智斷案	四川、開封、浙江、安徽、鎮江
收張龍趙虎傳說		紹興
與家人相處傳說		紹興、江蘇泰興、合肥、伍家溝
死後傳說		紹興、杭州、酆都、高要
地方風物傳說		合肥、開封、肇興、天長縣

　　包公故事起自北方，但現今包公傳說卻大部份在南方流傳，二者在內容上有很大的差距。傳說中的包公生動、有趣，事跡也五花八門。據此可知，南方在包公故事的整體創作上或有不足，但對傳播包公故事卻不遺餘力，特別是在包公出生及為官之地。

　　費氏在《傳播研究導論》一書中大量運用符號學的有關理論來解釋傳播現象，他指出，「符號學的焦點在於文本」，「符號學認為讀者一詞暗示較高程度的主動性，也暗示了閱讀是經由學習而來，因此必受讀者的文化經驗所影響。讀者藉由引進其自身經驗、態度和情緒，一起創造出文本的意義。」〔註65〕正因為受眾的能動的意義生產功能，包公在南北方的接受有明顯的差異，感染機制和遵從機制同時在發揮作用。

　　包公說唱文學的題材、種類，依地域差異列表如下，括號內為故事的發源地：

北方說唱文學	南方說唱文學	南北方共同題材
陳州糶米故事（北）詞話、鼓詞、〔註66〕二人轉	五鼠鬧東京故事（北）歌仔、福州平話	秦香蓮故事（北）歌仔、短篇鼓詞、彈詞、福州平話、二人轉
賣花故事（北）詞話	白塔寺故事（北）歌仔	烏盆記故事（北）詞話、石派書、歌仔、短篇鼓詞、福州平話
包公鍘姪故事（北）二人轉	三現身故事（北）揚州平話	烙碗記故事（不詳）短篇鼓詞《烙碗記》長篇鼓詞《鐵蓮花》

〔註65〕〔美〕John Fiske 《傳播符號學導論》，臺灣遠流出版公司，1995 年版，第60～61 頁。
〔註66〕《陳州放糧打鑾駕》摘自長篇鼓詞《包公案》，應屬於北方鼓詞作品，與後期南方刊刻、首尾具有說明、評點的短篇鼓詞形式有異。

斷白虎精故事（北） 詞話	雙勘釘故事（北） 歌仔、短篇鼓詞、〔註67〕 平話	仁宗認母故事（北） 詞話、鼓詞、石派書、福州平話、 二人轉
		打棍出箱故事（北） 石派書、福州平話
		顏查散故事（北） 石派書、福州平話
		袁文正故事（北） 詞話、短篇鼓詞
		張文貴故事（北） 詞話、歌仔、福州平話
		包公收妖故事（北） 石派書、短篇鼓詞、福州平話
		包公出世故事（北） 詞話、石派書、短篇鼓詞

　　北方說唱文學多選用豪強對抗的公案故事題材。石派書自不待言，《陳州糶米》、《賣花》、《秦香蓮》、《打棍出箱》、《仁宗認母》、《袁文正》等故事都是敘述包公與皇親權貴間的鬥爭。在北方說唱文學裏，包公角色重要性高，描寫篇幅較多，對他心理的矛盾與衝突有較深入的刻畫。

　　南方說唱文學則以講述民間紛爭為主。《三現身》、《白塔寺》、《雙勘釘》、《張文貴》、《烙碗記》、《烏盆記》等故事皆是講述民間公案，《五鼠鬧東京》故事充滿神怪風格，也是民間最喜聞樂見的題材。這些故事主要以鋪陳情節為主，包公在其中的功能是公正判案，對他心理衝突及與權奸鬥爭的描述較少。

　　南北說唱文學相同題材不同劇種的內容也存在差異〔註68〕：

　　（1）張文貴故事在詞話中是身懷三寶遭人殺害，但閩南歌仔及福州平話都將此故事與袁文正故事結合，將張文貴途中遭劫、賊女救助、成親及贈寶

〔註67〕　鼓詞最早起源於北方，但鼓詞《釣金龜》是由上海椿蔭書局出版，故此處將它列為南方說唱文學的範圍內。其它在南方刊刻的鼓詞在此節也列入南方故事範疇。

〔註68〕　清代乾隆後期，各種地方戲曲已經很盛行，所謂「花部」、「雅部」，李斗《揚州畫舫錄》卷五云：「兩淮鹽務，例蓄花、雅兩部，以備大戲。雅部即崑山腔。花部為京腔、秦腔、弋陽腔、梆子腔、羅羅腔、二簧調，統謂之亂彈。」李斗《揚州畫舫錄》，《歷代史料筆記叢刊》，中華書局，1960年版，第107頁。

的情節去掉，改以仙女下凡救助並贈三寶的情節。此外，南方說唱文學中仙女曾多次幫助張文貴，文中新增了許多神怪情節，並且將原本三寶之一的無底酒瓶換爲紙馬。

（2）石派書與福州平話中的顏查散故事相似，唯一不同的是福州平話將顏查散之名改爲顏春敏。原因在於「查散」二字用福州話念來拗口，因此作者以較常見且語音平順的「春敏」來替代。

（3）短篇鼓詞的袁文正故事承襲詞話，但在怪風之後詞話裏直接是鬼魂訴冤，鼓詞則在之前加上一段包公設金爐、燒紙錢、焚香祭拜的描述。

（4）石派書裏的包公收妖故事是動物報恩情節的後續發展，包公並沒有真正開壇做法。短篇鼓詞裏陳小姐的病由是真正的妖孽作怪，包公不僅會看風水，還真正開壇做法、灑狗血捉妖，並且還受到四方神明的幫助。

（5）平話及短篇鼓詞中李宸妃故事裏的仁宗都是神仙下凡，並在故事最後祭拜天地、用龍舌輕舔李妃雙目後使她復明。福州平話更在郭槐火燒冷宮時安排仙姑救助李妃的情節。在石派書及二人轉裏皆無此情節。「打鑾駕」一處情節最早出現於詞話，此後北方說唱文學鼓詞、二人轉、戲曲、京劇都沿用此情節並大加鋪陳，但南方幾乎沒有一個說唱文學提及此部份。

（6）在烏盆記故事裏，詞話以凶卜作爲主人公離家的主因，短篇鼓詞裏主人公是爲求取功名而離家，途中主人公在關帝廟求籤，籤詩中預言他大難將至。石派書中主人公的背景爲賣綢緞的貨郎兒，詞話爲趕考書生，但歌仔裏及平話裏的主人公爲富甲一方的綢緞莊老闆，短篇鼓詞裏是家私百萬的舉人，身份及家境都比北方說唱文學提高。此外，歌仔裏主人公的姓名沿用《百家公案》的李浩、丁千、丁萬，但卻將原本王老（張別古）的角色改爲較具俚趣的「張老二」，並且與短篇鼓詞一樣，當主人公因不肯赤裸上堂而獲贈衣的情節，改爲焚紙衣、紙褲。這是南方民間流行的燒紙人、紙物與冥間的習俗，在北方很少見。

（7）歌仔、短篇鼓詞、福州平話裏的秦香蓮在與陳世美相遇後，也都曾入廟求籤，籤詩中皆預言了她未來的命運。陳世美在臨行前都發下「若往後負心背義將受白虎掏心之懲」的毒誓。南方說唱文學除彈詞外，皆採用三官堂神助情節，幫助秦香蓮的民間神明愈來愈多，何仙姑、呂洞賓、孫臏等皆在其中。大體而言，在內容風格上北方的故事以寫實爲主，南方則多怪力亂神成份。北方說唱文學也包含神怪描述，但從整體上看占的比例較少。南方

說唱文學的神怪描述更多，並將民間迷信風俗帶入故事中。上述烏盆記、秦香蓮、袁文正等故事皆有此例，並且幫助主人公的神明五花八門，佛教裏的觀音大士、道教諸神以及民間神祇都包含在內。此外，包公會看相、懂梅花易數、卜卦等描述，以及開公堂（並非向城隍求助）及結案時上香祭拜、燒紙衣、紙褲等情景也多出現在南方說唱文學中，北方作品中很少見。

南方說唱文學常將作者及民間好惡直接反映在內容上，惡人必得惡懲，連配角也不例外。例如包公出世故事中惡毒的嫂子死於鍘下。好人也必得善終，例如被害的主人公終會復生，並幾世子孫得享榮華富貴，郭海壽一定要榮歸故里，並有好婚配，陳琳不能中途死亡，要得到應有的嘉獎並延年益壽，《雙釘記》中的月娥終得佳偶…… 北方說唱文學中不重視的配角結局在南方都被完善，這也是南方說唱文學的特點之一。

音樂上，作為北人寫南戲劇本的試驗性作品，《小孫屠》有多出採用南北合套的音樂體式，將南北聲腔之柔美與亢壯和諧地統一於劇曲中，在抒發情感、揭示人物複雜微妙的心理活動方面收到了良好的效果。《小孫屠》以北曲為基礎編創南戲的成功實踐，為挖掘豐富的雜劇題材，移植到南戲的肌體上，改編創作符合南方觀眾欣賞習慣的戲文腳本，提供了得以推廣的創作經驗。逮至元後期，以北雜劇、早期民間戲文和說話底本為素材改編創作南戲劇本，漸成風氣。近人譚正璧《話本與古劇》曾對見於載籍的戲文劇目與北雜劇兩相比勘，發現其中題材相同者一竟有近百種之多。在這近百種戲曲劇目中，除少量是由南戲改作雜劇者外，多數是將北曲雜劇新翻作南曲戲文的。其中顯係由元雜劇移植而來的南戲劇目與包公有關的是《王月英月下留鞋》、《包待制上陳州糶米》等。

民間敘事文本並不是一個自足的、超機體的文化事象和封閉的形式體系，它形成於講述人把自己掌握的有關傳統文化知識在具體交流實踐中加以講述和表演的過程中，而這一動態過程往往受到諸多複雜因素的影響（例如信仰的、倫理道德的、科學的、政治的、地域等等），因而塑造了不同的、各具特點的民間敘事文本。

第八章　傳播者、受眾與包公文學傳播之階層

一、有口皆碑與樹碑立傳——民間敘事與包公的傳播

　　儘管統治階級早在清同治七年，即 1868 年就一次查禁 237 種通俗小說，所列應禁書目中第一部便是《龍圖公案》，[註 1] 但這並沒能阻止包公文學的傳播，因爲包公的傳播屬於民間敘事傳播。所謂民間敘事，一是指民眾的日常敘事，一是指民眾的藝術敘事。民眾在日常生活中，出於生存、安全需要，個人在群體中，出於交往的需要，都離不了敘事這一行爲方式。而民眾的藝術敘事，則形成民間傳承的種種精神產品：神話、傳說、故事、敘事詩、諺語、民間小戲等等。現實生活的平凡，往往使民眾忘記自我甚至失去自我，而他們在這種藝術創造活動中，卻能獲得自我尊重、自我成就的滿足，於是在幻想中重新找回了自我。

　　段寶林說，「正是民間口碑文學（謠諺、傳說故事、曲藝說書、話本小說、地方戲曲）使包公流芳百世。」[註 2] 民間故事在包公的傳播中有著不可替代

〔註 1〕同治七年戊辰三月戊午，上諭內閣，丁日昌奏設局刊刻牧令各書一折。州縣爲親民之官，地方之安危繫之。丁日昌現擬編刊牧令各書，頒發所屬，著即實力奉行，俾各州縣得所效法。其小學經史等編，有裨學校者，並著陸續刊刻，廣爲流佈。至邪說傳奇，爲風俗人心之害，自應嚴行禁止，著各省督撫飭屬一體查禁焚毀，不准坊肆售賣，以端士習而正民心。(《大清穆宗毅皇帝聖訓》卷十《聖治》三。案又見《大清穆宗教皇帝實錄》卷二百二十六體同治七年三月戊午。) 參見王利器：《元明清三代禁燬小說戲曲史料》，上海古籍出版社 1981 年版，第 81 頁。《阿英全集》第七卷，《小說二談》，安徽教育出版社，2000 年版，第 341 頁。
〔註 2〕段寶林：《關於包公的人類學思考》，《光明日報》，1999 年 5 月 6 日。

的作用，普通民眾通過口耳相傳建構了包公的出生、成長、官宦生活等各個環節，使包公題材的文學作品包含了大量的民間文學的敘事特點和題材特點，如在敘事中穿插有其它民間故事中的各種母題。民間傳說包公乃天上文曲星下凡，所以手下猛將如雲，輔助大業。「日判陽間不平事，夜審地獄冤屈案。」文有公孫策，武有展昭。兼有張龍、趙虎、王朝、馬漢等於公堂前侍奉在側。公孫策，精於觀人之術，醫卜星相、奇門數術，無一不通，且才思敏捷；展昭，本爲游俠，稱「南俠」，武藝超群，行俠仗義。後追隨包公，受皇帝贈「御貓」，御前四品帶刀侍衛。

丁肇琴先生在《俗文學中的包公》一書對民間傳說中的包公傳說做了一些分析。〔註3〕江蘇揚中縣關於包公黑臉的傳說。

> 以前文官的臉是白的，武官的臉是黑的，爲什麼文官包公的臉
> 是黑的，武官狄青的臉是白的呢？
>
> 原來，玉皇大帝派太白金星下凡做宋朝皇帝，太白金星不肯。
> 玉皇大帝答應派一個文曲星、一個武曲星下凡去保駕，太白金星這
> 才肯下凡，哪曉得文曲星、武曲星都不肯下凡。玉皇大帝發火了，
> 就下旨把文曲星和武曲星的頭砍下來，扔到凡間去。文曲星和武曲
> 星趕緊下凡去搶頭。結果文曲星搶了武曲星的頭，武曲星搶了文曲
> 星的頭。投胎以後，文曲星包公的臉就成了黑的，武曲星狄青的臉
> 就成了白的。〔註4〕

《中國地方風物傳說選》有一則《包府坑與「照妖鏡」》，說包公的月牙兒就是一面「照妖鏡」：

> 相傳，包拯是天上的文曲星。下凡後長得與眾不同，臉黑如鑒
> 底，一個白色的月牙兒在腦門上閃閃發光。人們都說這個月牙就是
> 一面「照妖鏡」，它能「日斷陽，夜斷陰」—不僅能公斷人間的錯案，
> 還能正確處理陰曹地府的案件。〔註5〕

在包公小說中同樣也包含了民間文學大量的集體無意識的母題，以此也可以

〔註3〕《包公生平傳說中的形象》，丁肇琴《俗文學中的包公》第二章，文津出版社，2000 年版，第 71 頁。

〔註4〕葉錦春整理《揚中傳說與歌謠》（內部資料），1987 年版，第 7～8 頁。

〔註5〕此條見屈春山、李良學搜集整理《中國地方風物傳說選》第二集，中國民間文藝出版社，1983 年版，第 455～457 頁。又見李程遠主編，《開封民間故事集成》，中州古籍出版社，1993 年版，第 186～188 頁。

推斷包公小說與民間文學的淵源關係。如《包公演義》第五十九回「東京判決劉駙馬」（《包公案》中的《石獅子》）中有「善惡報應」、「洪水神話」、「神物預警」等母題。

> ……長者看罷不解其意。……人問其故，長者說與有洪水之災，造船逃避。眾人嘻云：「爾乃癡翁，自今年正月到六月，天上沒半點雨落，我眾人苦旱極甚，耕種不得，正待祈雨，水從那裏漲來？」長者只管理自所為，任眾人說笑，時當六月中旬，太陽正照，長者船隻造已完備，安於河下，每日令老嫗前往東街探石獅子有血流出否，老嫗初去看時，人不知其故，亦不問之。〔註6〕

陳建憲說：「在民間傳說中，石龜眼睛裏出血，是洪水即將到來的信號。這一類型的特點，是當洪水滔天時，拯救人種的不是方舟，而是一隻石龜（後來也有的變異為石獅子）。」〔註7〕

　　包公文學中的許多篇章來源於民間故事。趙景深說，「《包公案》中《味遺囑》是民間故事，以前我在《少年雜誌》上看見有人重述過同樣的故事，惜現在不能指出其它的出處。《石獅子》也是民間故事，鍾敬文在《中國的水災傳說》一文裏解釋甚詳。他指出《石獅子》是與《王大傻的故事》（《瓜王》）和葉鏡銘所記的富陽民間故事相似的。《桑林鎮》就是「狸貓換太子」的故事，也是一個民間故事。鍾敬文說「所謂『狸貓換太子』的，其實卻是流播於東西洋：（尤其是東洋的印度、波斯等國）各地的民間故事。」〔註8〕

　　民間傳說中有《包公斷傘》，講一個下雨天，姓汪的沒打傘和姓李的共撐一把傘，後來姓汪的賴傘不還，反說傘是自己的，兩人吵起來，鬧到開封府。「包公聽兩人訴說完，就大聲喝道：『一把傘也值得麻煩老爺，有啥好爭的。撕開，一個人分給一半。』說罷，真把傘撕成兩半，一個人分給一半，轟出衙門了。」大家都覺得包公判得莫名其妙，包公此時卻派王朝偷偷去跟蹤那兩個人，王朝回報姓李的罵包公是昏官，姓汪的滿臉得意。包公哈哈一笑，叫再把兩人抓回來。「他倆回到縣衙，經不住包公三盤兩問，姓汪的就招了實話。包公當即罰姓汪的挨四十大板，又叫他賠姓李的一把新傘。姓李的這才

〔註6〕王汝梅、朴在淵：《韓國藏中國稀見珍本小說》，中國大百科全書出版社，1997年版，第386頁。

〔註7〕陳建憲：《神祇與英雄——中國古代神化的母題》，三聯書店，1994年版，第103頁。

〔註8〕趙景深：《中國小說叢考》，齊魯書社，1980年版，第491頁。

知道包公眞是『包青天』。」〔註9〕這個故事在《龍圖公案》第五十一回變成《奪傘破傘》，可見《龍圖公案》和民間傳說的密切關係。

關於包公夜斷陰的故事也來源於民間故事，〔註10〕李昉《太平廣記》引《野人閒話》有：

> 蜀大理少卿李泳，嘗歸郫城別墅。過橋，見一嬰兒，以蕉葉薦之，泳憐其形相貌異，哺養爲子。六七年，能書，善讀笑，父母鍾愛之，過於親子。至十二歲，經史未見者，皆覽之如夙習，人皆謂之神智。嘗獨居一室中閱書，父母偶潛窺之，見一人持簿書，復有二童子接引呈過，其子便大書數行，卻授之去。父母異之，來日，因侍立，泳疑曲謂之曰：「吾夜來竊有所睹，汝得非判陰府事乎？」曰：「然。」重問則唯拜不對。泳曰：「陰府人間，事意不同，吾不欲苦問，汝宜善保。」子又拜。卻後六年，一旦白於父母：「兒只合與少卿夫人爲兒一十八年，今則事畢。來日申時，卻歸冥司。」因泣下久之，父母亦爲之出涕。泳問曰：「吾官至何？」答曰：「只在大理少卿。」果來日申時，其子卒，故泳有退閒之志。未久，坐事遂罷。〔註11〕

可見至少在宋以前民間就有斷陰的民間傳說，後來這一本事也附會到包公身上了，在宋人的說話和元雜劇中，包公在一般清官的明察之外，還能「日斷陽間夜斷陰」。而到《包龍圖公案詞話》和《百家公案》中，他已是下凡的文曲星，借助一些寶物穿越陰陽兩界。

有關《三俠五義》的民間文學特質，研究者的看法幾乎是一致的，即都認爲近代俠義公案小說最鮮明的藝術特徵是具有濃厚的評話（或曰平話、話本）色彩。首先論及這一問題的是俞樾，早在1889年，他就一眼看出了《三俠五義》的平話特徵：「如此筆墨，方許作平話小說；如此平話小說，方算得天地間另是一種筆墨。」〔註12〕這雖是針對《三俠五義》而言，實際上也概

〔註9〕河南大學中文系編：《河南民間故事集》，中國民間文藝出版社，1985年版，第295～296頁。

〔註10〕日斷陽事，夜斷陰事之典故，最早似見於唐臨《冥報記》卷下所載「河東柳智感」之事。其中說到柳氏是「夜判冥事，晝臨縣職」〔詳見《大正新修大藏經》第51冊，第801c～802a頁；後代謂包公「日斷陽事，夜斷陰事」的傳說，當源出於此類佛家宣教小說。

〔註11〕《太平廣記》卷三一四「李泳子」。中華書局，1961年版，第2510頁。

〔註12〕《重訂〈七俠五義傳〉序》，見光緒十六年（1890）上海廣百宋齋刊本《七俠五義》卷首。

括了同類小說的藝術特徵。到了 20 世紀 20 年代初，胡適不僅把近代的俠義公案小說乾脆稱之爲「評話小說」和「民間文學」，而且進一步指出：「評話小說自宋以來，七八百年；沒有斷絕……這五十年的評話小說，可以代表評話小說進步最高的時期。」〔註 13〕差不多同時，魯迅也指出，近代的俠義公案小說，「正接宋人話本正脈，固平民文學之歷七百餘年而再興者也。」〔註 14〕

民間傳說的傳播方式是有口皆碑，靠民眾自身代代自發的口耳相傳，最終這些文化遺產或者被整理記錄或者口耳相傳至逐漸流失。

二、包公文學的傳播主體

（一）書坊主人

英國文學史家伊恩・P・瓦特，在考察英國小說興起的時候指出，書商對作者和讀者的影響力無疑是非常之大的，「憑藉與印刷業、出版業和新聞的千絲萬縷的聯繫這一優勢，笛福和理查德遜與讀者大眾新的興趣和能力發生了更直接的聯繫；而且更爲重要的是，它們本身完全可以作爲讀者大眾的新的重心的代表。作爲中產階級的倫敦商人，在考慮他們的形式和內容的標準時，不能不弄準他們的寫作是否會吸引廣大讀者。這也許是讀者大眾變化了的構成和書商對小說的興起的新的支配作用的最重要成果；這不僅因爲笛福和理查德遜響應了他們的讀者的需要，而且還因爲他們能從其內部更爲自由地表現了那些需要……」〔註 15〕

書坊作爲圖書流通的主要渠道，其核心人物是書坊主人。從刻印的書籍、策劃內容、約集文稿、聘請監督工匠完成刻印一直到市場銷售，可以說書坊主人充分參與到了書籍流通的各個環節中來，扮演了作者與讀者、文化與商業的中介角色，同時也在雅俗文化及社會各階層人士的溝通與交流中起到了連接紐帶的作用。

正是由於書坊主人的殷勤奔走，使作者與讀者、文化與商業連接起來，大大提高了書籍的傳播速度。另一方面，書坊主人有相當一部分出身書坊世家，世代如此，如著名的建安余氏及熊、陳、鄭、葉、劉、蔡、虞諸家。豐

〔註13〕　《五十年來中國之文學》，歐陽哲生編：《胡適文集》第 2 卷，北京大學出版社，1998 年。
〔註14〕　魯迅：《中國小說史略》，上海古籍出版社，1998 年版，第 203 頁。
〔註15〕　〔美〕伊恩・P・瓦特：《小說的興起》，三聯書店，1992 年版，第 57～58 頁。

富的經驗使這些書坊主人對書坊業務非常熟悉，經營起來駕輕就熟。明清許多新開的書坊，如金陵、北京、武林、歙縣等地的書坊也多設在具有刻書傳統的地方。許多書坊主人甚至親自操觚，編撰小說，如余象斗、熊大木、陸雲龍、袁于令等，自編自刻自銷，大大縮短了流通的中間環節，加速了小說的流傳。

（二）職業作家

明中後期，大量士子文人從對傳統儒學的追隨轉向對市民文學的親近，從科場走向市場，從而促成了文化的世俗化，進一步推動了市民文學的繁榮。他們或創作或評點或作序或參與小說的校勘出版，在明清通俗小說傳播中扮演了重要的角色。在文士參與小說傳播的進程中，特別值得一提的是職業作家的出現。關於《封神演義》的緣起，清人梁章鉅曾提供了這樣一種傳聞：「吾鄉林樾亭先生言：昔有士人盤家所有，嫁其長女者，次女有怨色，士人慰之曰：『無憂貧也。』乃因《尚書·武成》篇：『唯爾有神，尚克相予』語，演為《封神傳》，以稿授女『後其婿梓行之，竟大獲利。』云云。」〔註16〕此說固不可信，但應書賈之邀寫作小說或將書稿售予書賈付梓者，即職業化作者的出現卻是不容置疑的事實。

明崇禎壬申即空觀主人《二刻拍案驚奇小引》稱，其《初刻拍案驚奇》「為書賈所偵，因以梓傳請」，結果極為暢銷。「賈人一試之而效，謀再試之」，而作者也是欣然領命作書。明李雲翔《鍾伯敬評封神演義序》云：「余友舒沖甫自楚中重貲購有鍾伯敬先生批閱《封神》一冊，尚未竟其業，乃託余終其事。」凡此種種，突破了前人以著書立說、勸世規人為惟一創作目的、以自娛或名世為小說創作動機的藩籬，標誌著小說家職業化傾向的出現。小說作者雖遮遮掩掩，將原因歸結到坊賈身上，但不可否認的是他們編撰、校訂、評點小說已經開始成為一種有償的商業性行為，小說已部分地成為商品。

一些文人直接受雇於書坊，為其編撰、校訂小說。江西文人鄧志謨大約從萬曆二十二年起，長期在建陽書坊擔任塾師，同時受雇於書坊擔任編輯工作，長達二十餘年。他是一個多產的作家，著有道教小說《咒棗記》、《飛劍記》、《鐵樹記》，寓言小說與詩詞合集《山水爭奇》、《風月爭奇》、《花鳥爭奇》、

〔註16〕梁章鉅：《歸田瑣記》卷七「封神傳」《清代史料筆記叢刊》，中華書局，1981年版，第 132 頁。

《梅雪爭奇》、《童婉爭奇》、《茶酒爭奇》、《蔬果爭奇》等。〔註 17〕廣州庠生朱鼎臣，長期服務於閩書坊，編撰了多種通俗小說：如《唐三藏西遊釋厄傳》、《南海觀音菩薩出身修行傳》等，可以算作完全的職業小說家。明中後葉至清初，文人雖然積極地參與到小說的創作與傳播過程中來，但多數還是非正式地受聘於書坊，與書賈是種合作者或朋友的關係，其行爲的商業性質不清晰。如煙水散人編次《桃花影》，其卷四云：「今歲仲夏，友人有以魏生事囑予作傳。予亦在貧苦無聊之極，遂爾坐口水釣磯，雨窗十日而草創編就其事。……友人必欲授之梨棗。」小說作者在提及書賈時，多稱之爲「友人」、「坊友」，而不完全是雇主與雇傭者的關係。小說作者接受稿酬也大多屬於私人酬謝性質，稿酬制度的正式確立、要遲至晚清報刊成爲小說主要的傳播媒介以後。〔註 18〕

（三）書會成員

顧炎武說，「小說演義之書，士大夫農工商賈無不習聞之，以至兒童婦女不識字者亦聞而如見之，是其教較之儒釋道而更廣也。」〔註 19〕由於說書把文字閱讀變成了聽覺藝術，具有濃鬱的生活氣息，敘事狀人，生動逼眞，輔之以藝人的表情、姿態，有小說不可替代之處，故廣爲歡迎，長盛不衰。

「書會」的最早記載見宋代李光《戊辰冬，與鄰士縱步至吳由道書會，所課諸生作梅花詩，以先字爲韻，戲成一絕句。後三年，由道來昌化，索前作，復次韻三首，並前詩贈之》。〔註 20〕作於端平二年（1235）的《都城紀勝》「三教外地」載；

> 都城內外，自有文武兩學，宗學、京學、縣學之外，其餘鄉校、家塾、舍館、書會，每一里巷須一二所，弦誦之聲，往往相聞。遇大比之歲，間有登第補中舍選者。〔註 21〕

〔註 17〕參見齊裕焜：《明代小說史》，浙江古籍出版社，1997 年版，第 209 頁。

〔註 18〕參宋莉華：《近代石印術的普及與通俗小說的傳播》，《學術月刊》2001 年第 2 期，第 89～90 頁。

〔註 19〕顧炎武：《日知錄集釋》卷一三「重厚」，嶽麓書社，1994 年版，第 349 頁。

〔註 20〕參見歐陽光《宋元詩社研究叢稿》，廣東高等教育出版社，1996 年版，第 17 頁。李光爲崇寧（1102～1106）進士，此詩當做於此時或稍後時期。吳戈認爲「書會」最早記載見南宋王十朋於乾道元年（1165）所作《悼亡》詩注，見《藝術研究》第九期，浙江省藝術研究所 1988 年出版。當以前說爲是。

〔註 21〕孟元老等：《東京夢華錄》（外四種），上海古典文學出版社，1956 年版，第 101 頁。

由此可知，所謂書會，原是官學以外讀書應舉的學習場所，大概以窮書生居多。在宋代市民文藝思潮的影響下，他們可能與民間藝人接觸來往，由參與民間藝人的一些文娛活動，逐漸發展為幫助他們編寫腳本，最後乾脆加入民間藝人的行列，書會的性質於是發生了根本性的變化。

書會編寫戲文有九山書會編寫的《張協狀元》、《董秀英花月東牆記》；古杭書會編寫的《宦門子弟錯立身》、《小孫屠》；敬先書會編寫的《荊釵記》。書會還編寫諸宮調、院本、樂府、小曲等等。有些書會中有專司抄寫、加工、整理劇本者，叫「寫掌記的」。《宦門子弟錯立身》第十二齣：「（末白）都不招別的，只招寫掌記的。（生唱）麻郎兒，我能添插更疾，一管筆如飛。真字能抄掌記，更壓著御京書會。」

（四）書會才人與戲文弟子

終日胼胝手足從事各種營生的人們，從偶而觀賞到的戲劇之中撿拾樂趣，同時也獲得了許多歷史知識，並且依靠戲劇中提供的道德尺度去認識歷史社會與人生。「春秋報賽，演劇媚神，此本不可以為良善之風俗，然而父老雜坐，鄉里劇談，某也賢，某也不賢，一一如數家珍。秋風五丈，悲蜀相之隕星；十二金牌，痛岳王之流血；其感化何一不受之優伶社會哉？」〔註22〕

元代，關漢卿是一位熟悉勾欄伎藝的戲曲家，《析津誌》說他「生而倜儻，博學能文，滑稽多智，蘊藉風流，為一時之冠。」曲家自己扮演戲曲，明代藏晉叔《元曲選·序》說他「關漢卿輩爭挾長技自見，至躬踐排場，面敷粉墨。以為我家生活，偶倡優而不辭」。關漢卿在元代前期雜劇界是領袖人物，玉京書會裏最著名的書會才人。據《錄鬼簿》、《青樓集》、《南村輟耕錄》記載，他和雜劇作家楊顯之、梁進之、費君祥，散曲作家王和卿以及著名女演員朱簾秀等均有交往，和楊顯之、王和卿更見親密。

元代戲曲作家武漢臣作雜劇 12 種，今存《散家財天賜老生兒》、《李素蘭風月玉壺春》、《包待制智賺生金閣》3 種。（後二劇《元曲選》作「武漢臣撰」。）

在元朝後期，雜劇的重心便已移到了南方，特別是浙江的杭州。陸容《菽園雜記》有一段著名的關於浙江「戲文弟子」的記載：

> 嘉興之海鹽、紹興之餘姚、寧波之慈谿、台州之黃岩、溫州之
> 永嘉，皆有習為倡優者，名曰「戲文弟子」，雖良家子不恥為之。其

〔註22〕柳亞子：《二十世紀大舞臺·發刊詞》，《磨劍史文錄》（上），上海人民出版社，1993 年。

扮演傳奇，無一事無婦人，無一事不哭，令人聞之，易生淒慘。此
蓋南宋亡國之音也。其贗爲婦人者名「妝旦」，柔聲緩步，作夾拜態，
往往逼眞。〔註23〕

《戒庵老人漫筆》記徽州的「戲文弟子」：

隆慶五年辛未科，張太岳居正以大學士爲正主考，王荊石錫爵
以右中允爲第二房考。荊石得一奇卷，進之太嶽，欲薦爲魁列。再
三言之，太嶽曰：「此必輕狂淫蕩之士，當非令器。」隨抹兩三行。
荊石不獲已，袖而藏之。至塡四十名外，又固請，乃塡中四十八名。
拆出，乃休寧曹誥也。曹赴會試，行囊不挾書冊，惟攜戲鑼鬼面頭
子一箱耳。與諸舉子宴寓舍，席間作僵屍，令人擡身走數遍以爲樂。
〔註24〕

明代，浙江的紹興、杭州、嘉興、溫州等地和南直江南地區的蘇州、徽州、
松江一帶也有著較爲深厚的戲劇基礎。徐渭認爲浙江自宋元以來就是南戲的
發源地同時也是雜劇盛行地：

南戲始於宋光宗朝，永嘉人所作《趙貞女》、《王魁》二種實首
之。……或云：「宣和時已濫觴，其盛行則自南渡，號曰『永嘉雜劇』，
又曰『鶻伶聲嗽』」。……元初，北方雜劇流入南徼，一時靡然向風。
〔註25〕

浙江餘姚的張氏世代宦門，張岱說萬曆全盛時家中有六個戲班：可餐班、武
陵班、梯仙班、吳郡班、蘇小小班、茂苑班。〔註26〕既有悠久而深厚的戲劇
基礎，又有明顯的群體優勢。所以在以浙江紹興、杭州，南直蘇州、松江爲
中心的地區，產生了一大批著名的戲曲作家，如邵燦、徐渭、梁辰魚、沈璟、
張鳳翼、梅鼎祚、沈自徵等；產生了明代最重要的幾部戲曲理論著作：《南詞
敘錄》（徐渭，紹興山陰）、《曲品》（呂天成，紹興餘姚）、《曲律》（紹興會稽）、
《遠山堂曲品》和《遠山堂劇品》（祁彪佳，紹興山陰）、《南九宮譜》（沈璟，
蘇州吳江）；形成了在明朝乃至中國古代最豪華的戲劇作家流派──吳江派。

〔註23〕明・陸容：《菽園雜記》卷一○，中華書局，1985 年版，第 124 頁。
〔註24〕李詡：《戒庵老人漫筆》卷五《張太岳鑒文》，中華書局，1982 年版，第 187
頁。
〔註25〕徐渭：《南詞敘錄》，《中國古典戲曲論著集成》第 3 冊，中國戲劇出版社，1959
年版，第 239 頁。
〔註26〕張岱：《陶庵夢憶》卷四《張氏聲伎》，嶽麓書社，2003 年版，第 150 頁。

如吳江沈氏乃書香門第，戲曲世家。《遠山堂曲品》列入了這個家族沈璟、沈自晉、沈自徵叔侄三人 24 種傳奇。《靜志居詩話》也說：

> 吳江沈氏最多才，自詞隱生訂正《九宮譜》，爲審音者所宗，
> 而君庸亦善填詞，所撰《霸亭秋》、《鞭歌妓》諸雜劇，慨當以慷。
> 〔註 27〕

其中沈璟撰包公戲《桃符記》，有馬彥祥藏清乾隆間抄本，《古本戲曲叢刊》初集影印本。本事詳前元鄭廷玉《包待制智勘後庭花》雜劇。

（五）藏書刻書家

明代臧懋循（？～1621 年），字晉叔，號顧渚，長興人。萬曆八年（1580年）進士，明代著名戲劇家、刻書家。曾任南京國子監博士，著有《負苞堂集》等。刻有《古逸詞》、《古詩所》、《唐詩所》、《元曲選》、《校正古本荊釵記》、《玉茗堂四夢》、《改定縣花記》、彈詞《仙遊錄》等多種，總字數不少於300 萬。其中《元曲選》100 卷，影響最大，該書是所有元曲選本中收集元曲數量較多、質量較高的一種。其中收錄包公戲多達十一種。其中《灰闌記》、《陳州糶米》、《抱妝盒》、《神奴兒》等當時都是孤本，沒有《元曲選》，它們就不會流傳至今。臧懋循不顧經濟條件的限制，「窮年鉛槧」，《元曲選》刻印半年之後，由於底本難覓，加上經濟困難，被迫中輟，他通過親朋好友大事宣傳，疏通發行渠道，等到賣書換錢之後才得以刻完全書，正如他在《負苞堂集·寄黃貞夫書》中所說：

> 刻元劇本擬百種，而尚缺其半，搜輯殊不易，乃先以五十種行
> 之。且空囊無以償梓人，姑藉此少資緩急。茲遣奴子齎售都門，亦
> 先以戶部呈覽。幸爲不佞吹噓交遊間，便不減伯樂之顧，可作買紙
> 計矣。

明代趙琦美，原名開美，字玄度，又字如白，號清常道人。他天性聰穎，博聞強記，年少時曾就學於國子監。成年後，以父蔭補官太僕丞，遷刑部郎中，並在京都當過都察院都事。《古今雜劇》就是趙琦美編輯的。爲了編輯這部書，趙琦美用了 3 年多時間抄校輯集而成。所收全部是元明兩代稀見雜劇劇本。雜劇起源於晚唐，盛於宋元，至明初還很盛行。明代中葉以後，逐漸衰落，但留下了大量的劇本。遺憾的是迭經兵燹，屢遭焚劫，藏

〔註 27〕 朱彝尊：《靜志居詩話》卷二二《沈自徵》，人民文學出版社，1990 年版，第
204 頁。

書家又大都不很重視戲曲等俗文學，以致流傳日少，瀕臨絕境。而趙琦美卻獨具慧眼，為了使這部分璀璨的祖國文化遺產得到保存，他四方搜訪，遇有罕見劇本，重金羅致。對於藏家不願出讓的祕本，則付以高昂的報酬，借出繕寫抄錄。經過不斷地搜羅，集腋成裘，終成巨帙。今所見脈望館書目是趙琦美藏書底薄。

　　趙琦美去世之後，脈望館所藏書籍歸於錢謙益的「絳雲樓」。錢與趙在生前就相識，由於兩人都以藏書校讎自娛，常有來往。清順治七年（1650）絳雲樓火起時，這些雜劇幸免於難。錢謙益將未毀之書的一部分，贈給了族曾孫錢曾，《古今雜劇》也在其中。這些書都收藏在錢曾的藏書處「也是園」。以後又疊傳於泰興季振宜「辛夷館」、蘇州何煌「承筐書塾」、黃丕烈「士禮居」、汪士鐘「藝芸精舍」，後又流回常熟，先藏於趙宗建「舊山樓」，再入藏在丁祖蔭「湘素樓」。300 年間，主要在常熟、蘇州兩地流傳，但卷帙卻日見減少。在「也是園」時，不計重複，尚有 340 種，到「士禮居」時，只有 266 種，再到「湘素樓」時，只剩下 242 種。丁祖蔭去世，《古今雜劇》從「湘素樓」散出，1938 年 5 月，經鄭振鐸、陳乃干、盧冀野、袁同禮等人不懈努力，購歸北平圖書館。〔註28〕

　　現存《古今雜劇》242 種，既有刻本，也有抄本，抄本多為趙琦美親筆手錄。不少還是從「內府本」中抄錄下來或據「內府本」校對過。1958 年，《古今雜劇》被編入鄭振鐸先生倡議出版的《古本戲曲叢刊》第四輯。《古今雜劇》中收有息機子刊《元人雜劇選》本包公戲《包待制智賺生金閣》（趙琦美以內務府本校過）、《王月英元夜留鞋記》；收新安徐氏刊《古名家雜劇》本包公戲《包待制智斬魯齋郎》、《包待制三勘蝴蝶夢》（趙琦美以小谷本校過）、《包龍圖智勘後庭花》；收於小谷本包公戲《認金梳孤兒尋母》。〔註29〕

（六）民間說書藝人

　　那些在民間文學的傳承活動中作出特殊貢獻的個體傳承人，即通常所說的職業和半職業民間藝人：如民間歌手、故事講述家、民間說唱藝人等，也包括一部分在傳播民間文學作品中作出貢獻的宗教職業者。這些年來，隨著研究的深入，個體傳承人的作用越來越受到人們的關注。

〔註28〕孫楷第：《也是園古今雜劇考》，上雜出版社（上海），1953 年版，第 1～49頁。
〔註29〕孫楷第：《也是園古今雜劇考》，上雜出版社，1953 年版，第 77～136 頁。

在說包公的藝人中最值得一提的是石玉昆、浦琳及其弟子張秉衡、陳天工、龔午亭等〔註30〕。對石玉昆的籍貫家世、生卒年份、生平事跡及著述，前輩學人如魯迅、胡適、孫楷第、趙景深、李家瑞等皆曾進行過專門的研究，解決了一些疑難問題。

石玉昆是一個能編、能彈、能演、能唱的民間藝人。據《非廠筆記》記載，石玉昆，字振之，天津人。因久在北京賣唱，有人誤認爲是北京人。他在咸豐、同治時候曾以唱單弦轟動一時。當時也有人稱其爲石先生或石三爺。從目前所掌握的資料來看，有關石玉昆的記載多集中在其成名之後。生活在乾隆至道光時期的富察貴慶的《知了義齋詩鈔》有詩詠《石玉昆》，其詩序云：「石生玉昆，工柳敬亭之技，有盛名者近二十年而性孤僻，遊市肆間，王公招之不至。」據披露這首詩的吳英華、吳紹英介紹，「從這首詩在詩集中的排列順序看，它當作於道光十七年以前」。〔註31〕依據這一推斷，可以看出，石玉昆至少在道光初年即已成名。實際上，石玉昆成名的時間可能還要更早些，在道光四年（1824）的慶昇平班戲目中，有不少《三俠五義》的重要關目，如《瓊林宴》、《三俠五義》、《遇后》、《花蝴蝶》、《烏盆記》、《陳林抱盒》、《拷寇成玉》等。

在有關石玉昆的眾多記載中，首先強調其演唱技藝的高超。《知了義齋詩鈔》詠《石玉昆》詩云：「攀條軼事弔斜曛，絕技風流又屬君。一笑史從何處說，廿年人得幾回聞。麼弦切切秋蟲語，大笠飄飄野鶴群。爲底朱門無履迹，曳裙應怪太紛紛。」道光二十三年至二十五年金梯雲抄本《子弟書》中有《歎石玉昆》一目，描繪他手撥五弦，嗓音清亮，語句清新，場內千人鴉雀無聲，均洗耳恭聽。至精彩處，「諸公一句一誇，一句一讚」，至有「陪襯書聲」者。並稱讚石玉昆「高擡聲價本超群，壓倒江湖無業民，驚動公卿誇絕調，流傳市井效眉顰。編來宋朝包公案，成就當時石玉昆。」〔註32〕其人其事，已經可以看見。「頭行」唱道：

> 曾到過關閉多年雜耍館，紅牌斜挑破圍門。出入多人如蜂擁，我暗猜疑聽書何必往來頻？進園門一望園中車卸滿，到屋內遍觀前座有千人。挨臺進圍書桌者多闊老，靠牆壁遠居末座少平民。

〔註30〕 有關張秉衡、陳天工、龔午亭的情況參見胡士瑩《話本小說概論》，中華書局，1980年版，第631頁。
〔註31〕 吳英華，吳紹英：《有關〈三俠五義〉作者的一首可貴的詩》，《天津日報》，1961年8月29日。
〔註32〕 關德棟，周中明：《子弟書叢鈔》，上海古籍出版社，1984年版，第734頁。

於是此人始得知「出入多人如蜂擁」者，乃是「因無座」。此是玉昆說書開場前的情形。接著便敘玉昆到館，先至歇息所，飲茶吃點心，經過休歇，然後始行登場。《子弟書》作者敘此時情形道：

> 不多時有信開書先通知暗號，那個把銅底錫壺亮似銀。九江瓷官窯脫胎茶缸兒一個，十樣錦煙碟兒預備敬煙的人。順圍桌一溜兒擺開排著次序，論品級打頭跟二按著碟兒聞。橫桌心退光磨漆三弦一擔，先會人支起弦馬兒擔去浮塵。

此是所謂「客場」第一，其次才是「先生上」，此時之聽眾是：「好些個闊家兒恭敬如見大賓」，「恨不能近身得受先生寵，意欣欣替他得意自己也提神。」其轟動與熱望可知。再下始敘及玉昆正式說書時情景：

> 則見他款動了三弦如施號令，滿堂中萬緣俱靜鴉雀無聲。但顯他指法兒玲瓏嗓音兒嘹亮，形容兒瀟灑字句兒清新。眾諸公一句一誇一字一讚，合心同悅眾口同音。

甚至有「成群咂嘴」、「陪襯書聲」者。此時如聽眾中稍有雜音，即遭全場的「驚看」、「瞪目」。至此說書場所，實破舊不堪，所謂「破罩棚木搶繩拴眼睛著落架，烈山牆內空外鼓實在的揪心」。玉昆說完「一回節目」，有一番休息，「調元氣不離陳紹泡人參」。此是當日石玉昆說書的情形，所以題「歎」者，則是作者對說書的鄙視，不滿意於大眾爲其所瘋狂。故始句有云：「或者他書過高明非我解，自慚有唇對驢琴。假使他所遇之人皆我輩，早向那首陽山下泣孤魂。」阿英在《小說二談》中說，但無論作者對石玉昆之觀感如何，因此篇之作，而能使我輩得知玉昆部分史事，亦殊可貴也。〔註33〕

　　不僅如此，石玉昆的唱腔獨創一格，開創了一個新的藝術流派──石派書，又稱石韻書。據趙景深先生介紹，由於石玉昆的影響，它的特點爲其它曲藝所吸收，遂有了以「石玉昆」命名的曲牌。由此可以看出，其演出在當時很受歡迎，以至於有些書鋪藉此牟利，「按段抄賣，另有目錄，要者定寫」。就連當時的說書藝人對石玉昆也是讚譽有加：「就拿玉昆石三爺他說吧，怎麼就該說不過他？他如今是不出來咧。他到那個書館兒，一天只說三回書就串好了幾十弔錢，如今名動九城，誰不知道石三爺呢？」〔註34〕據百本張抄本

〔註33〕阿英：《阿英全集》第七卷《小說二談》，安徽教育出版社，2000年版，第295頁。

〔註34〕抄本《全本南清宮慶壽》，引自魯德才《三俠五義序》，春風文藝出版社，1999年版，第2頁。

《子弟書目錄》，石玉昆還著有《通天河》、《青石山狐仙傳》、《風波亭》等小說，但尤以演唱《包公案》著稱，石玉昆當時演唱的《包公案》便是後來的《三俠五義》的藍本。

包公在民間的傳播中，石玉昆等說書人實際上扮演了「意見領袖」的作用。「意見領袖」一詞最早見於美國傳播學者拉札斯菲爾德等三人的《人民的選擇》一書。是指在信息傳播中一些具有特殊影響力的人，他們擁有改變個人或團體思想和行為的力量。他們的影響力並不來自權力和職責，即使有一定的職位，他具有的影響力也遠遠超過他所擔任的職位。他或是社會有聲望的人、或是某一領域內出類拔萃的人物、或是擁有一定社會資源的人。

瑞典學者卡爾・威廉・馮・賽多認為「積極傳統攜帶者」〔註35〕是傳播故事的核心群體，這類人就是意見領袖，他們一般有如下特點：

（1）有固定的傳承來源：他們在民間文學上的偏愛和專長，並非偶然形成，而是有著直接或間接的傳承淵源。這種傳承淵源一般表現為：親緣傳承——即傳承人的特長和技藝是由有親緣關係（直系或旁系）家庭成員一代接一代繼承下來的。地緣傳承——傳承人的特長和技藝來源於他所生活的特定地域。從當地傳統文化氛圍和自己周圍民間藝人的講唱中耳濡目染、潛移默化地自然獲得傳承。業緣傳承——在自己所從事的某種特殊行業的活動中接受民間文學傳承。民間戲曲、說唱藝人的收徒傳藝即如此。

（2）知識面廣：在其所屬領域和群體中，必須是被公認的見多識廣、稱職能幹的人，如在購物方面，生活在大家庭的年長女性是購物的意見領袖，而年輕未婚女性通常是決定時尚和流行的意見領袖；

（3）社會資源：個人身世不凡，社會閱歷豐富，有牢固的群眾基礎。他們一般出身低下，個人經歷坎坷，飽受磨難。迫於生計，有時不得不流落他鄉，逃荒要飯、學徒賣藝、幫人扛活，從事過多種職業，因而見多識廣。他們為人處世豁達開朗，人緣好，常常講唱民間文學並在講唱中全身心地投入，擁有許多聽眾，建立了自己的傳承圈。具有一定的可以利用的社會威望、地位或社會關係，可以接觸較多的信息來源。

（4）一定數量的追隨者：意見領袖有多種形式。在組織傳播中，他可能是非正式組織的核心，在大眾傳播中，他可能是一個明星，在人際傳播中，他可能是一個德高望重的老者。

〔註35〕〔美〕阿蘭・鄧迪斯《世界民俗學》，上海文藝出版社，1990年版，第232頁。

（5）綜合能力強：他們都是民間文學的傳承活動中嶄露頭角的佼佼者。不僅有較長的講唱實踐，而且能講善唱，有超群的講唱技藝，博聞強記，出口成章。還具有一定的社會交際能力、應變能力、決斷能力以及協調能力等綜合能力。

（6）形成獨特的個性風格：他或者能言善辯、或者精力充沛、或者富有同情心、或者風度迷人，具有大多數人沒有的吸引力。形成了獨特的傳承風格。傑出的傳承人、在承繼民間文學的總體風格的基礎上，也顯示出傳承者自己在傳承活動中的主體意識。個體傳承人對民間文學的作用是由他們的共同特徵所決定的。

（7）相對的不穩定性：意見領袖和科層組織的領導不一樣。他既不是選舉產生，也非無須通過一定選拔程序或者上級任命。因此，他的地位隨著經濟條件的變化、人際關係的更動、人們審美情趣的轉變發生變化。一個明星今天可能一呼百應，明天可能就是明日黃花。

在一定意義上，「意見領袖」石玉昆等通過選擇性注意、選擇性理解等環節把有關包公的故事進行繼承編創，再通過一定規模的說書展演，將其選擇的信息傳遞給周圍人，使包公文學故事得以廣泛流傳。

三、包公文學在民間傳播的模式

（一）以包公為中心對眾多故事的改編、附會與整合

包公斷案的故事，在元人編纂的《宋史》本傳中便已經附以強烈的民間傳說的色彩，諸如：「人以包拯笑比黃河清。童稚婦女亦知其名，呼曰『包待制』。京師為之語曰：『關節不到，有閻羅包老。』」一個在人們理想中居官剛正，不畏權勢，不徇私情，為民做主，甚至能夠日斷陽、夜斷陰的清官形象就這樣誕生了。到了元代，在爭奇鬥豔的雜劇舞臺上，包公斷案故事更成了演繹的大宗。口耳相傳的包公斷案故事和民間傳說相融彙，最終在明代刊印出來一部集大成式的小說《龍圖公案》。孫楷第說，「此書論其事則假冒贗造，除八篇以外，其餘無論在史實根據上或故事源流上說，都和包公無關係。」〔註36〕如為人稱道的雙釘案，孫楷第說，姚天福在元朝的確有包龍圖資格，若論其不畏強禦，橫街直撞，似乎宋朝的包龍圖還有遜色。他之勘雙

〔註36〕孫楷第：《滄州後集》，《〈包公案〉與包公案故事》，中華書局，1985年版，第68頁。

釘案在當時甚有名，當時人以「本朝包公」之事演之，不過在那時戲爲包公，傳說仍爲天福，到了後來，便把天福忘了，宋朝的包公卻大出風頭，久假不歸，毅然居之而不疑了。〔註37〕

包公故事的大成，附會、改編了許多荒誕不經的精怪故事和民間傳聞。《龍圖公案》中一則名《玉面貓》，寫的是「五鼠鬧東京」的奇聞。所謂「五鼠」，原來是五個耗子精，它們變幻人形，惑亂視聽，使人真僞難辨，一時間，丞相、太后、皇上，連同包公都出現了「雙包案」，朝野陷入一片混亂。最後是真包公奏明玉皇大帝，從西方雷音寺借來一隻「玉面貓」，始將五鼠一網打盡。而《三俠五義》裏的「五鼠鬧東京」故事，除了借用其名目，內容已全然不同。所謂「五鼠」，不過是五位義士的綽號；所謂的「玉面貓」也成了「御貓」，不過是皇上對藝高人的隨口讚譽；而所謂的「五鼠鬧東京」，也只是江湖上的意氣之爭，且在誤會消除之後形成了三俠和五義的結合，一起從事仗義行俠的壯舉。於是，一個荒誕不經的妖魔鬼怪的神話傳說，就這樣被巧妙地改造成爲入情入理而又有血有肉的綠林故事，從天上拉到了人間，具備了真實的屬性。這番改造工夫，實乃點石成金、化腐朽爲神奇之筆，難怪胡適是那樣地激賞，說《三俠五義》，「神話變成了人話，誌怪之書變成了寫俠義之書了。」「在近百回的大文章裏竟沒有一點神話的蹤迹，這真可算是完全的『人話化』，這也是很值得表彰的一點了」。〔註38〕

同樣，民間傳說包公是文曲星下凡，所以民間傳說言說包公的詩才。如《合肥民間故事集》收有二十二則與包公有關的故事，其中《巧詩對》、《對聯訓》、《對詩免店金》等三篇即是稱讚包公長於作詩對對，其中《包公對對》則是包公爲官後路過丹陽所發生的，說丹陽有兩個讀書人，有天晚上其中一個把他倆讀書的情形作成一聯：

> 當晚，包公住在一座廟裏，見後花園景致不錯，就走進去散散心。走著走著，他覺得有些吃力，轉頭望見不遠處有一張椅子，就叫包興把椅子移到梧桐樹邊讓包公坐下，頭靠在樹干上，正想閉目養神，猛擡頭，看見東方一輪明月升起，心裏「格登」一下，哈，眼前這情景和那副對子好像有點關係哩。於是故意問包興：

〔註37〕 孫楷第：《滄州後集》，《〈包公案〉與包公案故事》，中華書局，1985年版，第86頁。

〔註38〕 歐陽哲生編：《胡適文集》第4卷，《胡適文存三集》，北京大學出版社，1998年版，第384、393頁。

「丹陽出的那個上聯是怎麼說的？」叫「點燈登閣各攻書」包興搖頭晃腦地回答。「好，我們就來個『移椅倚桐同玩月』怎麼樣？」「沒得話說！音、韻、意、境全對上了號。」

第二天，丹陽城裏的人曉得了，都誇包公的下聯對得絕妙。〔註39〕

李福清說：「章回小說流傳到民間，也影響民間口頭文學的傳統，在民間說書藝人的創作過程中，這些作品又被加工而變成口頭的作品，復影響到民間講的故事。總而言之，自民間經過文人改寫，這些作品後又回歸民間。通過民間藝人的創作，它們又轉化為非專業的創作。這情況，在世界文學中比較少見，研究中國文學者一定要注意。」〔註40〕

經過對包公文學的思考抽象，筆者相信，包公文學的核心情節是包公怎麼判定是非、分辨冤屈，怎麼為無辜者洗冤，民間傳說的題材大多如此。民間傳說是包公文學這棵參天大樹的主幹（要素核心）。後來的戲劇、文人編撰的包公短篇小說集以及加工完成的長篇小說，在許多直接涉及包公文學的核心情節上是在不斷地進行演繹「說明」。舉例說來，在民間傳說中包公能未卜先知，判案如神，民間流傳他是閻王——「關節不到，有閻羅包老」等，當時這只是一種讚譽，後世包公文學在一核心要素方面反覆言說，最後終於發揮得淋漓盡致：既然是包閻羅，就能見玉皇大帝，就能遊歷冥府，起死回生，於是枝節蔓延，終於枝葉繁茂，具體論述參見第九章。

由此，包公文學的傳播模式是從民間故事傳說的口頭系統到文人創作加工定型的文本系統，〔註41〕經過閱讀消費環節的調節和引導，包公文學的核心情節再回到民間成為民間傳說形態，從而又影響書會才人和民間說書藝人的編創，進入了一個循環往復的正螺旋，所謂正螺旋是指在加工定型的守門過程中，故事情節不斷豐富完整，章節的佈局逐漸更合乎情理，來龍去脈更加引人入勝。所以說，包公文學的母體是民間文學，在民間的傳播始終是包公文學傳播的主流，正應了一句話：從群眾中來到群眾中去。馬克思說：「藝

〔註39〕王平山：《丹陽的傳說與歌謠》（內部資料），鎮江市民間文藝集成辦公室，1987年版，第88頁。

〔註40〕〔俄羅斯〕李福清：《古典小說與傳說——李福清漢學論集》，中華書局，2003年版，第164頁。

〔註41〕有學者認為中國小說起源於民間故事，萌芽於戰國。如杜貴晨，參看《傳統文化與古典小說》，河北大學出版社，2001年版，第110頁。

術對象創造出懂得藝術和能夠欣賞美的大眾，——任何其它產品也都這樣。因此生產不僅為主體生產對象，而且也為對象生產主體。」〔註 42〕包公文學在民間故事、文人（藝人）創作過程中，其運行模式如圖 8-1：

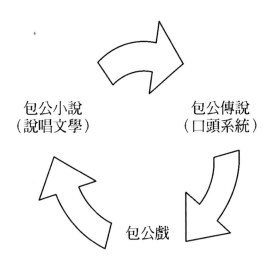

包公小說
（說唱文學）

包公傳說
（口頭系統）

包公戲

圖 8-1　包公諸文藝形式運行模式示意圖

（二）在傳播過程中，包公故事不斷被改編以建構「新內容」

　　經過對包公傳播的抽象，筆者認為包公文學在民間傳播的規律和謠言傳播極為相似，〔註 43〕同樣都是社會心理環境的產物。奧爾波特和波斯特曼對信息的傳遞作了一個有趣的實驗：一個人面對一張描繪日常生活場景的照片，凝視幾秒鐘，然後將其所見轉述給第二者，第二者再轉述給第三者⋯⋯最後共 7～10 人加入其中。試驗結果是驚人的。在開始時的那幅照片和第 8 個人所敘述的內容之間相差很大。整個信息的傳遞環節中，有幾個明顯的傳播特點：信息的失落、強化、吸收。〔註 44〕

〔註 42〕馬克思：《〈政治經濟學批判〉導言》，《馬克思恩格斯選集》，第 2 卷，人民出版社，1972 年版，第 95 頁。

〔註 43〕《漢書》卷三十，藝文志第十云「小說家者流，蓋出於稗官。街談巷語，道聽途說者之所造也。孔子曰：「雖小道，必有可觀者焉，致遠恐泥，是以君子弗為也。」然亦弗滅也。閭里小知者之所及，亦使綴而不忘。如或一言可採，此亦芻蕘狂夫之議也。」同樣，在一個長期封鎖信息的社會，在管理嚴重滯後的背景下，真相容易質變為小道消息或謠言。

〔註 44〕參閱（法）弗朗索瓦絲·勒莫：《黑寡婦——謠言的示意及傳播》，商務印書館，1999 年版，第 95 頁。

　　包公文學很大一部分源於民間文學，民間文學流傳過程會發生文本的變異。弗里指出，「變異的模式包括細節的精雕細刻、刪繁就簡、某一序列中次序的改變或顛倒、材料的添加或省略、主題的置換更替，以及常常出現的不同的結尾方式等等。」〔註45〕筆者認為包公在不同時代「接力式」的傳播中為實現敘事的話語參與，減少傳播成本，獲得盡可能多的增殖以參與價值建構，也存在著與謠言傳播類似的傳播特徵：

　　（1）省略或空變：最初的報導含有的信息越多，傳到下面一站時信息的丟失也越多。情節與結構的穩定必須以相關的共同知識為基礎，反之，知識結構的差異可能導致特定知識背景下的故事衝突的遺失。「秉公執法的清官」是有關包公的「公共知識」，共同知識的作用也可解釋為什麼民間故事都採用大眾化平常之語言，以日常近事入事了。

　　重細節的敘事是很難成為廣為流傳的故事的，而細節的缺失就為民間故事的不斷演生變異提供了空間。前文已經論述過，包公在正史中的犯顏直諫和彈劾都很有名，其奏議中所涉及的彈劾在傳播中缺失，後世的包公文學強化的是「公共知識」——判官。

　　（2）加強：強化了某些可以使傳播消息的結構更加合理的細節或組成部分。包公在正史中不以判案著稱，我們搜羅了包括筆記在內的史料才得到 15 則斷案記錄，其中一部分的客觀性還有待考證。但文學中包公幾乎無一例外地以判官的面目出現，判案的數量和複雜程度都無與倫比。〔註46〕以往包公題裁的所有種類的文學所涉及的故事情節被多次疊加（重複）、改編、整合，在群體記憶中包公的形象被固化。心理學的規律告訴我們，重複的次數和個人記憶的準確率成正比，對於一個民族的集體記憶大致也是如此，高頻率地反覆出現的形象，就會鑲嵌在民族集體記憶中。

　　（3）泛化：這是指降低消息的專指程度。胡適說包公是「箭垛式人物」，所傳播時代清官的斷案事跡和包公同時代范仲淹等人的事跡也都以不同方式被包公「吸附」，這是一種集體無意識的社會心理在起作用。從敘事時間和空

〔註45〕〔美〕約翰‧邁爾斯‧弗里：《口頭詩學：帕里——洛德理論》，社會科學文獻出版社，2000 年版，第 99 頁。
〔註46〕《百家公案》和《龍圖公案》共有包公斷案的故事 150 多篇。就數量而言，在這之前的宋話本僅 4 篇包公故事，元代包公戲也只有 20 多種，去其重複者僅得 18 種。就內容來看，它們將重心轉移到描述各種犯罪活動上，著力於寫包公的斷案。

間看來，以包公所在的仁宗朝以及包公曾任職地的故事為主導，包公文學幾乎吸附了不同時代，不同地區、不同人物的事跡。〔註47〕從某種意義上說，包公在傳播過程中是 G.B.維柯所說的「想像性的類概念」。人們用形象鮮明的突出的個別具體事例來代表同類事物，而包公所等於的抽象類概念便是「鐵面無私的判官」，所有冤屈的辨明都歸功於他。所以在吉爾吉斯斯坦國收錄的薛仁貴故事中，受難的薛仁貴遇見的不是人們所熟知的程咬金，而是包公。〔註48〕

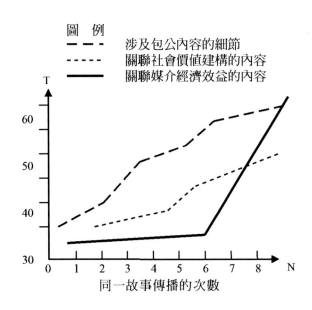

圖 8-2　包公故事傳播次數與故事細節等要素關聯示意圖

　　（4）超細節化：增加細節、訊息和詳情，使得傳播消息者增加個人的可信度。〔註49〕人們傾向於相信一個能提供細節的人。在說唱傳播的過程中，說書人出神入化的演繹，曲折生動的細節刻畫，一波三折的情節鋪設無疑增加了包公傳播的「可信度」。這樣就可以解釋為什麼有關包公文學的篇幅從隻言片語的話本小說到《百家公案》、《龍圖公案》等短篇公案小說結集刊刻，

〔註47〕孫楷第：《包公案與包公故事》，《滄州後集》，中華書局，1985 年版，第 68～126 頁。

〔註48〕〔俄〕李福清：《古典小說與傳說——李福清漢學論集》，中華書局，2003 年版，第 163 頁。

〔註49〕參閱（法）弗朗索瓦絲‧勒莫：《黑寡婦——謠言的示意及傳播》，商務印書館，1999 年版，第 104～105 頁。

再到中篇小說《五鼠鬧東京・包公收妖傳》，最後幾經波折終於演化爲說唱本皇皇巨著《龍圖公案》，分量越來越大，細節越來越多。胡適說，古來有許多精巧的折獄故事，或載在史書，或流傳民間，一般人不知道他們的來歷，這些故事容易堆在一兩個人身上。在這些偵探式的清官中，民間的傳說不知怎樣選出了宋朝的包拯來做一個箭垛，把許多折獄的奇案都射在他身上。〔註50〕就是針對傳播的這一現象發的感慨！古代民間傳說與通俗文學中「箭垛現象」時常可見，在清官形象的行列中包拯也並不是唯一的有幸者，不過若就所附會的故事的多寡而言，他確實是名列首位。這其中不是簡單的數量的擴張，是有著傳播規律的內在支配的。

（5）源故事中不合理的生活邏輯細節在傳播過程中將不斷尋求合理化。事實上，任何一個故事講述者的講述，對他的下家來說，都是一個源故事。源故事中那些不爲講述者所屬社會群體所認可的表現形式，總會在其後的傳播中逐漸趨於合理化。合理化是一種重複再現的過程，巴特萊特認爲「其過程表明了一種需要，實際上每位受過教育的觀察者都可感覺到這一需要，即一則故事應當有一個一般的情景。開始時，不存在一種簡單接受的態度。呈現的每則故事，必須聯結成整體，而且，若有可能，也應當考慮到它的細節必須與其它東西相聯繫。……在這種情況下，一些特殊的，而且可能是孤立的細節，立即被轉換成更熟悉的特徵。」〔註51〕也就是說，讀者的接受和再現不會是一種單純的按原樣輸入和輸出的過程，而是表現爲用自己更熟悉更容易理解和記憶的方式對原始材料進行適當的加工。單就「狸貓換太子」事元明清三代的演變，尤其是劉后：正史中「追尊李妃爲太后，與劉后平等」；雜劇變爲「兩后並奉養」；明成化《包龍圖公案詞話》則「李后尊容，劉后絞死」。這前後的變化無不表明作品情節設計和社會心理之間的「雙向理解」。同樣，包公文學在南北傳播的題材細節有明顯差異，就是這種合理化的結果。仔細研究盆兒鬼故事從雜劇到烏盆子小說再到京劇烏盆計的演變，這種情節演變合理化的趨勢更爲明顯：

〔註50〕歐陽哲生編：《胡適文集》第 4 卷，《三俠五義序》，北京大學出版社，1998
　　　年版，第 369 頁。趙景深先生甚至把包公故事中與其它清官相似的故事作
　　　了比較研究後認爲，「包公就是錢和、黃霸、張詠、周新、劉奕、滕大尹、向
　　　敏中、李若水、許進等人，不過是一個吸收傳說的人罷了。」趙景深：《包公
　　　傳說》，《中國小說叢考》，齊魯書社，1980 年版，第 500 頁。
〔註51〕〔英〕弗雷德里克・C 巴特萊特：《記憶：一個實驗的與社會的心理學研究》，
　　　黎煒譯，浙江教育出版社，1998 年版，第 107、112 頁。

故事演化階段	害死方法	謀害所得	烏盆的來龍去脈	包公官職
盆兒鬼雜劇	「借宿，一宵，諸般茶飯不用」被店主殺死。	得了五六個銀子	張別古是舊開封府役，因和瓦罐趙要好，贈他一個瓦盆。	開封府尹
烏盆子小說	醉倒在地，被賊人乘機打死	黃金百兩	王老的烏盆是買的，和兇手沒有關係	定州太守
京劇烏盆計	受了店家的款待，酒內下毒，主僕都藥死了	因此而發了大財，翻蓋房子，有會客廳，也有遊廊。	張別古便和劉先主一樣，成了賣草鞋的，因趙大欠他鞋錢，以烏盆抵償。	定遠知縣

　　民間文學作品在生活中一旦形成，就可以自我調節演進的方向，以相對的穩定性，陳陳相因，延續承襲。只要適合這一民俗事象的主客觀條件不消失，傳承的步伐就不會中止。某一民間文學一旦流傳開來，就成爲一個自控又自動的獨立系統，這是由其本性所決定的。民間文學和一般靜態的文學模式如作家文學不一樣，它是動態的文化模式。這種動態是一種自然的流動，如同風一樣，或者說像「流感」式的，無阻礙地口耳相傳、流傳感染。民間文學的這種「動勢」是其本性的一部分，它在民間文學形成時，就被組建進去了。此外，任何一個冠之爲民間文學的作品，都不是一蹴而就的，它本身一也是一種動態的積纍產物。

　　社會心理學的研究告訴我們，凡是符合或迎合人們主觀願望、主觀印象或主觀偏見的謠言，最容易使人相信，並樂於被人傳播，而且還有可能依據傳播者特定的心理傾向被隨意進行加工。

　　共同知識是故事傳承中最穩定的因素。「共同知識」是博弈論中的一個理想假定，是不完全信息條件下理性推理的邏輯起點。「如果某一信息是所有參與人都知道的，如果每個參與人都知道所有參與人知道這一信息，且如此這般直至無窮，那麼這一信息便稱爲共同知識。」〔註52〕但在現實的博弈中，我們設定的共同知識卻往往存在盲點。我們把這種非完全狀態的共同知識稱作「準共同知識」，也即只有極少數人知道，但別人卻以爲他們都知道的一種知識。

〔註52〕〔美〕艾里克・拉斯繆森：《博弈與信息——博弈論概論》，王暉、白金輝、吳任昊譯，北京大學出版社、三聯書店，2003 年版，第 45 頁。

　　從民間文學對包公這一公共知識的建構上，我們發現「地方性知識」和「公共知識」的互動關係。如民間傳說中包公《打笆斗》的傳說則是地方性知識：原來有兩家磨房是鄰居，有一天新磨房主偷了老磨房主家的笆斗，後來被老磨房主看見了，老磨房主便說：

　　　　「這個笆斗是我家的，怎麼跑到你家裏來了？」新磨房主臉一沉，說：「這是我家新置的笆斗，你想賴去，就栽誣是我偷的，真混賬！」

　　　　老磨房主說：「是我家的，我認得！」可是老磨房主又說不出什麼特別的記號。

兩人爭執不下，就互相扭著去見包公。包公陞堂問案，先問了兩人，再問笆斗，笆斗不會說話，包公就命左右打它十板子。衙役都以為今天包公反常，只得無奈地打了下去。但包公這樣做是有用心的。

　　　　打畢，包公挽起袍子，走下堂，拿起笆斗，再看看從笆斗縫裏灑到地上的麵粉屑子。於是，包公指著麵粉屑子向新磨房主問道：「你說，地上灑的是老麵還是新麵？」

　　　　「大人！當然是老麵，有的已經生了蟲了。」「好哇！那你偷人家的笆斗，還反咬人家一口，該當何罪？新開的磨房只有新麵，哪來的老麵？」這幾下一問，嚇得新磨房主趕忙跪在地上，連連叩頭，承認是他偷的。〔註53〕

與此相似的全國各地的相似民間案件還有《包公斷鵝》（安徽）、《審石頭》（四川為《拷問青石板》）、《包公審柏樹》、《包公審門》、《包公審雞蛋案》、《智斷籮筐》等，因為是「地方性知識」，所以審問者也各不相同：如「審石頭型」傳說曾出現在包公、徐胡、於官、鄭板橋、謝縣令、伍二府、伊瑪目、孔明等人身上；流傳地區包括河南、山東、安徽、福建、河北、江蘇、湖北，甚至回族、水族也有。「審笆斗型」傳說的主審官則有包公、況鍾、紀曉嵐、玉官、楊知縣、安史明、解士美等不同。〔註54〕《鎮江民間故事》有一則《三審記》包括「審笆斗」、「審石頭」、「審驢子」，故事的主人翁也非包公。〔註55〕隨著判官包公成為「公共知識」，這些基於不同地域特點的判案傳說都有了一個共同的判官——包公。

〔註53〕黎邦農輯：《包公的故事》，安徽少年兒童出版社，1981年版，第68～69頁。
〔註54〕丁肇琴：《俗文學中的包公》，文津出版社，2000年版，第178頁。
〔註55〕吳林森、方範整理：《鎮江民間故事》，中國民間文藝出版社，1982年版，第137～139頁。

　　不難想像，中國這樣一個血緣和地緣緊密聯繫的社會，其中的「熟人網」便能很好地解釋，爲什麼包公故事在一個廣闊的範圍裏以不同的文學形式在短時間裏能迅速擴散、匯聚而保持穩定，在「包公戲」出現時產生突破，終成燎原之勢。

　　傳統社會，雖然傳播媒介不夠發達，但民間傳播主要是以人爲媒介的傳播，所謂閒言碎語，蜚短流長，其傳播效率卻不容低估。表面看它似乎局限於「日出而作，日沒而息」的狹小範圍，局限於一家一戶的日常生活，但其神秘而細密的傳播神經卻遍佈社會的每個層面和角落。我們雖不清楚它的具體「路線圖」，但其牽一髮而動全身的巨大能量卻是顯而易見的。古代許多農民起義和農民戰爭，都是通過這條渠道，形成「登高一呼，四海雲集」的傳播效果。因爲人際網絡對信息能產生一傳十、十傳百的擴散作用。常言道「兩個人的事情天知道，三個人的事情天下都知道」，對人際網絡的這一神奇特性，有的研究者還專門做過實證考察。美國的馬丁・加德納，曾在《流言爲什麼會不脛而走》一文中寫道：

> 你遇到一來自遠方的陌生人，通過交談，竟發現你們有一個共同認識的朋友。心理學家斯坦利・米爾格萊姆曾研究過「小世界問題」。他首先確定了一個「目標者」——一個在馬（薩諸塞）州劍橋市正在學習當牧師的年輕人的妻子。然後，在堪（薩斯）州的維契市又隨便找了一組人作爲出發者，給他們每個人一份文件，叫他們寄給他們的一個最有可能認識那個「目標者」的熟人（目標者與出發者的彼此方位，大約相當於中國的瀋陽與成都）。接到文件的熟人依同樣的辦法再把它寄給自己的熟人，使這條「鏈子」有希望地接續下去，直至連接到「目標者」。叫米爾格萊姆吃驚的是，僅僅過了四天，一個男人就把文件送給了「目標者」……這個過程是這樣的：在堪薩斯的一個農人（「出發者」），首先把文件給了一個牧師，牧師把它寄給了他在劍橋的一個牧師朋友，這個人就把文件交給了艾麗斯。從「出發者」到「目標者」，這條「鏈子」只有兩個「中間人」。在這次實驗中，各條「鏈子的「中間人」數最少的是兩個，最多的是十個，平均數是五個。然而，如果事先叫人估計一下，大部分猜想需要一百個。〔註56〕

〔註56〕〔美〕馬丁・加德納：《流言爲什麼會不脛而走》，毛四繼譯，《讀者文摘》，1984年第5期。

人際傳播既表現出一定的人際行為模式，又形成一定的人際關係結構。人際的網絡有兩種主要類型，即放射個人網絡（RadialPersonalnetwork）與交結個人網絡（Interlocking persenalnet-work）。放射個人網絡顯示一個個體直接與其它幾個個體互動，而這其它幾個個體間並無互動；交結個人網絡指一個個體和其它幾個個體互動，而這幾個個體間也作互動。

　　人際群體傳播模式可以借用美國管理心理學家列維特（H·L·Leavitt）五人群體溝通網絡的五種類型加以分析。這五種類型是線型、輪型、環型、Y型和星型（圖 8-3）。

　　群體間的信息傳播關係也是廣泛存在的，從表面上看，它似乎是一種散漫的、毫無組織的形式，但它卻具有特殊的傳播形式。美國學者戴維斯（Davis）提出了人際自由溝通的四種基本模式，即集束式、偶然式、流言式和單線式。由這四種人際溝通形式出發，也形成了人際文獻傳播的基本社會網絡形式。

　　集束式又稱葡萄式，是最普遍的自由傳播形式，個人或群體間通過這種模式有選擇地傳播擴散文獻信息。偶然式又稱隨機式，是典型的隨機人際傳播模式，個人或群體在偶然交往中將文獻信息自由擴散，每個個人或群體又起著中轉傳遞作用。周文駿教授將這種模式的人際傳播稱之為「集團」與「集團」之間的傳播，每個集團的核心也就是我們在五人群體中論及的傳播中樞。他認為，在中國歷史上，集團核心常常是藏書家、出版家、書坊主人及科學家、社會活動家、著作家、詩人、教育家等等。這種人際傳播便是一種隨機式傳播網絡形態。

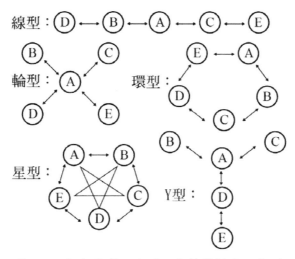

圖 8-3　包公故事人際間互動傳播模式及類型

　　流言式又稱放射式，個體或群體主動地將文獻信息傳播開來，連續進行流言式傳遞，可使文獻信息呈幾何級數擴散，是向規範化、核心化文獻信息傳播發展的萌芽狀態。單線式是通過一連串的核心與個體把文獻信息傳播到最後的受眾。

　　美國情報學家高夫曼（Goffman）在長期從事社會傳播過程的研究中，發現了信息的傳播和疾病傳染的相似性過程，從而提出了社會傳播傳染病理論。他引用色格弗里德（Siegfried）對這種相似性作的論述，說明知識的傳播途徑與疾病的傳染路徑一樣，都要通過世界交通運輸線。如，古代的旅棧所在的交通要道，就既為傳播思想提供了途徑，也是疾病傳染的通道。這兩種過程的實現，都必須首先有人創造出傳染性物質或思想、起傳播作用的載體，以及樂好接受的環境，傳播實現程度顯然取決於人際有效接觸，人類是一種擴散媒介，通過文獻及其它載體傳播思想，同時他也直接或間接促使了細菌的擴散。黛安娜·克蘭也指出：「一個社會系統的成員彼此在進行傳播的時候，在接受了創新的個人要去影響那些還沒有接受創新的個人的社會系統中，就發生了個人之間的『傳染』作用。」

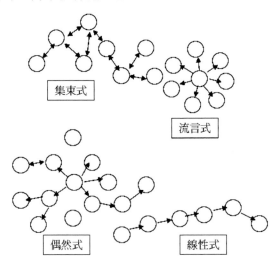

圖 8-4　戴維斯人際自由溝通的四種基本模式

　　尤其是受儒學傳統長期影響古代百姓，以倫理關係來實現自我認同和社會認同。雖然儒家在公共生活領域中發生認同障礙，阻滯了道德感情和道德行為的釋放，但在人與人之間卻表現出異常的活躍，無形之中，信息互動就發生了。

　　從理論上講，信息互動的規模取決於傳播競爭。傳播競爭的成敗主要取決於競爭資源與社會環境的認可。數理社會學家把理論生態學中資源有限的邏輯斯蒂增長方程引入社會學，描述大眾傳播的信息擴散的過程。套用這一模型，我們大致可以得出一個包公文學（信息）傳播擴散的數量模型：

$$n = N(1-\frac{d}{kN})/(1-\frac{da}{kN})$$

　　其中 N 代表人口規模，n 是已經掌握清官包公這一信息者的數目，在學習過程中，k 是接受新信息者數目的增長率，a 值代表不同的行為方式或者文化傾向，d 代表學習能力的衡量尺度或掌握技術的困難程度。〔註57〕

〔註57〕該模型參考了陳平：《文明的分岔、經濟混沌和演化經濟動力學》，北京大學出版社，2004 年版，第 181 頁。

第四編　包公文學在民間流傳的
傳播要素闡釋

第九章　民族文化與包公文學傳播之根基

　　傳播效果一般分為三個層面：認知層面、心理和態度層面、行動層面。「外部信息作用於人們的知覺和記憶系統，引起人們知識量的增加和知識構成的變化，屬於認知層面上的效果；作用於人們的觀念或價值體系而引起情緒或感情的變化，屬於心理和態度層面上的效果；這些變化通過人們的言行表現出來，即成為行動層面上的效果。從認知到態度再到行動，是一個效果的累積、深化和擴大的過程。」﹝註1﹞筆者認為長期的傳播效果的獲得離不開相應的文化土壤。包公文學傳播的方式、媒介以及媒介形象（內容）只有紮根於中國民間固有的文化土壤裏，才能在細民百姓中不脛而走，獲得「潤物細無聲」的傳播效果。如圖 9-1 所示：

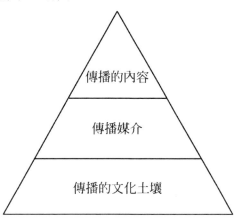

圖 9-1　長期傳播效果獲得示意圖

﹝註 1﹞郭慶光：《傳播學教程》，中國人民大學出版社，1999 年版，第 188～189 頁。

研究包公傳播的文化土壤，我們發現，包公文學貫穿在中國發達的道德意識之中，和文化傳統中的神判傳統、帝王將相神話敘事、忠奸鬥爭主題和忠孝節義倫理以及佛教文化的地獄、鬼、閻王和道教文化中的民間城隍、民間信仰中的鍾馗等都相互勾連，從而獲得了傳播霸權，打壓了技術操作，使傳播行為獲得了廣泛的社會基礎。霸權是一個傳播主導意識形態，形成意識和實施社會權力的過程。一個社會集團凌駕於其它集團之上的權力。霸權不是直接控制人民的利益，而是讓社會角色將其弱勢地位接受並習以為常。傳播霸權是指由於經濟、政治等意識形態的差異而獲得的支配傳播議程、格局、方式的權力。傳播霸權的獲得才是包公傳播的文化動力所在。

一、判斷是非的人類學意義

（一）獬豸、獨角獸與神判傳統

判斷是非有著古老的文化傳統，著名判官「決訟斷獄」的典型判例因其司法實踐的參考價值而具有傳播價值。從文化史來看，清官文化其實是復活了十分古老的文化形態。在人類文明的初期，人們無力分辨眾多事物和現象的緣由，而這些事物和原因又隨時關係著人們的榮辱禍福，或清白無辜，或含冤受屈，死不瞑目。《竇娥冤》第三折〔滾繡球〕一曲永遠燭照高懸，價值永恒：

> 有日月朝暮懸，有鬼神掌著生死權。天地也只合把清濁分辨，可怎生錯看了盜蹠顏淵？為善的受貧窮更命短，造惡的享富貴又壽延，天地也做得個怕硬欺軟，卻原來也這般順水推船。地也，你不分好歹何為地？天也，你錯勘賢愚枉做天，哎，只落得兩淚漣漣。

對超驗正義的呼喚是人類永遠的精神訴求，也是人類自我烏托邦歷史設計的主觀驅動力。

人類歷史上有一個「神明燭照」的時代。先民通過圖騰崇拜的方式，把洞察萬物的希望和能力集中賦予崇高的神明及其在塵世的代表。

遠古時代，中國先民以獬廌斷獄訟是非。解廌古書或寫作「獬廌」、「獬豸」等，是傳說中的一角神獸，能判斷是非曲直而牴觸惡人。戰國秦漢古書中屢見有關記述，如：

　　獬豸，神羊，能別曲直。〔註2〕北荒之中，有獸名獬豸，一角，
性別曲直，見人鬥，觸不直者，聞人爭，咋不正者。〔註3〕

　　觟䚦者，一角之羊也，性知有罪。皋陶治獄，其罪疑者，令羊
觸之，有罪則觸，無罪則不觸；斯蓋天生一角聖獸，助獄爲驗。故
皋陶敬羊，起坐事之。〔註4〕

「法」的造字法也反映了這種傳說。「法」的篆文寫作「灋」，《說文解字》釋
爲「刑也。平之如水，從水，廌，所以觸不直者去之，從去」。這是解釋爲什
麼「法」字從水從廌從去。由於傳說解廌能斷獄訟，所以法官所戴的法冠《後
漢書·輿服志》稱爲「解廌冠」，直到唐宋以後還沿用此稱。這些傳說及反映
在造字上、服飾制度上的現象充分反映了遠古時代曾經盛行過的神獸判訟俗。

　　到了氏族社會，在氏族文化中，酋長、祭司、巫師等對世界的神奇洞察力，
不僅是其神聖權威的基本要素，而且往往又是與他們政治權威和道德領袖的地
位結爲一體的。如在中國神話中，神帝倉頡有四隻靈光四射的眼睛，所以他能
夠洞察天地間的一切隱秘；皇帝有四面，有無與倫比的洞察世界的能力。民間
傳說天宮中也有千里眼、順風耳之類具有神奇感知力的官員，以保證玉皇大帝
對世間萬物的隨時洞察無誤。由此可以知道古代社會的一項重要的原則，即
統治者政治權威的主要來源之一，就是他絕對地具有蒙昧的子民們所沒有的
對世界隱秘本源的神奇洞察力。馬克斯·韋伯將統治者的這種神奇稟賦稱爲
「卡里斯馬」（charisma），在「魅力型」社會統治結構中，統治者非凡的品質
乃是其統治「合法性」的基礎，而它一旦喪失了這種神奇的能力和魅力，其統
治的神聖性和合法性也就會相應消失。由此可知，對於統治權力來說，這種來
源於「神的恩賜」的判斷是非的洞察力具有極其重要的意義。〔註5〕從某種意
義上，包公身上富有的非凡的神力正是這種神聖權威的集體無意識的遺存。

〔註2〕《後漢書·輿服志下》，中華書局，1985 年版，第 3667 頁（第 6 冊）。
〔註3〕《晉書·輿服志》，中華書局，2000 年版，第 496～497 頁。
〔註4〕《論衡注釋》卷十七「是應篇」，中華書局，1979 年版，1003 頁。
〔註5〕馬克斯·韋伯：《學術與政治》，三聯書店，第 56 頁；韋伯在《經濟與社會》
中，指出了合法統治的三種純粹的類型。即卡里斯瑪性質的統治，傳統性質
的統治和合理性質的統治。我們認爲，這三種統治類型恰好和前文字時代、
文字印刷時代以及大眾媒介時代的文學權力的性質相互對應。所謂卡里斯瑪
（charisma）型的統治，即是建立在「非凡的獻身於一個人以及由他所默示和創
立的制度的神聖性，或者英雄氣概，或者楷模樣板之上」的一種統治。馬克斯·
韋伯：《經濟與社會》，上卷，林榮遠譯，商務印書館 1998 年版，第 241 頁。

一般來說，上述對世界隱秘本源的神奇超凡洞察力總是極嚴格地為神聖的天帝所必需和獨有，又由於天子帝王被認為是神明在塵世代表者，所以他們也就相應地具有了這種神奇的洞察力：

> 天子者，與天地參（三）。故德配天地，兼利萬物。與日月並明，明照四海而不遺微小。其在朝廷則道仁聖禮義之序；燕處則聽雅頌之音；行步則有環佩之聲；升車則有鸞和之音；居處有禮；進退有度；百官得其宜，萬事得其序。〔註6〕

在這裏，天子絕對的統治權威，至高無上的道德稟賦，「明照四海而不遺微小」的超凡洞察力，以及惟有天子才能使整個宇宙萬物各得其序的偉大制度規範力，這些顯然是彼此一體、互為支撐的。但是，當傳統社會發展到各級官吏制度已經能夠充分體現最高君權制度的時候，上述文化稟賦和功能，就被原封不動地向下傳導給了君權最理想的體現者——清官。於是，與《禮記》中天子文化稟賦的結構完全相同，通俗小說中清官們的稟賦也同樣是多元一體的，他是「號令出時霜雪凜，威風到處鬼神驚」〔註7〕的絕對權力之代表；是宗法道德的體現者和裁判者；是顛沛失怙的子民安居樂業的大救星，同時也必定具有明察秋毫、神鑒一切贖隱曲奧的非凡洞察力。

早在元雜劇包公故事中，包公就因其是超驗正義的化身而在一定程度上具有了神界的權威。《盆兒鬼》中對包公的形容：「人人說你白日斷陽間，到得晚時又把陰司理」；《包待制智撰生金閣》說：「千難萬難得見南衙包待制，你本上天一座殺人星，除了日間判斷陽間事，到得晚間還要斷陰靈。只願老夫懷中高揣軒轅鏡，照察我這悲悲痛痛，酸酸楚楚、說無休、訴不盡的含冤負屈情。」〔註8〕

明代判案故事中，清官們的上述神異稟賦得到極大的發展，他們出入冥府，擒妖伏魔。《龍圖公案》卷六《金鯉》篇云：

> 包公差張龍拘到二小姐並劉真，於廳下細視之，果無二樣。乃命取軒轅所鑄照魔鏡定其真偽，及左右將鏡懸於堂上，頃刻間妖魚吐開黑氣，昏了天日，只聽得一聲響，黑氣四散，看時，堂下二小姐皆不見了。丞相與包公皆愕然，滿堂人無不失色。……次日侵早，

〔註6〕清・孫希旦：《禮記集解》，中華書局，1988 年版，第 79 頁。

〔註7〕明・馮夢龍：《醒世恒言》第三十六卷「蔡瑞虹忍辱報仇」。

〔註8〕吳白匋：《包待制智撰生金閣》，《古代包公戲選》，黃山書社，1994 年版，第 102 頁。

　　往城隍廟中將牒章焚訖。城隍即遣陰兵遍處搜查是何妖怪。頃刻陰
　　兵來報：碧油潭千年金鯉魚作怪。城隍具札通知五湖四海龍君，務
　　要捉拿妖魚解報。龍君得知此事，亦遣水族神兵，沿江湖捕捉妖魚。
　　無如水族神兵俱皆殺敗，如之奈何。龍君奏於上帝，上帝遣天兵捉
　　之，那妖越遍八荒，如何拿得？怎奈包大尹日夕於城隍司裏追迫，
　　城隍只得再通知龍君，龍君閉住四角海門搜捉，妖魚卻被趕得緊急，
　　走入南海……〔註9〕

清官上述特質在明代的日漸凸顯，有著切實的現世意義——如果將明代中後期的官吏階層的實際情況與神賜的非凡能力這統治合法性的重要來源加以對比，可以立刻看出，由於當時「百事朦朧，天下都成瞎賬之事」的昏聵吏治，所以不僅政治體系的權威本身受到極大的質疑，而且亦使國民對整個世道和天道秩序的信仰發生了極大的動搖，而正是在這樣的背景下，人們對清官神聖超凡「燭照千秋」的洞察力的企盼就顯得格外執著。

（二）神判的模式

　　私有制財產製度出現以後，人們已經不可能再像公有制經濟那樣，靠道德自覺來維持社會公平公正。在這一歷史階段，還未進入完全的階級社會，國家組織還未出現，同時，也不曾出現有保護私有財產的專門法律。在當時社會條件和人們的智力狀況下，他們唯一或主要所能想像到的，只有被認為是高高在上、無所不知、無所不能的「神」，諸如「老天」、「土地」、「紅雷」、「白雷」以及「上帝」等等。他們認為這些「神」能保護善者、懲邪治惡，可成為私有財產的可靠保護者。人們確信自己的私有財產，「只有把它放在神和懲治的法律的庇護之下才能維持。」〔註10〕人們不僅乞求神來保護自己的財產，而且，在發生財產失盜或財產糾紛的情況下，他們也確信只要通過「神」的意志就能查出盜賊，判別是非。

　　瞿同祖先生說：「我們曉得神判法是人們在不能利用自己的智力來搜索犯罪證據或迫使嫌疑犯吐露實情時，不得不仰賴於神的一種方法。等到人們能利用自己的智力來判斷人的犯罪行為時，便不須神的裁判了。世界各國無不經過以刑訊來代替神判的階段。」〔註11〕

〔註 9〕明·佚名：《包公案》，三秦出版社，1995 年版，第 156 頁。
〔註10〕拉法格：《財產及其起源》，三聯書店 1962 年版，第 77 頁。
〔註11〕瞿同祖：《中國法律與中國社會》，中華書局，2003 年版，第 272 頁。

宋代福建地區還保留著傳統的神判模式：有煆磚判、沸水判、碎瓦判。在神判前應有盛大驅儺的儀式，而且巫師具有特異功能。宋洪邁撰《夷堅志》丁卷第三《李氏紅蛇》就有這樣的記載：

> 福州長溪人潘甲，妻李氏，顏色秀美，年二十三歲方嫁。後二年，偕娣姒眾婦出遊園，見紅蛇蟠結於道上，凝然不動。注目諦觀之，還家即得疾。初時語笑無節，雜出怪異不稽之語，然猶與人相應答。已而益甚，盡改變形態。或靚裝華服，新潔冠履，簪花滿頭，或被髮裸體，一絲不掛，跣行通衢中，泥塗荊棘皆弗避，路人聚觀疊迹，殊不動容。潘生懼其蹈死地，閉諸空室，曉夕謹視之。招村巫馬氏子施法考驗。巫著緋衣，集鄰里僕僮數十輩，如驅儺隊結束。繞李向所遊處山下，鳴金擊鼓，立大旗，書四字曰：『青陽大展』，齊聲叫誅，稱『燒山捉鬼』，遇蟲蛇之屬，則捕取以歸，沃以酒醋而享其神。夜引李氏出唱邪詩，與之對。巫拾碎瓦一器，赤足踐蹈。李初亦效焉，足破流血。巫又煆方磚通紅，而立其上，煎湯百沸，置大鑊，用手拈撥，頓於頭，旋走三巿。李皆不能，遂斂臂屈伏。巫傾沸湯，令李濯足。坐之小椅，勒其供通姓名。具狀言不敢再作孽。乃遣一介押出門，行百步許，僕於地。潘生掖起，擁歸房，了不省人事，昏昏如醉。經一晝夜，精神稍復而極慚恥，凡兩旬始安。扣向來所遇，不能言，蓋亦羞之也。〔註12〕

瞿同祖先生認爲「中國有史以來就以刑訊來獲得口供，早就不依賴神判了。但在使用刑訊之前似也曾經經過神判的階段。」「神判法在中國的歷史時期雖已絕迹，但是我們只是說在規定的法律程序上不見有神判法而已。實際上神判法還依然有其潛在的功能。官吏常因疑獄不決而求夢於神，這顯然是求援於神的另一種方式。」〔註13〕

傳統的倫理觀念下，人格化的天地和恐怖的鬼神是不可欺的。邪惡的行爲可以逃過人間的耳目，卻不能欺瞞神明，「若事未發露，必遭陰譴」。在理性化以前，對鬼神的信仰，成爲非正式制度，實現著社會控制。這在明代規定的府州縣祭厲（無祀鬼神）的祭文中看得極清楚：

〔註12〕〔宋〕洪邁：《夷堅志》丁卷第三《李氏紅蛇》，中華書局，1981，第173頁。
〔註13〕瞿同祖：《中國法律與中國社會》，中華書局，2003年版，第273～275頁。

　　……如有孝順父母，和睦親族，畏懼官府，遵守禮法，不作非
　為，良善正直之人，神必達之城隍，陰加護祐，使其家道安和，農
　事順序，父母妻子保守鄉里。我等闔府官吏如有上欺朝廷，下枉良
　善，貪財作弊，蠹政害民者，靈必無私，一體昭報。〔註14〕

深受民間敘事影響的公案小說自然保留了民間敘事的神判信仰，其中主要
表現爲敷衍神明顯靈、鬼魂報冤等敘事，拆字、圓夢、算卦、看相、鬼魂
申冤，不斷出現。如果說包公有什麼智慧的話，也只是善於領悟鬼神的暗
示罷了。

　　《百家公案》中，案情帶有神異色彩的故事有 27 則，現實案件而靠鬼神
法力解決的又有 27 則，共計 54 則，占全書的 54％。《龍圖公案》中，或神仙
顯靈指點，或鬼魂託夢示意，借助鬼神破案的就有 34 則。魯迅先生說：「明
人又作短書十卷曰《龍圖公案》，亦名《包公案》，記拯私訪夢兆鬼語斷奇案
六十三事，然文意甚拙，蓋僅識文字者所爲。」〔註 15〕鬼神參與斷案是明代
公案小說乃至整個公案小說的一大特點，不少研究者對其持懷疑、甚至鄙薄
的態度，認爲它太荒謬，不值一提。其實，這種神判模式來源於古老的神判
傳統，這是包公獲得神性的方式，也是促進包公傳播的一個重要因素，因爲
從傳播的角度，越異乎尋常越容易傳播。

（1）鬼魂報冤模式

　　鬼魂報冤模式是明代公案小說最常見的神判模式：冤死的陰間鬼魂向官
吏訴冤告狀、揭發兇手犯罪事實，或提供破案線索。例如《百家公案》第六
回《判妒婦殺妾子之冤》描寫江州德化縣馮叟家業殷實，妻子陳氏貌美而無
子，妾衛氏生有二子。陳氏害怕將來年老家產都歸妾所有，心懷妒忌。一日，
馮叟外出經營買賣。陳氏借中秋宴請衛氏母子之機，偷偷在酒中下毒，當夜
衛氏母子三人七竅流血而死。正值包公訪查，夜裏包公困倦，不覺睡著，進
入夢鄉：「忽見一女子生得姿容美麗，披頭散髮，兩手牽引二子，哭哭啼啼，
跪至階下」，泣訴：「妾乃江州門衛氏母子也。因夫馮叟遠往四川經商，主母
陳氏中秋置鴆殺妾三人，冤魂不散。幸蒙相公按臨敝邑，故特哀告，望乞垂

_____

〔註14〕　《明會典》九四，《禮部》五五，《群祀》四，《有司祀典》下，「祭屬」及「鄉
　　　　屬」。按鄉屬祭文同，惟起首云「凡我一里之中百家之內」，文尾無「我等闔
　　　　府官吏」一語。
〔註15〕　魯迅：《中國小說史略》，上海古籍出版社，1998 年版，第 198 頁。

憐，代雪冤苦，則妾母子九泉之下，雖死猶生也。」這裏報案者是衛氏的冤魂，包公斷案也主要根據衛氏冤魂的告白。第十回《判貞婦被污之冤》敘河南許州臨潁縣查彝與妻子尹貞娘新婚之夜，新娘爲考丈夫才學，出一上聯令其對下聯，查彝一時對不上，羞愧而出，告訴其它學友，學友中有一人鄭正乘機進入新房，姦污了貞娘。第二天，貞娘確知昨晚房中睡的不是丈夫，便自縊而死，包公賞月，想出一句詩，尋思下聯，百思不得，於「似睡非睡之間，朦朧見一女子」，前來對詩句，包公見其對得有理且工整，問之：「汝這女子住居何處？可通姓名。」女子答曰：「大人若要知妾來歷，除究本縣學內秀才可知其詳。」言罷，化陣清風而去，次日包公在考試中出了上聯。秀才中查彝對出的下聯正與女子所對完全相同。包公細問查彝，得知其妻死得不明，後經推理查出真凶（鄭正）。包公正是借助女子冤魂所提供的線索，查找出姦污女子的真凶，使得冤情大白。再如第二十回《伸蘭嬰冤捉和尚》張德化夫婦爲求子嗣，請和尚來家誦經，和尚吳員成見其妻蘭嬰體態婀娜，遂起姦淫之心，設下計謀：將婦人韓氏的睡鞋經由丫鬟小梅竊出，再使其夫張德化看到，以此離間夫妻感情，致使德化休了蘭嬰。和尚改名馮仁，蓄發還俗，通過媒人聘娶到韓氏。馮仁酒醉後吐露實情，韓氏自縊而亡。前夫德化告到包公處，包公夜坐後堂，「忽然一陣黑風侵入」，女子鬼魂跪於堂下，訴說其受騙的整個過程，使得包公正確斷案。

《龍圖公案》卷七《獅兒巷》這樣寫道：

> （包公）行過石橋邊，忽馬前起一陣狂風，旋繞不散。包公忖道：此必有冤枉事，便差手下王興、李吉隨此狂風跟去，看其下落。王、李二人領命，隨風前來。那陣風直從曹國舅高衙中落下。……二（王興、李吉，筆者注）人出門，思量無計，到晚間乃於曹府門首高叫：「冤鬼到包爺衙去。」忽一陣風起，冤魂手抱三歲孩兒，隨公牌來見包公。那冤魂披頭散髮，滿身是血，將赴試被曹府謀死，棄屍在後花園井中的事，從頭訴了一遍。包公又問：「既汝妻在，何不令她來告狀？」文正道：「妻子被他帶去鄭州三個月；如何能夠得見相公？」包公道：「汝且去，我與你準理。」說罷，依前化一陣風而去。

《萬花樓演義》第四十五回「佘太君金殿說理 包待制烏臺審冤」也有鬼魂報冤的描寫：

　　當日乃三月初三日，包公督理畿民糧粟，正在轉回來，三十六
對排軍，前呼後擁。包爺身坐金裝八擡大轎，凜凜威嚴，令人驚懼。
其時日落西山，天色昏暮，忽一陣狂風，風聲響過，包爺身坐轎中，
眼前烏黑了，眾排軍也被怪風吹得汗毛直豎。包公想道：此風吹得
怪異，難道又有什麼冤屈情事不成……

　　包爺上了臺，焚香叩祝一番，然後向當中坐下，默默不言。四
名排軍，遵包爺命，立俟臺下。包爺昂昂然坐定，聽候告冤。其時
遠遠忽有一陣怪風吹來，寒侵肌膚。四排軍早已毛骨驚然，昏昏睡
去。當下包爺也在半睡半醒，朦朧中只見一女鬼，曲腰跪下，呼道：
「太人聽稟，妾乃尹氏名貞娘，西臺沈御史髮妻。」包爺道：「你既
云沈御史妻，乃是一位夫人了，且請立起。」當下包爺道：「夫人，
你有甚冤屈之情，在本官跟前不妨直說。」

官吏遇有疑難不決的案件，往往祈求神助。本回中包公遇到不明怪異旋風，
不知是什麼人的什麼冤屈情事，於是「包爺上了臺，焚香叩祝一番，然後向
當中坐下，默默不言。四名排軍，遵包爺命，立俟臺下。包爺昂昂然坐定，
聽候告冤。」

　　此外，《百家公案》中鬼魂告狀來實現公正的還有第六、三十七、四十五、
五十二、六十九等回。此類鬼魂報冤模式的公案小說還廣泛地存在於各個公
案小說集中。這些案件都是借助鬼神之力來揭示犯罪者的罪行的，為最終審
判提供了直接的證據。

　　（2）神啟、夢啟模式

　　這一類公案故事是在案件的勘斷過程中，由神靈託夢或通過字謎的提
示而找出罪犯的。《百家公案》第十二回《辨樹葉判還銀兩》寫高尚靜到城
隍廟許願失落白銀，被後到廟裏的街坊鄰居葉孔拾得。高尚靜請求包公追
回失落的銀子，包公因不知何人拾得，難以判定，所以乞求神靈予以指點，
「是夜三更，忽然狂風大起，移時之間，風吹一物，直到階下而止。包公
令左右拾起觀看，乃是一葉，葉中被蟲蛀了一孔。」包公看了便知拾銀的
人就是葉孔。包公將葉孔拘來詢問，果然是，將銀兩判還。階下落下一樹
葉這一看似偶然的事件，卻成為斷案的關鍵一環，幫助包公將此案斷明，
這分明是神的旨意。第二十三回《獲學吏開國材獄》講述鄭國材與徐淑雲

自小由父親定下親，後來國材家道衰落，淑雲父親徐卿有悔親之意，然淑雲執意不從，並私下派丫鬟雪梅送信給國材，告知晚間來後園給他金銀和情書，被隔牆學吏龐龍聽見，晚間灌醉國材，頂替國材而去，奪取了財物又將丫鬟雪梅殺了。徐卿因此將國材告上公堂，官府只得將國材抓住問罪，後包拯觀其專心攻書，並非圖財害命之徒，乞求上天顯靈，乃夢見一首詩：「雪壓梅花映粉牆，龍騎龍背試梅花。世人若識其中趣，沼內冤伸脫木才。」包拯醒來半晌，方悟其意，依據詩中提供的線索推測出殺人兇手為龐龍，抓來一打即招。

官史常因猶豫不決而求夢於幾神，這顯是神判的另一種表現方式。包公傳說中也有體現。《包公案》《追石碑》中的「求夢於神」則是破案的關鍵。一件謀財害命案，幾毫無頭緒，包公便派衙役去捉拿案發地的石碑。衙役沒法，只得在石碑前拜求土地爺，結果土地爺隨後託夢給衙役，講述了案件的經過，真相才得以大白。如果沒有土地爺的指點，恐怕誰也無法知道這發生在荒僻地帶的案件經過。

二、神話敘事與包公傳播

包公文學在民間的傳播離不開命定思想與神話敘事。從人類學的角度，這一神話敘事是遠古超凡魅力型英雄崇拜的集體無意識遺存。馬克斯‧韋伯說：超凡魅力型領袖在任何地方和任何歷史時期都曾出現。以往，這種素質最重要地表現在兩類人物身上，一類是巫師和先知，一類是戰爭頭領、幫派首腦和雇傭兵隊長。〔註16〕包公擁有諸多神力，能看出鬼怪的妖氣，擁有軒轅皇帝鑄造的降妖伏魔的「照魔鏡」，又有神奇的「斬魔劍」，魂遊陰曹地府還有「赴陰床」、「溫涼還魂枕」等枕邪寶物。從包公傳播開始，包公文學中的神話敘事就比比皆是。

譬如，《三俠五義》對於包公出生「夢兆」的描寫，乃是中國古代帝皇將相誕生「神話」的慣技老套。又如，說唱詞話和《百家公案》對於包公將要（其實是必然）考中狀元的敘述，乃是一種「神話」敘事，與歷史敘事相去甚遠。諸如太白星的預言、文曲星的下凡、宋仁宗的夢兆，都是例證。

〔註16〕　（德）馬克斯‧韋伯：《學術與政治》，三聯書店，第58頁。

　　如果說統治階級的「神道設教」是爲了維護統治的話，那麼，民間這種「神話化」的敘事，乃是民眾希望和祈盼的民間敘事，是民眾苦難的潛敘事。由於傳播規律的作用，這些神話敘事作爲邊緣的、靜態的「共同知識」常在包公傳播中被捲入包公故事的情節漩渦，成爲包公故事千年流傳不衰的奧秘所在。神話敘事的存在言說著超驗正義的不朽力量。

　　饒安完爲《百家公案》寫的「敘」提及謠諺「關節不到，有閻羅包老」時就說：「此神之神，民之所以傳者。」〔註17〕凌濛初《二刻拍案驚奇》卷十三「鹿胎庵客人作寺主，剡溪里舊鬼借新屍」說得很好：「何緣世上多神鬼，只爲人心有不平。若使光明如白日，縱然有鬼也無靈。」〔註18〕

　　對於包公相貌的刻畫，說他長得醜陋非常。這種異乎尋常的醜陋敘事，其實意在強調「奇人異相」，即一種天賦的「神性」特質，也是預示將來包公能夠穿越「陰陽兩界」——所謂「日斷陽間，夜判陰間」的天賦秉性。成化說唱詞話《包待制出身傳》道：「未遇三郎生得醜，八分像鬼二分人。面生三拳三角眼」等詳盡描繪。

　　　　〔說〕三郎見有東嶽廟，今晚只在此中安歇。夜半三更，見判官持簿入來，監殿使者便問：「來年狀元是何人？」判官說：「第一名是淮西人，第二名是西京漢上人，第三名是福建人。」使者又問：「淮西有九州四十縣，不知是誰？」判官答云：「是廬□□肥縣小包村包十萬第三個兒子名文拯，他得狀元。」〔註19〕

《三俠五義》第二回標題「奎星兆夢忠良降生，雷部宣威狐狸避難」，內容講包公出生時，父親做了一個夢：

　　　　且說包員外終日悶悶，這日獨坐書齋，正躊躇此事，不覺雙目困倦，伏几而臥。正朦朧之際，只見半空中祥雲繚繞，瑞氣氤氳。猛然紅光一閃，面前落下個怪物來。頭生雙角，青面紅髮，巨口獠牙，左手拿一銀錠，右手執一朱筆，跳舞著奔落前來。員外大叫一

〔註17〕王汝梅、朴在淵：《韓國藏中國稀見珍本小說》《包公演義》，中國大百科全書
　　　　出版社，1997年版，第130頁。
〔註18〕凌濛初：《二刻拍案驚奇》卷十三，上海古籍出版社，1985年版，第320
　　　　頁。
〔註19〕朱一玄校點：《明成化說唱詞話叢刊》，中州古籍出版社，1997年版，第114、
　　　　115、117頁。

聲醒來，卻是一夢，心中尚覺亂跳。正自出神，忽見丫鬟掀簾而入，報導：「員外大喜了！方才安人產生一位公子，奴婢特來稟知。」員外聞聽，抽了一口涼氣，只嚇得驚疑不止。怔了多時，咳了一聲道：「罷了，罷了。家門不幸，生此妖邪，真是冤家到了。」急忙立起身來，一步一咳，來至後院看視。幸安人無恙，略問了幾句話，連小孩也不瞧，回身仍往書房來了。〔註20〕

這樣一個夢感（「神奇受孕」）所生的怪物，正是包公（英雄）受難（被棄）的開始。

〔唱〕，暫時好衣都脫了，南莊去做使牛人。南莊水田耕不子，晚西〔夕〕不得轉莊門；膽小三郎親聽得，低頭眼淚落紛紛。肩上馱犁牽牛去，南莊去做使牛人。去到南莊田塍□，驚動雲中太白星；當時差神來下界，替他去作使□□。

〔説〕三郎圍懶，把犁作枕頭，就田塍上睡，不覺睡著，醒時□□田耕了。思量：「只〔這〕是大嫂見我辛苦，他與我耕了。」牽牛回去，□□賣卦先生，三郎作揖。問，「郎君高姓？」三郎道：「姓包，排行第□□□□問：「此到廬州有多少路？」答曰：「百八十里。」先生道：「你不算命？」三郎說：「我被爺爺罰在南莊使牛，有甚好處？無錢算命。」先生說：「你交（教）我廬州路，我與你看命。郎君甚年月日？」郎君說與先生：「淳化三年二月十五日卯時生。」

〔唱〕辭了郎君行數步，乘雲去步上大門。石端之中高聲叫，叫言又曲姓包人。我不是凡人□□，我是南方太白星。三郎聽得心中喜，雙手高擡向□□。感得神仙來算命，後來莫不作官人。且莫耕田回□□，去見嫂嫂有恩人。大嫂一見便歡喜：叔叔今且要□□。今朝大年初一日，因何罰你使牛人。

如圖為明成化《包龍圖公案詞話》中《包待制出身傳》「太公遣兒去耕田」（圖9-2）：

〔註20〕石玉昆：《三俠五義》，人民文學出版社，2001年版，第10頁。

圖 9-2　《包待制出身傳》之插圖「太公遣兒去耕田」

　　俄羅斯漢學家李福清說：「談到奇生之前預兆，要留意這也是原始感生母題後期的變形——沒有感生而有預兆，特別是夢中預兆。」〔註21〕這一敘事，無非要表明包公、關公並非凡人。中國歷史上，但凡英雄與聖哲，民間往往附會有一個不同尋常的出生故事。劉邦是其母「夢龍入懷」而孕。〔註22〕他們的輔弼也與凡人不同，張良有「下邳圯上遇黃石」的佳話。〔註23〕劉伯溫有「空谷遇白猿」之說。鄭振鐸先生《玄鳥篇》探討了「感生母題」說：「凡帝王將相，教主名人，乃至大奸大惡之徒，其出生都是有感應的，有瑞徵、有怪兆的。換言之，也就是都有來歷的。」〔註24〕

　　由於包公文學長期口頭傳承，在說書中通過廣泛實踐而積纍起來的經驗和才幹，他已經準備好了一整套的「複誦部件」，形成了固定的口頭程序，弗里說：

〔註21〕〔俄羅斯〕李福清：《古典小說與傳說——李福清漢學論集》，中華書局，2003年版，第 158 頁。
〔註22〕漢・司馬遷：《史記》卷八，中華書局，1959 年版，第 361 頁。
〔註23〕漢・司馬遷：《史記》卷五十五，中華書局，1959 年版，第 2035 頁。
〔註24〕鄭振鐸：《古典文學論文集》，上海古籍出版社，1984 年版，第 146 頁。

這樣的「複誦部件」是由特定的事件和情境的描繪來構成的，例如英雄之降生、他的成長、對武器的炫耀、爲戰鬥做準備、塵戰的喧響、出征前英雄的演說、描述人物或摹繪駿馬、塑寫著名的英雄、誇讚有婚約的美人，勾畫某人家鄉的圖景、法律、宴會、應邀赴節日慶典、一個英雄的死去、一次葬禮的悼儀、狀寫風景、夜之降臨與晨之破曉……諸如此類，舉不勝舉（xvi～xvii）。〔註25〕

包公的所謂「鼻直口方天倉滿，面有安邦定國紋」的說法，也是包公將來承擔神聖使命的面相，這也是中國文學敘事中固定的程序。這裏，包公的文學形象不僅賦有「神性」的稟賦，而且又有背負著細民百姓道德—政治的雙重建構。

包公的所謂「棄嬰」之說，也是與史無證的民間傳說；但是，這種「棄嬰」傳說，卻與民間文學中「怪異兒」、「英雄受難」、「神仙考驗」、「英雄無母」、「義虎」、「動物報恩」等母題相關聯，是包公故事在民間的長期流傳的鐵證。〔註26〕

《三俠五義》第二回「奎星兆夢忠良降生，雷部宣威狐狸避難」描寫包公爲猛虎所救：

自古書上說，妖精入門，家敗人亡的多著呢。如今何不趁早兒告訴老當家的，將他拋棄在荒郊野外豈不省了擔著心，就是家私也省了，『三一三十一』。……包海領命，回身來至臥窮，託言公子已死，急忙抱出，用茶葉簍子裝好，攜至錦屏山後，見一坑深草，便將簍子放下。剛要摺出小兒。只見草叢裏有綠光一閃，原來是一隻猛虎眼光射將出來。包海一見，只嚇得魂不附體，連尿都嚇出來了，連簍帶小孩一同拋棄，抽身跑將回來，氣喘吁吁，不顧回稟員外，跑到自己房中，倒在炕上，連聲說道：『嚇殺我也！嚇殺我也！』』

這個「棄嬰」故事，或許是一個隱喻。在各類包公故事中，很少提到他的家人，也閉口不談包公如何「行孝」的事情，而這恰恰表明包公的文學敘事和歷史敘事的錯位，這一錯位也暗含了自古「人情」與「國法」的深刻悖論，包公在民間傳說中幾乎到了不通情理的地步。

〔註25〕 〔美〕約翰・邁爾斯・弗里：《口頭詩學：帕里——洛德理論》，社會科學文獻出版社，2000 年版，第 24 頁。

〔註26〕 有關民間文學的母題參見劉守華《中國民間故事類型研究》，華中師範大學出版社，2002 年。

　　神話敘事在民間得到不斷的驗證，就連文人的筆記中也有涉及，像清代的焦循在他的《劇說》卷六就記道：

> 《新齊諧》云：「乾隆年間，廣東三水縣前搭臺演戲，一日演《包孝肅斷烏盆》。淨方扮孝肅坐，見有披髮帶傷人跪臺間作伸冤狀，淨驚起進之。臺下人相與譁然，其聲達於縣呈。縣令著役查問，淨以所見對，令傳淨至，囑：「仍如前裝，如再有見，可引至縣堂。」淨領命。其鬼果又見，淨云：「我僞作龍圖也，不若引沃至縣。」淨起，鬼隨之，至堂，令不見龍，怒，欲責淨，淨見鬼起立外走，以手作招勢。淨稟令，令即著淨同皂役二名尾之，視往何處。淨隨鬼行數里，見入一家中，家乃邑中富室王監生葬母處。淨與皂將竹枝插地志之。令乘輿往，嚴訊王監生。生請開墓以明己冤。開未二三尺，見一屍顏色知生。以信監生，生云：「其時送葬人數百，共觀下土，並無此屍；即有此屍，必不能盡掩眾口，數年來何欲膚無聞，必待此淨方白耶？」令趁其言，復問：「汝視封土畢歸家否？」監生曰：「視母棺下土後，即返家，以後事皆土工爲之。」令曰：「得之矣。速喚眾土工來！」見其狀貌兇惡，喝曰：汝等殺人率發覺，毋庸再隱！眾土工大駭服。蓋王監生歸家後，有孤客負囊乞火，利其丈中物，以鋤碎其首，理王母棺上，加土塡之，並無知者。令乃盡致之法。相傳謀命時，眾謂曰：「要得伸冤，除非包龍圖再世。」故藉扮淨龍圖來伸冤云。〔註27〕

三、儒家倫理與包公傳播

　　儒家倫理道德對包公傳播的影響非常重要。眾所週知，儒家思想長期爲中國傳統思想文化的主流，它所闡述的倫理道德滲透到社會各個領域，尤其在中國封建社會後期，由於其理論體系的完備，統治階級的提倡，其滲透力更強。宋元以降的文學作品，對儒家思想或排斥，或吸收，或兼而有之。有關包公的文學作品當屬後者。

〔註27〕此條見於清・焦循《劇說》卷六，廣文書局，1970年版，第116～117頁。袁枚《子不語》十一有「冤鬼戲臺告狀」一條，與此條文字幾同，即爲此條之來源。詳見《袁枚全集》第四冊，江蘇古籍出版社，1993年版，第219～220頁。

　　歷史上包公就是受儒家思想影響很深的「孝子」。他二十九歲考中進士被授知縣官，而因地方遠，父母年紀大，辭官侍養，原因是包拯信奉「父母在不遠遊」的古訓，不忍心拋下雙親而遠求功名。他孝敬恭謹父母，晚出仕至少 15 年，「十年亡宦」，以孝聞鄉里，所以他的諡號爲「孝肅」。他認爲只有對父母至孝的人才能爲國盡忠，出任知縣也是要求靠近父母的縣。他當監察御史時，讚頌宋仁宗「奉事章獻太后，於母子之際無纖毫之間」，而兩次彈劾不顧家中 80 歲老母，一味在朝貪求高官厚祿的李淑。他在奏疏中指責李淑「母年八十，別無侍子，在乎禮律，不合從政，而冒寵利，殊無忌憚」，強烈要求皇帝「落其翰林學士，與一外任，或令侍養。」〔註 28〕《包拯墓誌》記載他「始以孝聞於州閭」，歐陽修稱讚他「少有孝行，聞於鄉里；晚有直節，著於朝廷。」〔註 29〕

　　在流傳的許多包公故事中，包公破案和斷案的依據有時就是儒家的禮即孝行。如在話本《合同文字記》中，劉添祥夫妻爲獨佔家產，不認其親侄劉安住。包公得知內情後，要嚴懲劉添祥，而劉安住一再爲之求情：「可憐伯伯年老，無兒無女，望相公可憐見！」「寧可打安住，不可打伯父。」劉安住的孝行感動了包公，不僅寬大處理，「全劉添祥一家團圓」，還上奏朝廷：旌表孝子劉安住孝義雙全，加贈陳留縣尹。」顯然這裏的包公是儒家人格理想的化身。

　　而司法一旦與道德問題相聯繫，就會出現倫理道德與封建王法彼此滲透的情況，包公常以道德審判代替法律審判。

　　《蝴蝶夢》中皇親葛彪無辜打死平民王老漢，王老漢的三個兒子復仇將葛彪打死。包公審斷此案時要王母交出兒子爲葛彪償命。王母不僅與三個兒子爭相承認自己打死葛彪，而且還爲保全前妻之子王大、王二，決定交出自己親生兒子王三爲葛彪償命。包公見「爲母者大賢，爲子者至孝」，爲他們的孝行義舉所感動，想出偷梁換柱之計，以偷馬賊趙頑驢替其子爲葛彪償命，還推薦王母三個兒子登入仕途，王母封爲「賢德夫人」，可見包公斷案很看中案中人所具有的儒家的孝行義舉。

　　儒家的入世觀念追求立身揚名、一舉成名。因此，《包龍圖公案詞話》裏念書並得官，且立身揚名的願望比比皆是。

〔註 28〕楊國宜：《包拯集校注》卷三《彈李淑三》，黃山書社，第 192 頁。
〔註 29〕楊國宜：《包拯集校注》卷三《論包拯除三司使上書》，黃山書社，第 194 頁。

「三年書滿跳龍門。」（見《包待制出身傳》）

「十年窗下多辛苦，要將書筆跳龍門。」（見《包待制斷歪烏
盆傳》）

「十年窗下無人問，一舉成名天下知。求得一官並職，改換門
風作貴人。」（見《包待制斷歪烏盆傳》）

「十年窗下攻文字，九載燈前看古文。求得一官並職，不枉燈
前吃辛苦。若得一舉成名日，光輝門庭顯祖宗。」（見《包龍
圖斷曹國舅傳》）

明清作品描寫包公的出身經歷可用「神」、「苦」兩個字概括。這樣描寫的目
的《三俠五義》第一回中說的明白，「包公降生，自離娘胎，受了多少折磨，
較比仁宗，坎坷更加百倍（指「狸貓換太子」事），正所謂『天將降大任』之
說。」〔註30〕儒家有一條重要理論，即：「天將降大任於斯人也，必先苦其心
志，勞其筋骨，餓其體膚，空乏其身，行拂亂其所為，所以動心忍性，曾（即
增）益其所不能。」〔註31〕描寫包公出身經歷之坎坷，而後來卻擔當大任，
正是儒家這一理論的具體化。

　　明代《百家公案》這樣一部斷案小說，從根本上是針對儒家文化話語的
立言。在《百家公案》中，包公的鬥爭對象，不再以權豪勢要或者皇親國戚
為主，而著重在維護儒家宗法倫理，判斷竊賊強盜和姦夫淫婦等倫理案。小
說在這些故事結尾部分，一般都有喋喋不休的勸誡。勸誡的內容，無非是大
量反覆地灌輸忠孝節義的儒家倫理：具體針對名節、貪淫、悍妒、偷盜、謀
財害命、停妻再娶等犯罪活動。當然，小說試圖通過反覆申明那一套公認的
善惡是非的道德觀念來培養人們的道德情感，通過判例來強調恪守儒家倫理
道德的重要。藉此維護社會秩序，挽救世道人心。

　　《龍圖公案》的思想傾向比《百家公案》更側重於道德勸誡。第一卷開
頭的《阿彌陀佛講和》、《觀音菩薩託夢》、《嚼舌吐血》和《咬舌扣喉》等數
篇有相近的主題，都歌頌婦人的節義。《阿彌陀佛講和》和《觀音菩薩託夢》
表面上寫包公借助佛教以破案，其重心則是歌頌孝義貞烈，作者以宗教維護
宋明理學的道德的用意非常明顯。《觀音菩薩託夢》的結尾「判訖將性慧斬首

〔註30〕石玉昆：《三俠五義》，人民文學出版社，2001 年版，第 8 頁。
〔註31〕《孟子》卷十二。引自楊伯峻《孟子注譯》，中華書局，1960 年版，第 298
　　　　頁。

示眾，其助惡眾僧皆發充軍。」包公判決將強姦鄧氏的首犯性慧和尚斬首示眾，其餘眾僧充軍，按說他作爲審判官的職能已經基本完成。但他還要充當道德的審判者。他聲色俱厲地責備鄧氏道：

> 包公又責鄧氏道：「你當日被拐便當一死，則身潔名榮，亦不累夫有鍾蓋之難。若非我感觀音託夢而來，汝夫卻不爲你而餓死乎？」

在包公的嚴厲責問下，原本就打算自殺以鳴志的鄧氏說：

> 「我先未死者，以不得見夫，未報惡僧之仇，將圖見夫而死。今夫已救出，僧已就誅，妾身既辱，不可爲人，固當一死決矣！」即以頭擊柱，流血滿地。而包公乃命人扶住，血出暈倒，以藥醫好，死而復生。包公謂丁日中道：「依鄧氏之言，其始之從也，勢非得已；其不死者，因欲得以報仇也。今擊柱甘死，可以明志，汝其收之？」丁日中道：「吾向者正恨其不死，以圖後報仇之言爲假；今見其撞柱，非眞偷生無恥可知。今幸而不死，吾待之如初，只當來世重會也。」日中夫婦拜謝而歸，以木刻包公之像，朝夕奉侍不懈。〔註32〕

包公看到鄧氏眞非苟且偷生之輩，才原諒了她，判其夫婦復合。這說明包公對於名節的重視甚於重視人的生命，而包公的所謂道德顯得血淋淋的，非常殘酷，是明代以禮教殺人在包公文學中的眞實寫照。明《龍圖公案》的故事有不少反映了包公既爲案主雪冤洗枉，又成全了案主的孝行貞節，以致「天理昭然，而法紀大明矣。」〔註33〕

對此該書的評論者「聽五齋」在《觀音菩薩託夢》後評價全書的思想說：

> 著述此書大有深意。初視皮毛，若止爲刑名家作津梁。而叩其精微，實念念慈悲，言言道德。治世可，度世可，超世亦可。蓋儒而參元以禪玄者也。首敘彌陀、觀音感應，而結以玉樞、三官經之效驗。且特附孝烈貞節於後，以補其所未盡。此可見種種勸善苦思矣。〔註34〕

〔註32〕明·佚名：《包公案》，三秦出版社，1995年版，第7頁。
〔註33〕明·佚名：《包公案》，三秦出版社，1995年版，第36頁。
〔註34〕明天啓刊本《龍圖公案》，附聽五齋評。

包公題材的寶卷也很強調「忠孝節義」。寶卷作者注重生活中切身的「親情」、「孝道」，不講大道理，只在故事情節中正面鋪陳各式親情、孝道、忠義行爲。《李宸妃寶卷》中，寇珠因對太子的下落守口如瓶，活活被陳琳打死。作者在講述這段情節時，極度鋪陳寇珠及陳琳爲「忠義」捨身、及遭受刑罰時的痛苦。《雪梅寶卷》裏的殺手趙伯春，寧可釋放雪梅母子三人，也不願違背自己心中的「義」，當包公、雪梅要斬陳世美時，作者又安排東哥及英妹爲「孝」不惜鍘前求情，終使包公感動等。當然，這其中也包含了民間對儒家倫理的理解和接受。

四、佛教文化與包公形象

魯迅在《中國小說史略》中談到「六朝之鬼神志怪書」曾謂：「會小乘佛教亦入中土，漸見流傳。凡此，皆張皇鬼神，稱道靈異，故自晉訖隋，特多鬼神志怪之書。其書有出於文人者，有出於教徒者。」〔註 35〕後來講到宋話本、人情小說等多次談到佛教對中國小說的影響。明清時期，儒道佛三教逐漸融合，廣泛侵入中國小說的素材選擇、人物塑造、情節結構的安排。反映在包公文學形象的塑造上，小說、戲劇中的包公形象明顯地打上了宗教印痕，尤以佛教爲甚。

（一）閻羅包老

包拯以威嚴知開封府，民間流傳「關節不到，有閻羅包老」，所謂閻羅本是梵文（Yamaraja）的音譯，意爲古印度神話中管理陰間之王。關於閻王的來歷《慈悲道場懺法》中說：「閻羅大王昔爲毘沙國王，與維陀始王共戰兵力不如，因立誓願，願我後生爲地獄主治此罪人，十八大臣及百萬眾皆悉同願。毘沙王者今閻羅王是，十八大臣今十八獄主是，百萬之眾今牛頭阿旁等是。」〔註 36〕爲管理地獄的魔王，並說其屬下有十八判官分管十八地獄。隋唐時期此說已在中國廣爲流行。韓擒虎、寇準、范仲淹、包公相傳死後都當過閻王。

宋元包公話本、雜劇便採納此說並加以發揮，如《三現身》、《生金閣》、《盆兒鬼》等描述包公不僅管人間治安，還管地獄訴訟，即所謂「日判陽間夜判陰」。明詞話《包待制斷歪烏盆傳》中描述潘成拿著呼叫冤枉的烏盆說：

〔註35〕魯迅：《中國小說史略》，上海古籍出版社，1998 年版，第 24 頁。
〔註36〕〔日〕高楠順次郎等：《大正新修大藏經十五·瑜珈部》，第 45 冊，臺北新文豐出版公司，1990 年版，第 941a。

「將盆去見活閻王。」〔註37〕《仁宗認母記》中還擺設地獄場面，讓扮演閻羅王的仁宗、扮演判官的包公審訊加害仁宗親母的郭槐，這類描寫在後來的小說中沿襲下來。

宋元時的南戲《小孫屠》第十九場，在包公出場前，東嶽泰山府君使戲中主人孫必貴復生時說：「小聖乃是東嶽泰山府君，勸君莫做虧心事，東嶽新添速報司。」〔註38〕元雜劇《合同文字》第四折的開頭，在包公上場時有詩云，「咚咚衙鼓響，公吏兩邊排。閻王生死殿，東嶽攝魂臺。」〔註39〕可見「世俗」所傳已被藝術化了。在《蝴蝶夢》第二折、《魯齋郎》第四折、《合同文字》第四折、《留鞋記》第三折、《後庭花》第四折、《灰闌記》第四折中皆有同樣的記載，明成化說唱詞話《包待制出身傳》、《仁宗認母傳》、《劉都賽》等皆有關於東嶽廟的記事，這些都說明包公是通陰陽二界、掌生死大權的閻王，由此包公在古代鬼戲舞臺上也有了一席之地。

京劇和地方戲《探陰山》和《鍘判官》，《遊五殿》、《鍘美案》中都有包公查明事實真相，為秉公判案大顯神威於陰曹地府，並和閻王發生激烈爭執的情節。〔註40〕圖為河南民間版畫《包閻羅斬鬼》：〔註41〕

清袁枚在《子不語》卷一《酆都知縣》中講了在四川酆都縣，人鬼交界處。新任知縣劉綱入鬼城親遇包公、關公的情景：

> 入井五丈許，地黑復明，燦然有天光。所見城郭宮室，悉如陽世。其人民藐小，映日無影，蹈空而行。自言在此者，不知有地也。見縣令皆羅拜曰：「公陽官，來何為？」令曰：「吾為陽間百姓請免陰司錢糧。」眾鬼嘖嘖稱賢，手加額曰：「此事須與包閻羅商之。」

〔註37〕 朱一玄校點：《明成化說唱詞話叢刊》，中州古籍出版社，1997年版，第172頁。

〔註38〕 吳白匋：《小孫屠》，《古代包公戲選》，黃山書社，1994年版，第389頁。

〔註39〕 吳白匋：《包待制智賺合同文字》，《古代包公戲選》，黃山書社，1994年版，第257頁。

〔註40〕 這是佛教「神變鬥法」母題的變形，此類神變鬥法故事在佛經中比比皆是，由此形成一類故事母題。這種母題在後世神話傳奇小說中最為常見，敦煌變文中的《降魔變文》和《破魔變文》直接取材於舍利弗與勞度差鬥法的故事。著名神魔小說《西遊記》中孫悟空的神通變化，以及他先與楊二郎鬥法，後在西行途中與各種妖魔鬥法的故事都是佛經中神變鬥法母題的再現。這種神變鬥法母題在神話小說中是神通幻力和仙法道術的賭賽，到武俠小說中被置換成內力武功和劍法拳術的比拼。

〔註41〕 高有鵬：《中國民間文學史》，河南大學出版社，2001年版，第498頁。

令曰：「包公何在？」曰：「在殿上。」引至一處，宮室巍峨，上有
冕旒而坐者，年七十餘，容貌方嚴。群鬼傳呼曰：「某縣令至。」公
下階迎，揖以上坐。曰：「陰陽道隔，公來何爲？」令起立拱手曰：
「酆都水旱頻年，民力竭矣。朝廷國課，尚苦不輸，豈能爲陰司納
帛鏹，再作租戶哉？知縣冒死而來，爲民請命。」包公笑曰：「世有
妖憎惡道，借鬼神口實，誘人修齋打醮，傾家者不下千萬，鬼神幽
明道隔，不能家喻戶曉，破其誣罔。明公爲民除弊，雖不來此，誰
敢相違。今更寵臨，具徵仁勇。」包公起曰：「伏魔大帝至矣。公少
避。」劉退至後堂。少頃，關神綠袍長髯，冉冉而下，與包公行賓
主禮，語多不可辨。關神曰：「公處有生人氣，何也？」包公具道所
以。關曰：「若然，則賢令也。我願見之。」

同樣《子不語》卷十三《烏臺》記載包公「聽斷妖鬼」處「烏臺」：

　　　　粵東肇慶府，即丁端州，包孝肅舊治也。大堂暖閣後有黑井，
覆以鐵板，爲出入所必經，相傳包公納妖於井。俗有「包收盧放馬
成湖」之謠，謂太守遇盧姓則妖出，遇馬姓則井溢也。然千年來，
亦從無此二姓爲守者。署東有高樓，號曰「烏臺」，俗謂包公聽斷妖
鬼皆坐此臺。四面磚石封固，啓則爲祟。凡太守履任，必祀以少牢，
無敢視啓視者。

圖 9-3　河南民間版畫《包閻羅斬鬼》

偏巧的是在《龍圖公案》中，有十二篇獨特的作品，它們分別是：《忠節隱匿》、《巧拙顛倒》、《久鰥》、《絕嗣》、《惡師誤徒》、《獸公私媳》、《善惡周報》、《獸夭不均》、《屈殺英才》、《侵冒大功》、《屍數椽》、《鬼推磨》。這十二篇作品內容雖也是判案，但大多不是一般公案作品中的那種發生在生活中的具體案件，多是在陰間地府裏由包公對人世間的一些不公平現象進行解釋和裁決。

首先，《龍圖公案》的十二個地府故事具體描繪了包公斷陰的事實。《忠節隱匿》、《巧拙顛倒》、《侵冒大功》、《屍數椽》都寫包拯坐赴陰床直接審理陰司案件，還有鬼吏、鬼卒爲他服務。

其次，這批地府故事進一步述說，包公就是閻羅（圖 9-3）。《龍圖公案》承襲了《百家公案》對包拯的神化，並且進一步將包拯「日斷陽間、夜斷陰間」的傳說和「關節不到，有閻羅包老」的讚譽加以發揮，把他直接變成閻羅。

流傳在浙江的民間傳說《包龍圖做閻王》更是以民間敘事的想像進一步刻畫包公死後做「一殿閻王」由於主持公道而遭遇不公正待遇：

> 這一殿閻王權力頂大，人死了以後，靈魂進了鬼門關，過了「奈何橋」，就到了一殿受審，一殿閻王都會先將鬼魂打一頓，這叫下馬威，接著就查生死簿，驗明正身，再根據這個人在陽間爲人的好壞，做出判決：有的下地獄、上刀山、落油鍋；有的轉世投胎去做牛、羊、豬、狗；也有的馬上投胎去做人。……總之，命運如何，全憑一殿閻王一句話。

> 包龍圖上任以後，對進來的鬼魂一不打，二不罵，仔細審問。有些事體弄不清楚，就私行察訪。把事情都弄清楚後，就將那些作惡多端的人打入十八層地獄受苦；對那些好人，不管陽壽有沒有滿，統統放回陽界。這一來，還魂的就多起來了。

> 這件事被另外九殿閻王知道之後，他們就聯名向玉皇大帝奏了一本。玉皇大帝大發雷霆，就下旨把包龍圖從一殿調到五殿。〔註42〕

〔註42〕文彥生編：《中國鬼話》第 1 冊，臺北泉源出版社，1992 年版，第 25～26 頁。
十殿閻王分別是：秦廣王、楚江王、宋帝王、仵官王、閻羅王、平等王、泰山王、都市王、卞城王、轉輪王，爲城隍的上司。參看《西遊記》第三回。

（二）業報輪迴

儒家早有建立在「天道」基礎上的果報觀念，《荀子・宥坐》：「爲善者天報之以福，爲不善者天報之以禍。」〔註43〕道家報應說之集大成者見於約1164年出版的《太上感應篇》，其主要內容多抄自於《抱朴子》、《易內戒》、《赤松子》等道教經書，其犖犖大端如下：「禍福無門，惟人自召。善惡之報，如影隨形。」「夫心起於善，善雖未爲而吉神已隨之；或心起於惡，惡雖未爲而凶神已隨之，其有曾行惡事後自改悔，諸惡莫作，眾善奉行，則必獲吉慶，所謂轉禍爲福。」〔註44〕

不過最終使得果報觀念成爲一個圓融自洽的理論體系，還得歸功於佛家。佛家的報應說，原是用來解釋世間萬物一切關係的學說。

在印度佛教理論中，善惡觀與業報輪迴說相連，淨染業力決定人生輪迴果報，在倫理角度上，淨業即善業，染業即惡業，善業惡業在因果律的作用下就形成善業善果、惡業惡果的善惡報應。在時間空間上，印度佛教因果律的作用範圍不限於此世，而是把業因與果報的因果關係延伸於前世、今世、來世，形成「三世二重因果」的業報輪迴鏈，認爲人們在現世的善惡作業，決定了來生的善惡果報；今生的倫理境遇取決於前世的善惡修行。人要擺脫六道輪迴中陞降浮沉的處境，必須盡心佛道，勤修善業，以便證得善果，避除惡報。

業報輪迴思想的基本原理是佛教倫理的「因果律」，即一切事物皆有因果法則支配，善因必產生善果，惡因必產生惡果，所謂善因善果、惡因惡果。從倫理學的眼光看，因果律是以業力爲中心，強調道德行爲的主體與道德存在主體的一致性。

> 不思議業力，雖遠必相牽，果報成熟時，求避終難脫。〔註45〕

> 天地之間。一由罪福。人作善惡。如影隨形。死者棄身。其行不亡。譬如種穀。種敗於下。根生莖葉。實出於上。作行不斷。譬如燈燭展轉然之。故炷雖消火續不滅。行有罪福。如人夜書火滅字存。魂神隨行。轉生不斷。〔註46〕

〔註43〕 王先謙：《荀子集解》，中華書局，1988年版，第146頁。
〔註44〕 《道家十三經》，國際文化出版公司，1993年版，第741、743頁。
〔註45〕 〔日〕高楠順次郎：《大正新修大藏經十五・律部》，第23冊，879a。
〔註46〕 〔日〕高楠順次郎：《大正新修大藏經之九・經集部》，第17冊，734b。

近人梁啓超說：「佛教說的『業』和『報』是宇宙間唯一眞理」，並且強調說，「我篤信佛教，就在此點，七千卷《大藏經》也只說明這點道理」。〔註47〕方立天說：「因果報應論，作爲佛教的根本理論和要旨，由於它觸及了人們的神經和靈魂，具有強烈的威儡作用和鮮明的導向作用，在取得社會從上至下的信仰方面，其作用之巨大，實是佛教其它任何理論所不能比擬的。」〔註48〕尤其值得注意的是，早期佛經在翻譯業報輪迴時往往與中國的靈魂不死說聯繫在一起形成中國化的佛教業報輪迴觀，影響到了文學創作的主題構成，從而參與建構了民間社會的道德倫理。對此孫昌武先生有這樣的論述：「中國民間關於輪迴，關於報應，關於地獄天堂、菩薩、惡鬼的許多認識，往往並不直接來自佛典，而是得自文學作品，特別是小說，戲曲和講唱文學。」〔註49〕的確如此！通俗小說往往文字理俗，形象生動，正是向下層民眾宣揚果報觀念的活教材。在包公故事裏存在大量關於「報應」的敘事。而且很多作品往往伴有相應的「勸誡」意圖。其中沒有直接使用「報應」兩字的如話本《三現身》說「寄聲暗室虧心者，莫道天公鑒不清」。〔註50〕《包待制斷歪烏盆傳》、《曹國舅公案傳》卷末都有：「作善逢善人自用，作惡天公不順清。皇天報應無差錯，不曾差了半毫分。善有善報終須報，惡有惡報禍來侵。莫道空虛無神道，霹靂雷聲何處鳴。」「湛湛青天不可欺，未曾舉意早先知。勸君莫作虧心事，古往今來放過誰？」雜劇《留鞋記》講「人間私語，天聞若雷；暗室虧心，神目如電」。〔註51〕南戲《小孫屠》也說「東峰東嶽甚威靈，名香一炷辦虔誠。萬事勸人休碌碌，舉頭三尺有神明」。〔註52〕

明確使用天道「報應」這個術語的如雜劇《陳州糶米》有「勸君休做虧心事，暗有神明世有刑。」「雖然是輸贏輸贏無定，也須知報應報應分明」。〔註53〕雜劇《神奴兒》曰「卻不道湛湛青天不可欺，……天若聞雷，休言不報也，敢只爭來早與來遲」。〔註54〕明代雜劇《認金梳》也有「善有善報，惡

〔註47〕《與梁令嫻等書》，《梁啓超年譜長編》，上海人民出版社，1983年，第1046頁。

〔註48〕方立天：《中國佛教的因果報應論》，《中國文化》，1992年版，第七期，第57頁。

〔註49〕孫昌武：《佛教與中國文學》，上海人民出版社，1988年版，第201頁。

〔註50〕程毅中輯注：《宋元小說家話本集》（上），齊魯書社，2000年版，第68頁。

〔註51〕明·藏晉叔編：《元曲選》，第三冊，中華書局，1958年版，第1271頁。

〔註52〕吳白匋：《古代包公戲選》，黃山書社，1994年版，第368頁。

〔註53〕吳白匋：《古代包公戲選》，黃山書社，1994年版，第122頁。

〔註54〕吳白匋：《古代包公戲選》，黃山書社，1994年版，第270頁。

有惡報，不是不報，時辰未到。……這的是有青天，報應昭彰」。〔註55〕京劇
《乾坤嘯》尚有「青天不可欺，未曾擇意早先知，善惡到頭終有報，只爭來
早與來遲」。〔註56〕《仁宗認母傳》卷宋寫道，「心生一善如來佛；便是如來
佛世尊。」至於《三俠五義》，其書「光緒己卯孟夏問竹主人」所作序中已云：
「諸多豪傑之所行，誠是驚心動魄，有人不敢為兩為；人不能作而作，才稱
得起『俠義』二字」，至於善惡邪正，各有分別，真是善人必獲福報，惡人總
有禍臨，邪者定遭凶殃，正者終逢吉庇。昭彰不爽，報應分明，使讀者有拍
案稱快之樂，無廢書長歎之時。」〔註57〕

　　還有一些非常典型的「報應」故事。這類故事主要是由於被害者，不僅
平日裏多做善事、吃齋念佛、積下陰德，還請僧人誦經念佛、超度亡靈、祈
禱冥福「做功德」，後來遇到禍事而得天助，其中央帶有動物相助，或幫其鳴
冤，或救其性命。如《百家公案》中第三十九回《晏氏與許氏謀殺其夫》寫
俞子介家道殷實，以行商為活，好善樂施，平日看經念佛。其妻許氏與鄰居
晏實通姦，因而商量謀害子介。晏實將其灌醉，趁其酒醉，將他推入深井中。
恰巧井中有一大龜，將他駝在背上，並為其提供齋食。遇天下大雨井中水漲，
才得以出井。子介將晏實許氏告到官府，包拯判處了姦夫淫婦。遇大難而能
得龜救，是由於他平日的積善行德，因而得善報。

　　「因果報應」的情節在寶卷中屢見不鮮，例如在《李宸妃寶卷》中，劉
后之子在御花園打鞦韆，遭兩位神道斬斷鞦韆繩索而摔死，正好與先前劉妃
欲溺死李宸妃之子的情節形成一個因果循環。此外，包公類寶卷裏有大量描
述「地獄」的文字，多穿插在主人公受難被神靈救助的情節之後。

（三）冥府遊歷與「拯救」母題

　　按佛教教理，地獄作為六道輪迴的一道，是業報流轉所處的狀態，能夠
自由地出入三界，需要特殊的神通，並不是隨意可去的地方。如佛弟子目犍
連（簡稱目連），部派佛教的典籍裏記載說他曾與舍利弗人定同赴地獄，與提
婆達多、六師外道等相會並聽其訴說受難事。〔註58〕目連在佛弟子中本是「神

〔註55〕闕名：《認金梳孤兒尋母記》，刊於《孤本元明雜劇》，涵芬樓藏版，第3頁，
　　　　第12頁。
〔註56〕《乾坤嘯》下卷，見於《古本戲曲叢刊三集》，中國戲劇出版社，1959年版，
　　　　第35頁。
〔註57〕問竹主人：《三俠五義·序》，人民文學出版社，2001年版，第1頁。
〔註58〕〔日〕高楠順次郎：《大正新修大藏經·涅槃部》，第12冊，764a。

通第一」的，他可以變化自在，出入三界，是一般人非可比擬的。設想普通人可以到地獄裏巡遊一番，再回到人世，這是基於中土幽、明二界觀念的一種奇妙設想。

據傳漢末江南琪亭神廟蟒身神本是安世高同學，以瞋恚故「身滅恐墜地獄」〔註 59〕，這是有關佛教地獄傳說年代最早的記載。在經典傳譯方面，吳維祇難所出《法句經》裏有《地獄品》，西晉《大樓炭經》有《泥梨品》，都是專門描寫地獄的。《雜譬喻經》中的魂遊地獄故事較爲詳細生動：

> 昔王舍城東有一老母，慳貪不信。其婢精進常行慈心，念用二
> 事利益群生，一者不持熱湯潑地，二者洗器殘粒常施人。老母得病
> 有氣息，魂神將之入地獄中，見火車爐炭鑊湯湧沸，刀山劍樹苦楚
> 萬端。老母見問訊是何物。獄卒答曰：「此是地獄，王舍城東有慳貪
> 老母，應入其中。」老母自知悚然愁悸，小復前行。七寶宮舍妓女百
> 千種種珍異。問此何物。答言：「天宮，王舍城東慳貪老母有婢精進，
> 命盡生中。」老母忽活，憶了向事，而語婢言：「汝應生天，汝是我
> 婢，豈得獨受？汝當共我。」婢答之言：「脱有此理，轉當奉命。但
> 恐善惡隨形不得共受耳。」母即不慳貪，大作功德。〔註 60〕

對地獄的恐怖描寫會產生巨大的震撼力，在對群眾的宣教中起著重要作用，這是地獄類經典得以流傳的重要原因之一。

這樣，在傳入中土的佛教地獄報應思想的強大影響之下，中土人士的冥界觀念發生了根本轉變。在作爲靈魂去處的冥界裏演變出一個亡靈承受業報罪罰的場所。文學創作中集中地反映了這一演變，利用本來的「入冥」故事的框架，創造出地獄巡遊的情節，從而造成文學中所謂「冥界遊行」題材的道德教化傾向。

在六朝至唐代的被魯迅稱爲「釋氏輔教之書」〔註 61〕的一類志怪小說，如王琰《冥祥記》、唐臨《冥報記》、張讀《宣室志》以及敦煌文學《唐太宗入冥記》和《黃仕強傳》、《地獄變文》、《目連變文》中有許多情節類似的故事。其框架大體是：

（1）暫死「入冥」——這種設想本是中土傳統中所固有的；（2）經過「冥

〔註 59〕 僧祐：《出三藏記集》卷一三《安世高傳》，中華書局，1995 年版，第 509 頁。
〔註 60〕 〔日〕高楠順次郎：《大正新修大藏經・事彙部》，第 53 冊，第 235c。
〔註 61〕 魯迅：《中國小說史略》，上海古籍出版社，1998 年版，第 32 頁。

判」——設想冥間有與人世相類似的統治機構，這是中土人士的想法，顯然保留有「泰山治鬼」觀念的影子；但確信生前作業，身後受報，則是佛教觀念；（3）巡遊地獄——由於不同原因得到這種機會；地獄的描寫是根據佛典的記述加以敷衍的；（4）復活還魂，回到陽間——往往是因為陽壽未盡或作福得報。

佛教拯救母題包含了救苦救難與拯救母題雙重意義，救苦救難母題一般與慈悲相聯繫，體現的是悲憫、仁愛、犧牲、殉道、啓悟、漫遊、歷險、墮落、探求等；拯救母題一般與審判相聯繫，只是假借超人間的地獄世界的審判，更能強調正義的超人間屬性，並能因此伸張正義，打擊邪惡，實現對人間的倫理教化。

筆者認為，幽冥故事是中國小說中最常見、也是最重要的類型之一，在整個中國小說創作中有極大的比重。總括起來，其基本情節模式如下：暫死——入冥——冥官斷案——遊歷地獄——闡釋因果——復生。這一情節模式是結合了中土、印度以及西域地區有關幽冥的想像而形成的。這其中，西域人講述的冥府遊歷故事尤其重要，它是印度神話與中國本土幽冥神話之間結合的一座橋梁。無論是遊歷冥府所見各種陰森恐怖的「果報」，還是親見閻羅王冥府判案，其實質都暗含著「天理昭彰」的內容，只是地獄審判和佛教的修行觀，儒家的天命觀相聯繫，更能表現出正義的超驗屬性。

反映包公故事中的遊歷冥府與「拯救」母題的作品如：《龍圖公案》中的《屍數椽》，包公在冥府道：「聽分上的不是，講分上的也不是。所分上的耳朵忒軟，罰你做個聾子。講分上的口齒忒會說，罰你做個啞子。」即判道：

> 今說分上者罰為啞子，使之要說說不出。聽分上的罰為聾子，使之要所聽不得。所以處二人之既死者可也。如現在未死之官，不以口說分上而用書啓，不以耳聽分上而看書啓，又將如何？我自有處。說分上者罰之以中風之痼疾，兩手俱痿而寫不動，必欲念與人寫，而口啞如故，卻又念不出矣；聽分上者罰之以頭風之重症，兩眼俱瞎而看不見，必欲使人代誦，而耳聾如故，卻又聽不著矣。如此加譴，似無剩法。庶幾天理昭彰，可使人心痛快。

> 批完道：「巫梅，你今生為上官聽了分上枉死了你，來生也賞你一官半職。」俱各去訖。〔註62〕

〔註62〕明・佚名：《包公案》，三秦出版社，1995 年版，第 283 頁。

《包公演義》第29回《判除劉花園三怪》包公親自到地府查考妖孽的身世：

> 包公分付二人：「好生看我屍首，待我還魂回來，重重賞你。」
> 二人從命不題。移時之間，包公魂魄來到地府，先使人通報，閻王
> 聞報文曲星官到此，遂親下殿接人，分賓主坐定。閻王問道：「今蒙
> 星官親臨冥境，不知有何見諭？」包公曰：「今有新安縣潘松狀告劉
> 評事花園內三怪爲禍，白日迷人，取人心肝下酒，非止一端。拯有
> 心救民，剿此妖孽，恨力未能，因特到此。萬望閻君著落判官，看
> 是何處走了妖怪，即當剿滅與民除害。」閻王聞言，即令判官查了，
> 回言答道：「詳查此怪，原來白聖母是個白雞精；赤土大王是條赤斑
> 蛇；玉蕊娘是個白貓精。觀此三個孽畜，盜飲仙酒，神通廣大，因
> 此下界不能除之。星官差要除此孽畜，必須具奉奏聞玉帝，差遣天
> 將，方可剿滅矣。」包公聽罷，點頭還魂回轉陽間，賞了張、趙二
> 人，隨即齋戒沐浴，焚香具表奏聞玉帝。玉帝聞奏，與眾文武議曰：
> 「朕觀文曲星官下界，爲官清正，鬼神欽仰，今下方有怪如此害民，
> 即宜殄滅。」……〔註63〕

筆者認爲，無論是遊歷冥府所見各種陰森恐怖的「果報」，還是親見閻羅王冥府判案，其實質都暗含著「惡有惡報，善有善報，不是不報，時間未到」這樣的報應觀念，只是經過神通廣大者冥府遊歷，親歷「地獄受苦無間」的現場，進一步「現身說法」，確證善惡報應具有超越陰陽兩界的超驗性。

佛教的教義觀念直接影響到民間社會的認知，進而產生了這類明顯受到佛教故事和佛教觀念影響的小說，它以佛教的虛構和超自然描寫實現對公平正義的訴求，憑藉作家的奇幻之筆匡正人世間顛倒是非之事，借助閻王的審判、因果報應、冥府遊歷所見抒發社會理想，這不僅深化了匡扶正義的主題，賦予了超現實描寫以批判現實主義的精神，而且使其洋溢出濃厚的浪漫色彩。

五、道教文化與民間判官

道教是歷史悠久的中國傳統宗教，又是歷來與中國平民百姓生活最接近的宗教。因此，道教祀奉民間傳說中的神，如雷公、門神、財神、土地、城隍、藥王、瘟神、文昌、關帝等，這些神也成爲道教俗神。包公文學屬於民

〔註63〕 王汝梅、朴在淵：《韓國藏中國稀見珍本小說》《包公演義》，中國大百科全書出版社，1997年版，第225頁。

間文學，因此，大多數說唱作品中隨處可見道教的色彩，明成化《包龍圖公案詞話》也不例外。道教和民間信仰的結合是有原因的。中國民間認爲玉皇上帝總管所有事情，如把握三界和十方、四生、六道的一切禍福，玉帝在道教裏的地位也頗高。有關玉帝的描寫明成化《包龍圖公案詞話》中隨處可見。如《仁宗認母傳》：

> 包相道：「我屈死有告狀處。」官裏道：「天下只有寡人爲大，你去那裏告狀？」包相道：「我寫表奏上玉皇大帝。」官裏道：「你把甚爲詞？」包相道：「把五〔忤〕逆爲詞。」〔註64〕

在《包龍圖斷白虎精傳》中也可見有關道教諸神的場面，道士被殺後，包公派人調查，兩個公人在廟堂裏燒香，描寫原文如下：

> 「來到寶雲山腳下，果然見一廟堂門。燒了明香點蠟燭，三牲盤福獻龍神。一瓶好酒來供養，拜告靈神你且聽。龍圖文引來到此，要勾白虎大蟲精。文引鋪在案桌上，二人祝告拜龍神。伏願大王多靈感，山中驅遣大蟲精。二人只管低頭拜，大王救我二人身。」〔註65〕

上面的「大王」就是道教廟堂裏的諸神之一。兩個公人向還有靈神、龍神和大王等等諸神燒香祈禱。

《仁宗認母傳》裏，有包公和他的隨從借宿的場面，如下：

> 董朝〔超〕擡起頭來看，一所祠堂廟宇新。卻是行宮三殿廟，董朝〔超〕看見便回程。直至帳〔帳〕前來唱喏，伏維丞相願知聞。前面有一束嶽廟，可歇三軍馬共人。包相當時忙便去，一心只奔廟堂門。相公舉目擡頭看，果然希異好鮮新。門上朱紅嵌綠漆，兩邊描畫鬼和神。入進廟堂門裏面，聖帝擡〔臺〕前瑞氣生。眞君座下生雲霧，靈公案上起祥雲。層層殿上鋪銅瓦，斗拱行行盡嵌金。瑪瑙妝成文共武，琉璃瞰〔嵌〕就水晶宮。包相上了天齊殿，長蟠罩定聖明君。相公揭起黃羅帳，仔細觀瞻著眼輪。渾金織在龍衣上，翡翠妝成侍女人。相公看罷心歡喜，察問天齊聖主君。〔註66〕

〔註64〕　朱一玄校點：《仁宗認母傳》，《明成化說唱詞話叢刊》，中州古籍出版社，1997年版，第149頁。

〔註65〕　朱一玄校點：《包龍圖斷白虎精傳》，《明成化說唱詞話叢刊》，中州古籍出版社，1997年版，第258頁。

〔註66〕　朱一玄校點：《仁宗認母傳》，《明成化說唱詞話叢刊》，中州古籍出版社，1997年版，第143頁。

道教以城隍爲守護城池或管亡魂之神，說城隍能應人所請，剪惡除凶。《說文解字》曰：「城，以盛民也」，「隍，城池也。有水曰池，無水曰隍。」〔註67〕《周易》亦有「城復於隍，勿用師」之語。〔註68〕「城隍」一詞連用，首見於班固《兩都賦·序》：「京師修宮室，濬城隍。」〔註69〕

唐代奉祀城隍神已較盛行。《太平廣記》卷三百三「宣州司戶」條引《紀聞》稱，唐代「吳俗畏鬼，每州縣必有城隍神。」〔註70〕唐代地方守宰多有撰祭城隍文，祭祀城隍神者。唐代信仰城隍神已成習俗，以致「水旱疾疫必禱焉。」〔註71〕

宋代城隍神信仰已納入國家祀典。道教見城隍在民間影響日顯，便插手進來，將其納入道神系統，稱城隍爲剪惡除凶、護國安邦之神，不但可以暗中保護城市安全，而且能應人所請，旱時降雨，澇時放晴。同時，又利用佛教的陰間、「陰曹地府」、「冥府」地獄之說，稱城隍爺管領一城亡魂。相信人死後靈魂進入冥界化爲鬼靈，經受鬼司的裁判。人們把陰間冥想成有與人世間相似的皇權統治，創造了對閻王、東嶽大帝、城隍等鬼神崇拜。元雜劇《生金閣》第三折說「城隍廟是鬼窩兒」，憑包待制「一道牒文」可到城隍廟勾那沒頭鬼。」

到了明代，朱元璋對城隍爺倍加青睞，建國伊始，即傳旨「城隍神歷代所祀，宜新封爵」，於是城隍爺的地位更加高貴。朱元璋並命令分封各地的藩王要親自主祭城隍爺，各府、州、縣的城隍，也必須由當地最高長官主祭，城隍首次得到官方的首肯而成爲折獄之神。《水東日記》載：

> 我朝洪武元年，詔封天下城隍……四年，特赦郡邑里社各設無祀鬼神壇，以城隍神主祭，鑒察善惡。未幾，復降儀注，新官赴任，必先謁神與誓，期在陰陽表裏，以安下民。蓋凡祝祭之文、儀禮之詳，悉出上意。於是城隍神之重於天下，蔑以加矣。〔註72〕

〔註67〕 漢·許慎：《說文解字》，中華書局，1963年版，第288、306頁。
〔註68〕《周易通義》，中華書局，1981年版，第27頁。
〔註69〕 清·嚴可均：《全上古三代秦漢三國六朝文》第一冊，中華書局，1958年版，第602頁。
〔註70〕 李昉：《太平廣記》第7冊，中華書局，1961年版，第2400頁。
〔註71〕 李陽冰《縉雲縣城隍神記》，清·董誥《全唐文》卷四三七，中華書局，1983年版，第4461頁。
〔註72〕 葉盛：《水東日記》卷三〇「城隍神」，中華書局，1980年版，第297頁。

由於官家的提倡，城隍鑒察善惡，成爲代表宗教和神界制裁的力量。清趙翼《陔餘叢考》卷三十五城隍神載：

> 王敬哉《冬夜箋記》謂：城隍之名，見於《易》，所謂「城復於隍」也。又引《禮記》天子大蜡八，水庸居其七，水則隍也，庸則城也，以爲祭城隍之始。固已，然未竟名之爲城隍也。

城隍信仰高潮的明代社會，正是《包龍圖公案詞話》和《百家公案》等書的成書背景。《百家公案》中，城隍與人間法官一個斷陰，一個斷陽，相互配合，定會使善惡昭彰，絕無隱匿。在《伸黃仁冤斬白犬》（第十七回）中，包拯禱告城隍云：「一邦生靈，皆寄爾與我焉。爾斷陰事，予理陽綱，其責非輕。」〔註73〕這非常貼切地反映了明人對於城隍職掌的認識。在《百家公案》中城隍參與破案的有第一、七、十二、十七、三十三、四十四、五十八、六十七、七十回等。

元代包公戲《包待制智賺生金閣》中第三折：

> （婁青云：）我婁青領著包待制這一道牒文，到城隍廟勾那沒頭鬼去。你道活人好見鬼的，可不是死？我待不去來，他又要切了我的頭，也是個死。我想這銅鍘一鍘，鍘將下來，這脖子上好不疼哩。頭又切斷了，不如被鬼唬死，倒不疼，又落得個完全屍首。只得捱到今夜晚間三更時分，將著牒文，到城隍廟裏勾鬼去，常拚著個死罷。〔註74〕

明代有三本包公戲涉及包公和城隍之間的協作關係：《還魂記》第十六齣《訴冤》包公見從井中擡出的屍體形容不改，面色如生，不知他是何方人士，被誰所害，故先去城隍廟發牒，後來袁文正的鬼魂果來訴冤。《魚籃記》裏出現兩個金牡丹，包公用照魔鏡一照，兩個小姐都不見了，包公只得到城隍廟請求協助。但可能是包公太心焦的緣故，對城隍以威脅的口吻，限三日交出妖怪和牡丹小姐，城隍請求天兵天將捉拿魚精也不能取勝，後觀音菩薩前來，以封魚籃觀音相許，才降服了鯉魚精。在《桃符記》中的包公與城隍則已形成分工合作之關係，此種關係的建立是由包公主動提出：

〔註73〕 王汝梅、朴在淵：《韓國藏中國稀見珍本小說》《包公演義》，中國大百科全書出版社，1997年版，第202頁。

〔註74〕 吳白匋：《包待制智賺生金閣》，《古代包公戲選》，黃山書社，1994年版，第97頁。

下官今日一來拜賀尊神，二來一事與尊神相約，凡人間善惡事
情，處分有不公不法，罪在下官；冥司禍福報應，有失輕重者，責
在尊神。〔註75〕

城隍應允後，果然審問了青鸞、賈順的鬼魂，發現青鸞命該與劉天儀爲妻，
遂由鬼使押往黃公店等待還魂；賈順因陽壽將盡，待包公審案時，可將靈魂
附與啞兒身上，以便眞相大白。之後城隍又託夢給傅樞密，要他收青鸞爲女，
招劉天儀爲婿；又贈還魂丹予裴老嫗，以救其女青鸞。最後則由包公薦劉天
儀謁上，獲授翰林院編修，天儀與青鸞結爲夫婦。〔註76〕

　　由於在這本戲中，城隍分擔了一部分調查審問的工作，而使得後來包公
斷案十分順利，建立了良好的合作模式。但此種安排亦已打破包公「日審陽，
夜斷陰」的慣例，形成一件特例，這或許是作者沈璟有意突破傳統的做法。

　　包公的文學形象和城隍信仰的聯繫，客觀上促進了包公文學的傳播。如
《包公演義》第四十八回「東京判斬趙皇親」，包公使喚城隍：

拯問：「所訴何事？」張公逐一從頭將師家苦情事說得明白。
拯問：「這五歲孩兒如何走得？」張公道：「因爲思母啼哭，領出買
糕與吃，逃得性命。」包公問：「師馬何在？」張公道：「他侵早來
告狀，並無消息。」拯知其故，便著張公去西牢看驗死屍。張公看
罷，放聲大哭，正是師馬矣。拯沉吟半響，即令備鞍馬逕來城隍廟，
當神祝道：「限今夜三更，要放師馬還魂，不然焚了廟宇。」祝罷而
回。也是師馬不該死，果是三更復醒來。次日，獄卒報知於拯，拯
喚出廳前問之，師馬哭訴被孫文儀打死情由。拯分付只在府裏伺候。
五更侵早，拯入朝故意跌倒在殿下不起，仁宗怪而問之，拯奏：「臣
近日得頭暈之疾，如遇早朝即如是。」仁宗道：「從今免卿早朝。」
拯謝恩而出到府中，思量要賺趙王來東京，心生一計，詐病在床，
不出堂數日。

在《包公演義》第三十三回「枷城隍拿捉妖精」中包公則枷城隍，限其三日
捉到妖精：

……拯遂差正司理去王溫家檢驗，司理到其家，喚阿劉審問
事，因不見在家裏，公差人前門後户尋遍不見阿劉。司理思量：「必

〔註75〕　《桃符記》，吳白匋《古代包公戲選》，黃山書社，1994 年版，第 595 頁。
〔註76〕　《桃符記》，吳白匋《古代包公戲選》，黃山書社，1994 年版，第 623 頁。

是妖怪攝去。」遂回報拯：「的有此事，劉義果被其妖殺死。」拯無
奈何，隨即差人，將三具大枷去城隍廟，先枷了城隍，又枷了兩個
夫人。枷梢上寫著：「爾爲一城之主，反縱妖怪殺人，限爾三日捉到，
如三日無明白，定表奏朝廷，焚燒廟宇。」包祝罷，回衙後。是夜，
城隍便差小鬼十餘人，限三日定要捉到妖精。

文中包公對城隍也頤指氣使，其地位也就可想而知。不僅如此，包公作爲神
的權力也加大了。《觀音魚籃記》傳奇中，金牡丹小姐被鯉魚精攝走，包公限
城隍三日之內找到金牡丹，否則就打碎神像，城隍未能如期完成此命，便被
鎖鏈捆綁起來。

　　就包公與城隍神的地位而言，《明成化說唱詞話》中的《包待制出身傳》、
《斷歪烏盆傳》、《劉都賽看燈傳》都有城隍協助包公的情節，而且包公的權
力已經被誇大到可以凌駕於城隍之上。而在《百家公案》中，包公與城隍的
關係比起《包龍圖公案詞話》又有進步，包公不僅可以指使城隍，甚至還將
他枷號。有時，包公又把城隍手下的判官枷號。如《枷判官監令證冤》中，
包公審理呂九郎冤獄，他的辦法是：

　　　　次日，入城隍司將牒文宣讀訖，焚化紙錢。喚過廟祝，謂之云：
　　「我未入城時，聞城隍及判官甚者靈異。今爲疑獄未決，我將先問
　　此事，限爾三日要報應。若是三日無報應，則廟祝杖七十，判官用
　　大枷枷了；五日無報應，則廟祝杖八十，則判官該決六十、七十。」
〔註77〕

包公可以拿城隍及其判官問罪，可見他在道教神仙譜系中的威權遠勝於城隍。

　　城隍信仰使得城隍廟會往往是各地城市中規模最大的廟會之一，由於禮
制規定每年祭祀三次，所以許多地方的城隍廟會要舉行三次，故稱「三巡會」。
「城隍爲一州軍民之保障，太守爲一州之父母。其所司雖有陰陽表裏之殊，
其責任則無幽明彼此之異。是故城隍非聰明正直不足以感太守之興修，太守
非公廉正直不足以致城隍之感應。城隍之所爲，太守不能爲之；太守之所爲，
城隍不能悖之。」〔註78〕二者不僅是對應的，而且還是互補的。於是在官民
雙方出於不同目的卻有共同鼓勵態度的前提下，對城隍的祭祀變成規模巨大

〔註77〕王汝梅、朴在淵：《韓國藏中國稀見珍本小說》《包公演義》，中國大百科全書
　　　　出版社，1997 年版，第 448 頁。
〔註78〕萬曆（1576）《郴州志》卷 12，《秩祀志》，第 3 頁上，《天一閣藏明代方志選
　　　　刊》本。

的民間活動。文學描寫包公與道教信仰的城隍的關聯，使包公被納入道教的神仙譜系之中。

六、民間信仰與包公傳播

民間信仰有別於任何一種宗教信仰就是它融合不同的宗教和哲學思想。民眾在其信仰心理中往往不拘來處，各路神明都可能為我所用，三教混融。對普通百姓而言，神仙、菩薩、鬼魂都可以是崇信的對象，而信仰目的則強調「靈驗」。鍾馗就是這樣一種信仰。鍾馗信仰中融合人類早期的鬼神信仰並和佛、道等多家宗教思想有一定聯繫。

（一）包公與鍾馗

鍾馗，古代民間和宮廷均奉為驅魔辟邪的大師，在中國是個家喻戶曉的民間的驅鬼神靈。清趙翼《陔餘叢考》卷三十五「鍾馗」載：

> 顧寧人謂：世所傳鍾馗，乃終葵之訛，其說本於楊用修、郎仁寶二人。仁寶《七修類稿》云：《宣和畫譜·釋道門》載六朝古碣得於墟墓間者，上有鍾馗二字，則非唐人可知。《北史》：魏堯暄本名鍾葵，字辟邪。意葵字傳訛，而捉鬼之說起於此也。用修《丹鉛雜錄》云：唐人戲作《鍾馗傳》，虛構其事如毛穎、陶泓之類也。蓋因堯鍾葵字辟邪，遂附會畫鍾葵於門，以為辟邪之具。又宗懿妹名鍾葵，後世因又有鍾馗嫁妹圖，但葵、馗二字異耳。〔註79〕

明清戲曲、小說如《天下樂》傳奇《鍾馗捉鬼傳》載，鍾馗為唐代終南山才子，以進士身份考中狀元，宮中殿試時，因面貌醜陋，不被錄用。鍾馗一頭碰死在金殿上，魂飄天地間，專門為百姓驅魔捉鬼。他非佛非道，專以捉鬼為能事，為人們驅除災難、帶來吉祥。惡月五月，蘇州、北京等地人在地屋裏懸掛鍾馗像以驅邪。古代文獻或稱他是終南山（今陝西西安市南）人，唐朝開元年間的進士，其實史無其人，屬小說家言。

據明人考證，鍾馗是「終葵」的諧音，合讀為「槌」，就是木槌、棒槌。古人以槌擊鬼，由此附會出驅魔的神靈鍾馗。〔註80〕明清之際顧炎武《日知錄》稱：「蓋古人以槌逐鬼，若大儺為之耳。」如圖為漢畫中持槌驅鬼之神靈。

〔註79〕清·趙翼：《陔餘叢考》，卷三十五，中華書局，1957年版，第743頁。
〔註80〕有關鍾馗來歷參看周華斌：《昆淨的「神」氣——兼談戲曲舞臺上的淨及神鬼舞蹈的沿革》，《文藝研究》，2002年第2期。

在民間信仰的演進中，如江西等地，包公和鍾馗異質同構，合二為一，成為
門神，同樣有了驅邪、捉鬼等本事。與此有關的民間傳說和年畫很多。宋吳
自牧《夢粱錄》中記載了除夕夜「禁中呈大驅儺儀」：

　　十二月盡，俗云「月窮歲盡之日」，謂之「除夜」。士庶家不論
大小家，俱灑掃門閭，去塵穢，淨庭戶，換門神，掛鍾馗，釘桃符，
貼春牌，祭祀祖宗。遇夜則備迎神香花供物，以祈新歲之安。禁中
除夜呈大驅儺儀，並繫皇城司諸班直，戴面具，著繡畫雜色衣裝，
手執金槍、銀戟、畫木刀劍、五色龍鳳、五色旗幟，以教樂所伶工
裝將軍、符使、判官、鍾馗、六丁、六甲、神兵、五方鬼使、竈君、
土地、門戶、神尉等神，自禁中動鼓吹，驅祟出東華門外，轉龍池
彎，謂之「埋祟」而散。是日，內司意思局進呈精巧消夜果子合，
合內簇諸般細果、時果、蜜煎、糖煎及市食，如十般糖、澄沙團、
韻果、蜜薑豉、皂兒糕、蜜酥、小蚫螺酥、市糕、五色萁豆、炒槌
栗、銀杏等品，及排小巧玩具頭兒、牌兒、貼兒。小酒器上插□□
□□□□盒子中做造象生大安輦或玉輅、九□□□□□等。是
夜，禁中爆竹嵩呼，聞於街巷。〔註81〕

圖 9-4　漢畫像磚中持槌驅鬼神靈

〔註81〕宋‧吳自牧：《夢粱錄》卷六《除夜》，孟元老等《東京夢華錄》（外四種），
　　　上海古典文學出版社，1956 年版，第 132 頁。

在包公文學中，包公和鍾馗常一起共事。《百家公案》第二十二回「鍾馗證元弼絞罪」，包公請鍾馗作證，判元弼殺人罪。

> 　　拯聽得有此異事，仍復言胡氏可在此對理，想胡氏必領其命。拯遂差張龍、越虎牌拿郤元弼到臺。鞫究拷打一番。元弼因無見證，硬爭不肯招認。包公即寫牒文一道，請鍾馗以證此事。文云：拯自攝府政，朝夕惕勵，惟欲天下民安於無事。不幸值胡氏韋娘死情，未知是何兇惡。先生爲亮奉祀福神，可作質證。乞駕臨敞衙，毋拒萬幸。寫完，令李萬前往武宅，將牒焚之。須臾，鍾馗直到公堂，與拯敘禮，備陳元弼奸謀殺命情弊。郤元弼泣訴鍾馗誣陷此事。鍾馗執劍策之：「汝爲奸計不遂，謀殺二口，還要強爭，是何道理？全不記作《長相思》以戲韋娘乎？」於是元弼心驚無語。鍾馗證畢辭去。拯喚張龍將元弼捆打，釘了長枷，取了供狀，問元弼殺死二人，擬罪當絞，以待三年秋，決豎貞節牌坊於武宅，以旌胡氏。後來元弼拘於獄中聽候。〔註82〕

《百家公案》第三回「訪察除狐妖之怪」中包公和鍾馗一樣能降妖伏魔，其法器爲「照妖鏡」：

> 　　「此間有妖氣，吾當親往除之。」眾皆駭異。先是美人泣謂明曰：「三日後大難已迫，妾其死矣。」明驚問其故，美人蔽而不言。惟曰：「君無忘妾情，此誠意外之望也。」凡四日，而包公倏到，仗劍登門，觀者罷市，美人錯愕失措，將欲趨避，包公以照魔鏡，略照知其爲狐，遂乃大叱之曰：「妖狐安往？」美人俯伏於地，泣吟一律曰：一自當年假虎威，山中百獸莫能欺，臥冰肅肅玄冬冱，走野茫茫黑夜啼。千歲變時成美女，五更啼處學嬰兒。方今聖主無爲治，九尾呈樣定有期。〔註83〕

〔註82〕 王汝梅、朴在淵：《韓國藏中國稀見珍本小說》《包公演義》，中國大百科全書出版社，1997年版，第218頁。

〔註83〕 王汝梅、朴在淵：《韓國藏中國稀見珍本小說》《包公演義》，中國大百科全書出版社，1997年版，第146頁。

圖 9-5　鍾馗除邪

除鍾馗外，包公形象也雜糅了佛道的色彩。他自己曾經在東京普照寺爲僧，
與佛教結下了不解之緣。《百家公案》中包公還與五王神（第一回）、觀音（第
四十四回）、如來（第五十八回）、注祿判官（第九十六回）等佛神發生聯繫。
其中土地神出現在第三十二、四十、八十九等回。而那些赴陰床、溫涼枕（第
二十九回）、照魔鏡（第三回）、降魔寶劍（第五回）的運用，使他更像一個
除魔降妖的道徒。特別是在《包公花園救月蝕》（第九十五回）中，包公來到
後園，點燃香燭，披髮仗劍，以劍指定喝云：「月孛星不得無禮，敢犯月宮！」
憑他的法力，竟把一場月蝕給嚇跑了。總之，協助包公的諸神數量既多，角
色更雜，體現出民間信仰的特色。

（二）動物報恩

　　包公文學和許多民間文學母題相互關聯，使得包公文學形成一個開放的
具有吸納擴展能力的大系統，這樣包公傳播才能千年不息。包公故事中常出
現的母題就是「動物報恩」。動物報恩母題是原始先民萬物有靈觀念和勸善倫
理相結合的產物。

　　該母題從印度古老的民間故事逐漸被鎔鑄到佛教經典中，而又以佛經故事形式進入中土。佛經故事則稱，金色鹿王其身莊嚴如七寶藏，一次洪水時它從水中救出了一個落水人。但是，此溺人卻背恩忘義，又伐樹又種植毒林，還密報國王鹿王的下落。而鹿王因被一烏鴉所啄，有所驚悟，心知被壞人出賣了。儘管鹿王「能逃避遠去，亦能壞碎彼之軍眾」，但爲了群鹿安全，還是主動前去而見國王，說明了解救溺人的經過。於是國王爲之感動，告知國民不許以遊獵殺害爲業。〔註84〕動物報恩（代訴冤情）自宋代以降流傳不絕，如義馬訴冤，代領路尋屍。

　　動物報恩母題，至遲明末已進入公案小說。清初小說也有二鵲念放生之恩、訴官領路幫助破案的描寫。且早有將「烏鴉報冤」與包公破案結合的情節。明安遇時編集《百家公案》第二十一回《滅苦株賊伸客冤》、第三十五回「鵲鳥亦知訴其冤」。《龍圖耳錄》第四十九回「金殿試藝三鼠封官，佛門遞呈雙烏告狀」等。〔註85〕

　　《百家公案》第二十一回《滅苦株賊伸客冤》寫江陰布客謝恩泉外出做買賣，抄小路回家，路經苦株地，遇譚貴一、譚貴二兄弟倆。貴一、貴二以砍柴爲名，謀過客的錢財。是日謀死謝思泉。半年之後，包拯巡至此地，一鳥連喚：「孤客，孤客，苦株林中，被入侵克。」跟隨鳥尋出屍首。焚香祈禱，「夢見一人，散髮泣於案前，」念一絕句，並告訴被謀去的銀兩藏於兇手床下，且帶有標記。後包拯據此破案，將貴一、貴二斬首示眾。鳥發人聲爲神靈的啓示，而同時冤魂也出場告知謀害經過並提供重要物證線索。如《包公案》中《龜入廢井》：

> ……包公因省風謠，經過浙西，到新興驛歇馬，正坐公廳，見一生龜，兩目睜視，似有告狀之意。包公疑怪，隨喚軍牌隨龜行去。離公廳一里許，那龜遂跳入井中。……即喚里社命二人下井探取，見一死屍……〔註86〕

〔註84〕〔日〕高楠順次郎等：《大正新修大藏經》，第3冊，臺北新文豐出版公司，1990年版，第66c～67a頁。

〔註85〕謝藍齋抄本：《龍圖耳錄》第四十九回「金殿試藝三鼠封官，佛門遞呈雙烏告狀」，上海古籍出版社，1981年版，第534頁。黑驢引路助破案也見該書第二十五回。

〔註86〕明·佚名：《包公案》，三秦出版社，1995年版，第63頁。

第十章　社會控制與包公文學傳播的動力

一、儒教政治及其社會治理

（一）文化歷史演進中的政治人烏托邦

　　可以說，清官文化是隨著包公文學的發展而成熟起來的。正是從宋元開始，包公以其清廉剛正、不畏權貴和善斷疑案成爲公案文學乃至中國文學史上最爲著名、最具影響的人物形象，被譽爲「第一清官」。隨著「清官」一詞被廣泛使用，特別用來稱呼包公一類的清官，清官文化開始流行。段寶林在其《關於包公的人類學思考》中云：「從清官產生和流傳的時間來看，清官一詞，與包公關係甚大，似乎可以說是包公清官故事流傳之後而盛行的。」〔註1〕包公文學也是我國清官文化中流傳最廣、影響最大的部分。此後，清官文化與包公文學互相促進，共同發展。包公故事不斷被添枝加葉，發展成爲囊括文學（小說、戲曲、說唱、民間傳說）、歷史（包公奏議、包公傳記資料、包公祠、包公墓、開封府）和影視（電視劇《包青天》、《少年包青天》）等多個領域的文化現象。包公形象是清官文化的代表和象徵，而清官文化則是包公文學傳播的動力之一。

　　漢那・阿倫特曾經指出：「權力的極端形式是所有人反對一個人，暴力的極端形式是一個人反對所有人。」〔註2〕這樣看來，孤家寡人的皇帝與人數眾

〔註 1〕段寶林：《關於包公的人類學思考》，文載《光明日報》，1999 年 5 月 6 日。
〔註 2〕阿倫特：「權力與暴力」賀照田主編：《學術・思想・評論》第六輯，商務印書館，2003 年版，第 429 頁。

多的臣民始終處於「戰爭」的緊張狀態，儘管中國古代的政治哲學一再標榜信奉「德治」原則。換句話說，爲著確保一個人（皇帝）對於所有人（臣民）進行有效的統治，皇帝需要建構一種足以支撐皇權專制的意識形態和政治哲學。

在古代中國，就是西周初期漸次興起的「敬天保民」與「明德慎罰」的政治法律思想，這一思想宣稱「天意」與「民意」乃是皇權的基礎；反之，皇帝乃是「天降下民，作之君，作之師」的政治和道德的表率。但是，這僅僅是一種政治理想。在政治實踐中，皇權每每以道德作包裝，裏挾的是暴力和刑罰，所謂「外儒內法」就是這個意思。據此，德治往往成了堂皇的口號，刑罰才是實際的手段。這就難怪標榜「獨尊儒術」的漢武帝用「酷吏」來實現他的政治意圖，而「酷吏」也每每以「酷」爲「能」。

需要指出的是，小民百姓盼望清官出世，這本身就說明了這樣一個事實：在中國古代社會裏，贓官墨吏充塞，吏治腐敗，政治黑暗；而小民百姓崇敬清官，奉之若「神」，又說明了這樣一個事實：在中國古代社會裏，清官眞是少而又少，小民百姓對於清官的祈求，只是一種無謂的心理「幻象」，無謂的心理「補償」，〔註 3〕說得直白一點則是「畫餅充饑」而已。更說明了這樣一個深層的結構性的事實：政治國家與民間社會的嚴密整合，亦即政治國家「吞噬」民間社會，以及民眾政治力量的極度微弱，小民百姓處於孤立無援的境地。可以說，一個具有高度行政效率的政府，必有具備體制上和技術上的周密設計，絕不會在體現社會基本公正的司法領域仰仗於清官自身的道德自覺。如果沒有政治體制的結構性的改造，清官的迷信是不會自動消失的。誠如學者所謂：「清官行政，歷來被看做非理想政治形態的一種補充，在某些歷史條件下，也是有益於糾正政治弊病的一種調節方式。」〔註 4〕

總而言之，在中國傳統社會裏，清官是迷人的；它不僅有其實際利益方面的價值，而且有其象徵符號方面的意義，更有著民眾民族文化心理的支撐，故而，民眾的清官信仰，是有其必然的歷史性。

文學史上以包公爲代表的清官（包公）戲和公案小說的勃興分別出現在元代、中晚明和晚清，其規模分佈曲線呈現出三兩個倒「U」形狀，這不是偶然的（圖 10-1）。元朝包公戲的情況已經分析過。

〔註 3〕參見葉舒憲主編：《文學與治療》，社會科學文獻出版社，1999 年。
〔註 4〕王子今：《權力的黑光——中國封建政治迷信批判》，中共中央黨校出版社，1994 年版，第 174 頁。

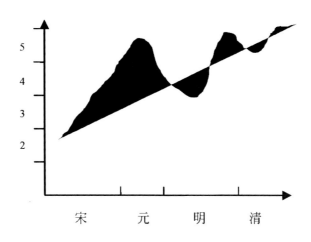

圖 10-1　包公傳播規模的三個倒「U」曲線示意圖

　　明代法律的特點是大奸巨慝、貪贓枉法者都可以「公肆賂遺而逃籍沒之律」,「密行請託而逋三載之誅」。〔註5〕嘉靖萬曆前後,國家監察和司法制度在橫行的權勢面前更成了廢紙:「本朝姑息之政甚於宋代,……甚至敗軍之將,可以不死;贓吏鉅萬,僅得罷官,是吞舟之漏也!」而監察官員自己都要俯首聽命於權門,亦是通例,這種對權力完全失去制約的政治和法律環境,又反過來極大地刺激了權勢者倚仗皇權的縱容而橫行不法:

　　　　刑法有創之自明不衷古制者,廷杖、東西廠、錦衣衛、鎮撫司
　　獄是已,是數者,殺人至慘而不麗於法,踵而行之,至末造而極。
　　　　舉朝野命,一聽之武夫宦豎之手,良可歎也。〔註6〕

權勢者「殺人至慘而不麗於法」具體例子,比如東廠奸史專門以搜捕盜賊為名而肆意敲詐無辜——他們酷刑逼迫被害者誣陷攀扯有錢人,待將其財產軋光以後再層層呈報捏造出的罪名,三、四天之內就將其處死滅口,而這些惡行甚至連刑部也絕不敢過問。

　　在這種權力制度下,下層國民的境遇當然極其可悲。張居正早就感歎當時國家司法制度放縱權貴而專門欺壓貧弱:「法之所加,唯在微賤,而強梗者雖壞法干紀,而莫之誰;……何國有不伸之法,覆盆自苦,人懷不白之冤?是非何由而明?賞罰何由而當?伏乞敕下各司,嚴立限期,責令奏報。」〔註7〕至萬曆中期以後,所謂的「廉政肅貪」更成了舉世的笑柄:

〔註5〕清・張廷玉:《明史》卷一百九十二,中華書局,1974 年版,第 5087 頁。
〔註6〕清・張廷玉:《明史》卷九十五,中華書局,1974 年版,第 2329 頁。
〔註7〕谷應泰:《明史紀事本末》卷六十一,文淵閣《四庫全書》本。

懲貪之法在提問。乃豺狼見遣，狐狸是問，徒有其名。或陰縱
之使去，或累逮而不行，或批駁以相延，或朦朧以幸免……苞苴或
累萬金，而臟止坐之銖黍。草菅或數十命，而罰不傷其毫釐。〔註8〕

傳統體制的合法性本是以君主「恤愛子民」、「下養百姓」的倫理原則為支撐，
但在明代中期以後的政治環境中，情況卻逆變為：

今天下之蒼生貧困可知矣。自萬曆十年以來，無歲不災，催科
如故。臣久為外吏，見陛下赤子凍骨無兼衣，饑腸不再食，垣舍弗
蔽，苦槁未完；流移日眾，棄地日多；留者輸去者之糧，生者承死
者之役。君門萬里，孰能仰訴！」〔註9〕

可見在明代權力制度下，百姓備受欺壓盤剝而又哀哀無告的局面之怵目驚
心；但在完全不具備現代性出路的情況下，他們只能把「群門萬里，仰訴君
門」作為自己超拔於苦境的惟一企盼。

雖然清官的存在有其歷史的「現實性」，有其道德的「合理性」；然而，
也誠如黃仁宇先生指出的那樣：「體制上的欠周全，文官集團更需要用精神力
量來補助組織之上的不足。」「海瑞的一生經歷，就是這種制度的產物。其結
果是，個人道德之長，仍不能補救組織和技術之短。」〔註10〕要而言之，在
中國古代社會裏，由於缺乏恰當的社會組織結構和政治組織結構，也沒有形
成相對合理的「社會與國家」之間的分離和協調關係，沒有形成政治權力之
間合理配置與制衡的組織技術。一句話，官僚政治體制的皇權中心主義特徵，
抑制了中國早熟的官僚政治體制朝著合理的方向發展，這種政治制度無法提
升整個官僚體制的質素，維持整個官僚階層的清正廉明。於是，只好退而求
其次，熱衷於道德的訴求，滿足於清官的補救。這樣一來，清官的政治功能
也往往局限於如何維持皇權的合法性，包公故事就是一個很好的範本。

在《陳州糶米》中，包公說道：「老夫有件事向君王陳奏，只說那權豪勢
要每是俺敵頭。他便似打家的強賊，俺便似看家的惡狗。他待要些錢和物，
怎當的這狗兒緊追逐。」〔註11〕作為維護皇權專制的「看家惡狗」，清官執法
的最終依託也就只能是皇權。所以，包公雖然勇於摧折權豪勢要與懲戒貪官
污吏，但是，他必須以皇帝敕賜的「勢劍金牌」作後盾；離開了它，包公將

〔註8〕 清・張廷玉：《明史》卷二百二十六，中華書局，1974年版，第5935頁。
〔註9〕 清・張廷玉：《明史》卷二百二十六，中華書局，1974年版，第5938頁。
〔註10〕 黃仁宇：《萬曆十五年》，中華書局，1982年版，第90頁、第135頁。
〔註11〕 吳白匋：《古代包公戲選》，黃山書社，1994年版，第131頁。

是沒有力量的。這裏，「勢劍金牌」不僅是中國古代政治權力「私有」的一個實際的權力源泉，也是包公故事中的象徵符號。清官所要伸張的正義，也就只能囿於「王法」所能負載的價值，以「王家法不使民冤」爲最後歸依和終極目的。

儘管如此，要實現公正判決，就得面對「權豪勢要」集團。清代石玉昆《三俠五義》第六回寫道：「且說包公斷明了烏盆，雖然遠近聞名，這位老爺正直無私，斷事如神，未免犯了上司之嫉，又有趙大刑斃，故此文書到時，包公例應革職。」〔註12〕就法律而言，刑斃案犯，革職應當，然而小說特別點出犯了上司之嫉，乃是很有深意的一筆。

由此，清官實際上處於整個官僚群體的邊緣地位。表面上，人們可能讚美他們的美德，事實上，卻敬而遠之，乃至暗中排斥、陷害。在文學敘事中，包公就是處於這樣的境地。在這種情形下，清官包公，就像孤身迎戰整個統治集團這架「風車」的堂吉訶德。儘管威風凜凜，但是，我們也能感覺其中的軟弱無力。這是因爲，包公所要面對的，乃是一個非常強大，根本無法摧毀的所謂「隨朝數載」和「纍代簪纓」，並且深得「聖恩可憐」的「權豪勢要」集團。

爲了使包公「摧折權貴」的行爲變得合理，能夠讓人接受，包公文學往往編出作爲皇權象徵的「勢劍金牌」。這樣一來，包公那種「先斬後奏」的行動，也就有了「合法」的權力根據。對此，有些作品更是大肆渲染。然而，這些勢劍金牌、各色枷棒、三道御鍘，雖然使包公摧折「權豪勢要」有了合理與合法的根據，有了足夠的權力，但是，也透顯出了中國古代民眾對於「司法」的知識狀態的特徵。由此徐忠明先生說：

> 這是一種反司法、反程序的觀念；也就是說，原本的犯罪與懲罰，審判與決斷的制度邏輯，現在成了權力的獨斷；原本屬於法律問題，如今變成政治問題。包公一旦權力在握，也就可以自行偵察、自行公訴、自行審理、自行決罰，一切程序和制約全都不必考慮。在這個意義上，民眾賦予包公「神性」的秉特，也是賦予包公「永遠正確」的超凡智力和能力；由此，獨裁決罰也就理所當然。說到底，也是對於皇權專制的有力支持，因爲皇帝乃是聖人，耳聰目明，當然洞悉一切，而且不會出錯；如此，皇帝的專制獨裁也就變得非常合理。據此，我們可以看出，中國古代的民眾，對於皇權專制的

〔註12〕石玉昆：《三俠五義》，人民文學出版社，2001年版，第46頁。

制度安排，有著發自內心的認同意識。〔註13〕

（二）「清官情結」與制度選擇的個人認知模式

「清官情結」是一種特有的文化現象，文學現象只是它的一種表象，它背後反映了政治制度、社會文化心理等方方面面的問題，下面筆者運用新制度主義的分析方法分析「清官情結」的制度因素。

道格拉斯·諾思等新制度經濟學家在考察制度是如何影響個人行為動機和偏好時認為制度在塑造個人偏好限定個人選擇範圍上起著關鍵性作用。制度，按諾思的觀點：「制度是為約束在謀求財富或本人效用最大化中個人行為而制定的一組規章、依循程序和倫理道德行為準則。」〔註14〕制度本身既是現時個人行為的指導原則，又是以往歷史經驗的結晶，同時它還預示個人未來的選擇和經濟績效，因此他是聯繫過去、現在和未來的橋梁。所謂個人利益是由一組目標或效用如財富、權力、地位、職業保障等構成的，在這組目標中，制度因素決定著實現各種目標的難易程度及目標替代函數，從而影響著個人偏好的形成。〔註15〕

在中國傳統社會，帝王的個人意志膨脹，制度選擇的路徑過分倚重道德建設的程度，以工具理性為核心的理性化制度難以確立，〔註16〕帝王和政府官員的基於委託—代理模式的產權關係不清，〔註17〕因而缺乏有效的激勵機

〔註13〕 徐忠明：《包公故事——一個考察中國法律文化的視角》，中國政法大學出版社，2002年版，第347頁。

〔註14〕 道格拉斯·C·諾思：《經濟史上的結構和變革》，商務印書館，1992年版，第195～196頁。

〔註15〕 參見何增科：《新制度主義：從經濟學到政治學》，公共論叢《經濟民主與經濟自由》，三聯書店，1996年版，第346～348頁。

〔註16〕 所謂理性化制度，指的是一些正式的制度安排，它們是經過各利益集團在反覆談判、爭議、鬥爭中形成的一些成文的行為規範，它們體現在一定的法律程序之中，在任何情況下都能在某種社會權力機構的保證下得到實施，不因具體情況的差異而有所變化，除非經過同樣合法的程序，通過新一輪的談判或爭議加以修正或改變（樊綱，1994）。這種理性化的制度，雖然「生產成本」較大，但它所提供的「穩定性」是非人格化交換得以發育、成長的基本條件，這是任何非正式制度都不能替代的。中國傳統文化中，儘管存在著許多有利於經濟發展的因素，例如節儉、勤奮、注重處理人際關係等等，卻由於缺乏理性化的制度結構，一直沒有發展起廣泛的非人格化交換。經濟和社會發展總是被週而復始的起義暴動和改朝換代所打斷，很難有長期穩定的發展。

〔註17〕 有關委託—代理模式，參看（德）柯武則、史漫飛：《制度經濟學——社會秩序與公共政策》，商務印書館，2000年版，第77～80頁。

制，從而使制度理性化建設長期滯後。理性地說，就是社會生活中的行為缺乏穩定的預期，個人選擇的不確定性極大。不僅如此，特定的制度框架還告訴人們採取何種方式實現自己的目標最為合算。如前所述，制度本身通過獎懲機制為人們提供了一種激勵結構，個人則根據趨利避害原則作出選擇。同時，制度還通過提供何者可為、何者不可為等信息減少了人類行動的不確定性，從而使行動者預先知道自己行為的後果，並對他人可能採取的行動產生一種穩定的預期。這無疑有助於個人作出選擇。要言之，制度為個人行為提供了一種激勵系統；制度決定了給予什麼樣的激勵以及給予多大激勵。同時制度還為個人提供了與環境有關的信息和認知模式，個人按照制度指引的方向和確定的範圍作出選擇。如果特定的制度安排鼓勵人從事發明創造的和生產性活動，經濟就會持續增長；如果制度為人提供的是不良刺激（從事尋租活動更為有利可圖），那麼非生產性活動就會長盛不衰。

在古代，尤其是在明代，在極端「權威主義」的環境中，流氓階層和流氓文化得以充分膨脹，越來越多的下層國民努力使自己流氓化，並由此獲得依附於專制權力的資格。專制體制下的國民一方面時刻痛感被壓迫的苦難，而另一方面又越來越熱切地希望通過加入專制權力體制而使自己擺脫被壓迫的命運。這一規律在明代流氓階層和流氓文化的膨脹方式上非常突出地表現了出來，所以當時的情況就是成千上萬的人們爭相充當流氓打手，以獲得在礦監稅使手下為虎作倀的資格：

> （萬曆時）中官遍天下，非領稅即領礦，驅脅官吏，務腤削焉。……或徵市舶，或徵店稅，或專領稅務，或兼領開採。奸民納賄於中官，輒給指揮千戶劄，用為爪牙。〔註18〕

> 礦稅使四出，……諸閹益橫，所至剝奪，污人婦女。四方無賴姦人蠭起言利。……（溫）純又抗言：「稅使竊弄陛下威福以十計，參隨憑藉稅使聲勢以百計，地方奸民竄身為參隨爪牙以萬計。宇內生靈困於水旱，困於採辦、營運、轉輸，既囂然喪其樂生之心，安能復勝此千萬虎狼耶！」〔註19〕

〔註18〕　清・張廷玉：《明史》卷八十一《食貨志》，中華書局，1974年版，第7冊，第1978頁。

〔註19〕　清・張廷玉：《明史》卷二百二十《溫純傳》，中華書局，1974年版，第19冊，第5801頁。

經濟績效取決於個人作何選擇，個人選擇的有效性取決於制度的有效性。個人是在制度的指導和約束下從事政治、經濟、社會活動的。如果說，人們對包公在內的清官的選擇行為和傳播行為（看包公、讀包公、說包公、聽包公、寫包公）是理性行為的話（新制度經濟學關於個人行為有「經濟人」和「理性人」的假設），那麼對包公的選擇和傳播就是制度選擇的必然結果，即使不是包公就可能是李公、王公、劉公……遺憾的是古代中國制度作用的結果不是有效的配置資源，實現社會產出的最大化，而是很多社會資源消耗在對沒有制度保障的偶然的道德偶像的祈盼中（清官的出現不具有制度規範的必然性），而且古代中國，社會和政治越是黑暗，處於無權無勢和孤立無援之境地的庶民百姓，也就越是「祈盼」清官出世，希望他們能夠為民做主，與民除害，解民倒懸，救民於水深火熱，而這種企盼恰恰又進一步鞏固了以權力為等級的資源分配體制。

王德威先生說：「在傳統公案小說裏，一位清明睿智的官吏往往是整個情節發展的關鍵所在。不論案情有多麼奇詭錯綜，一位清官總能（也應該）加以平反以昭雪冤情。藉著清官的斷案，故事中的倫理道德模式得以再建，而其所代表的政治安定力量也重獲肯定。以西方文學辭彙來解釋，清官的行止或毋需盡合情理，但其最終的作為卻必具有「機器神」的功能，俾可力挽狂瀾，使道德政治秩序失而復得。」〔註20〕這是中國文化史上一個悖論，也是清官故事和清官信仰得以千年流播和傳頌不絕的民族心理機制。

更值得警惕的是，從經濟增長來看，不致力於制度建設，而寄託於良心發現或道德自覺的「聖賢」，這一切活動本身都是非生產性和不可持續的，至多也只是意識形態的生產（價值建構與爭奪話語權）。

我之所以作出以上分析是基於以下幾點：

一、審美不是文學的唯一功能，文學創作、接受、存在、流播的文化意義是多元的，對於包公文學更是如此。魯迅、胡適等大師都不約而同地認為包公文學的部分或全部文筆粗糙，「蓋僅識文字者所為」，其存在的意義正如徐忠明先生所言：

作為一個原本意義非常有限的帝國官吏，包公又是怎樣變成一個具有普遍意義的民間英雄和神話人物。這一變遷過程——從「求

〔註20〕王德威：《想像中國的方法——歷史·小說·敘事》，三聯書店，1998年版，第66頁。

真」的歷史敘事到「想像」的文學敘事，這一出於歷史而又超越歷史，不僅是包公形象的另類敘事；其實，也是包公漸次成為細民百姓進行社會批判與社會控訴的武器的過程。在中華帝國的權力體制和文化體制下，「處江湖之遠」的草根民眾，實際上並沒有真正進入「正統」的歷史敘事殿堂；但是，通過包公故事的敘述，我們可以隱約「聽到」他們的聲音，進而「感受」他們對於帝國的政治、社會、法律的想法、批判和希望。〔註21〕

二、筆者認為，包公文學存在的意義在於認知和信仰：通過公案文學中的案例強化普及法律常識，強化對「有清官，冤案能得到公正判決」的信仰。所以筆者認為，用新制度經濟學基於理性人和經濟人假設的制度激勵理論分析研究包公文學的生產、流通、消費的各個環節是可行的。

（三）恐怖、恫嚇與民間的社會控制

儒家文化在對待訴訟的態度上，認為「良民畏訟，莠民不畏訟，良民以訟為禍，莠民以訟為能，且因而利之。」〔註22〕可見在儒家傳統的倫理道德觀審視下，爭訟是有悖於禮義的劣迹，是無賴、惡棍藉以取利的無恥行徑，儒家法文化也由此形成了賤訟、厭訟的傳統，視「兩家詞訟」為「大損陰騭事」。

儒家的社會控制思想是希望通過教化培育出一個無訟的和諧世界，一個優秀的官吏利用審判像聖賢一樣以案設教、寓德於法，化有訟為無訟，總之，宗法倫理說教伏脈千里。如明成化《包龍圖公案詞話》的部分結尾寫道：

> 唱罷古今名烈傳，留傳世上鑒賢明。勸君休做虧心事，暗有神明世有刑。饒你人心似鐵硬，官法如爐化作塵。發惡勸人歸善道，只要人心似水平。今日新傳詞話本，勸君本等莫欺人。陳州三縣人磋歎，不得包公不太平。〔註23〕

> 清明正道包丞相，貪財愛寶姓王人。勸君莫作不平事，莫使機謀坑陷人。暗損他人人不見，自有神天作證明。離地三尺虛空見，

〔註21〕　徐忠明：《包公故事——一個考察中國法律文化的視角》，中國政法大學出版社，2002 年版，第 241 頁。

〔註22〕　路德：《邱叔山府判錄存序》，載魏源《皇朝經世文編續編‧刑政》，臺北文海出版社，1967 年版，第 307 頁。

〔註23〕　朱一玄校點：《包待制糶米記》，《明成化說唱詞話叢刊》，中州古籍出版社，1997 年版，第 140 頁。

瞞得人時暗有神。天地三光來照耀，日月星辰作證明。世人只有存
陰德，莫使機關暗損人。才人編就好詞話，高賢君子願須聽。負心
人見收心轉，收心人學李夫人。心生一善如來佛，便是如來佛世尊。
不用持齋並受戒，好把心腸自忖論。好本仁宗來認母，不曾瞞得半
毫分。湛湛青天不可欺，未曾舉意早先知。善惡到頭終有報，只爭
來早與來遲。〔註24〕

但我們發現，在文學敘事中，無訟理想的追求在勸善倫理、道德說教外，多
是通過神秘、恐怖、恫嚇的審判方式落實的。

包公戲中的審判恐怖前文已經述及。在《陳州糶米傳》中這樣寫道：「將
黃羅御幣渾金牌面、御賜寶鍘當廳掛了，松木枷棒、黑漆枷棒、黃木枷棒、
桃木枷棒，將這八般法物擺在廳階下面。」「二十四個無情漢擺在廳階列兩行。」
「打一棍時問一句。」〔註25〕在處決的現場「市曹上面排列衛番祇候，皂纛
一旗街心內，路上行人也喪魂。一行罪囚都押到，一齊排列市曹中。斬人劊
子忙結束，一套衣裝換上身。身披皂羅衫一領，魚肚鋼刀手內擎。劊子法刀
橫在手，摧魂獄子上邊存。」《仁宗認母記》首先「三拷六問」，接著「上下
衣服都脫了，渾身剝得赤伶仃。立起皂纛旗一面，殺人牌掛在邊存。」最後
「便把郭槐打一推，推在深牢黑面中，針釘渾身難轉側，橫也針時豎也針。……
郭槐吃苦禁不得，只得今朝說事因。」〔註26〕《包龍圖公案斷歪烏盆傳》中
說，「龍圖清正如秋水，日判陽間夜判陰。有人犯到包家手，拔樹連梢要見根。」
「耿公此時吃一嚇，驚得三魂在於身。身上衣裳都剝了，捉在廳前問事因。
一邊五十黃荊杖，打得皮破血淋身。便把長枷枷項上，押在西牢做罪人。枷
梢弔在高梁上，腰間掛石百來斤。」〔註27〕

在《三俠五義》第六回中提及「趙大刑斃」的事情，所謂「刑斃」，就是
刑訊逼供致死人命之謂也。〔註28〕《三俠五義》第九回「斷奇冤奏參封學士

〔註24〕朱一玄校點：《仁宗認母傳》，《明成化說唱詞話叢刊》，中州古籍出版社，1997
　　　　年版，第157頁。

〔註25〕朱一玄校點：《明成化說唱詞話叢刊》，中州古籍出版社，1997年版，第138
　　　　頁。

〔註26〕朱一玄校點：《明成化說唱詞話叢刊》，中州古籍出版社，1997年版，第153
　　　　頁。

〔註27〕朱一玄校點：《明成化說唱詞話叢刊》，中州古籍出版社，1997年版，第159、
　　　　175頁。

〔註28〕石玉昆：《三俠五義》，人民文學出版社，2001年版，第36頁。

造御刑查賑赴陳州」中有：「不時俱到公堂，只見三口御鍘上面俱有黃龍袱套，四位勇士雄赳赳，氣昂昂，上前抖出黃套，露出刑外之刑，法外之法，真是光閃閃，令人毛髮皆豎，冷颼颼，使人心膽俱寒。正大君子看了，尚可支持，姦邪小人見了，魂魄應飛。真算從古至今未有之刑也。」〔註29〕在第十九回「狸貓換太子」的著名故事中，包公拷訊郭槐，幾乎將郭槐刑訊致死：〔註30〕

> 　　郭槐就知又要審訊了，不覺的心內突突的亂跳，………包公吩咐：「用刑。」只見「杏花雨」往下一落，登時皮膚皆焦，臭味難聞。只疼得惡賊渾身亂抖，先前還有哀叫之聲，後來只剩得發喘了。包公見此光景，只得吩咐住刑，容他喘息再問。左右將他扶住，郭槐哪裏還掙扎得來呢，早已癱在地下。包公便叫搭下去。公孫策早已暗暗吩咐差役，叫搭在獄神廟內。

在《清風閘》中，第三十二回寫道：「包公大怒，把驚堂一拍，吩咐：『拶起來！』可憐十指尖尖，拶得像胡蘿蔔一樣。強氏仍然無供，又加四十點鏈，亦是無供。」包公再次吩咐取來「箱子，將他（強氏）頭髮一根根箱下來。可憐箱得血淋淋的，他還不招；又叫拿鹽鹵滴下去，可憐疼到心裏，滿地亂滾，』他還不招；又叫將十指謫去，他仍不招；又把腳趾摘去，仍似咬住銀牙，他不招。……吩咐去豬鬃，將他兩乳攢進去，可憐攢進，鮮血淋淋往外直冒，如此非刑，他仍然不招。」〔註31〕從包公故事看，清官包公在聽訟斷獄時，不但離開不了非刑酷法，而且手段非常殘酷；比之一般酷吏昏官，也無任何差異。諸如此類的描寫不少，讀來令人毛骨悚然。

再如，在《留鞋記》中，包公多次喊道：「你還不實說，左右，選大棒子打著者。」結果也就不難想像，弱女子王月英哀歎：「沒奈何，招了罷。我則索從頭兒認下，禁不的這弔拷與繃扒。」〔註32〕儘管原被兩造殷切希望清官包公能夠為己做主，討還公道或者平反冤獄；然而他們對於包公南衙的看法卻是：「見放著開封府執法的包龍圖，必有個目前見血，劍下遭誅。」〔註33〕《盆兒鬼》這樣寫道：「開封府堂上除了殺則是打，料想把我燒灰搗骨，做盆

〔註29〕石玉昆：《三俠五義》，人民文學出版社，2001年版，第71～72頁。
〔註30〕石玉昆：《三俠五義》，人民文學出版社，2001年版，第127～128頁。
〔註31〕浦琳：《清風閘》，謝白晶點校，太白文藝出版社，2000年版，第139～140頁。
〔註32〕臧晉叔編：《元曲選》第三冊，中華書局，1958年版，第1274～1275頁。
〔註33〕《後庭花》，吳白匋：《古代包公戲選》，黃山書社，1994年版，第213頁。

兒不成，怕做甚的？殺了罷，殺了罷。」〔註34〕他們心目中的包公，簡直成了「一座殺人星」。〔註35〕在這些描寫中，我們可以看到，包公聽訟斷獄的時候，充滿「雷霆之怒」與「虎狼之威」。〔註36〕在聽訟折獄時，包公自己也承認，具有「威名連地震，殺氣和霜來」〔註37〕的恐怖氣氛。

　　鬼文化中的鬼戲的出現以恐怖的形式實現陰森的道德說教。北宋出現了神鬼雜劇的名稱和扮演神鬼出名的演員，〔註38〕兩宋筆記載民間各俗神誕辰廟會多有神鬼表演，如六月六日二郎神生日，所呈百戲有「裝鬼」一項。有的藝人還爬到數十丈高的竹竿頂上「裝神鬼」、「吐煙火」，其危險駭人。〔註39〕《東京夢華錄》卷七「駕登寶津樓諸軍呈百戲」條載：

　　　　……焰火大起，有假面披髮，口吐狼牙煙火如鬼神狀者上場，著青帖金花短後之衣，帖金皂褲，跳足，攜大銅鑼，隨身步舞而進退，謂之「抱鑼」。繞場數遭，或就地放煙火之類。又一聲爆仗，樂部動〔拜新月慢〕曲，有面塗青綠，裁面具金睛，飾以豹皮，錦繡看帶之類，作腳步醮立，為驅捉視聽之狀。又爆仗一聲，有假面長髯，展裏綠袍靴筒，如鍾馗像者，傍一人以小鑼相招，和舞步，謂之「舞判」。繼有二三瘦癯，以粉塗身，金睛白面如髑髏狀，繫金紛圍肚看帶，手執軟仗，各作魁諧趨蹌，舉止若俳諧戲，謂之「啞雜劇」。又爆仗響，有煙火就湧出，人面不相睹，煙中有七人，皆披髮文身，著衣紗短後之衣，錦繡圍肚看帶，內一人金花小帽，執白旗，餘皆頭巾，執真刀，互相格鬥擊利，作破面剖心之勢，謂之「七聖刀」。忽有爆仗響，又復煙火出，散處以青幕圍繞，列數十輩，皆假面異服，如祠廟中鬼神塑像，謂之「歇帳」。又爆仗響，卷退。〔註40〕

〔註34〕吳白匋：《古代包公戲選》，黃山書社，1994年版，第328頁。

〔註35〕《生金閣》，吳白匋：《古代包公戲選》，黃山書社，1994年版，第102頁。

〔註36〕《神奴兒》，吳白匋：《古代包公戲選》，黃山書社，1994年版，第290頁。

〔註37〕《陳州糶米》，吳白匋：《古代包公戲選》，黃山書社，1994年版，第149頁。

〔註38〕鄧之誠：《東京夢華錄注》卷五，「京瓦伎藝」，中華書局，1982年版，第133頁。

〔註39〕鄧之誠：《東京夢華錄注》卷八「六月六日崔府君生日二十四日神保觀神生日」條，中華書局，1982年版，第206頁。

〔註40〕鄧之誠：《東京夢華錄注》卷七「駕登寶津樓諸軍呈百戲」條，中華書局，1982年版，第194頁。

宋元南戲中的包公戲《小孫屠》取材於前代的鬼話故事或鬼神傳說，已經是戲劇吸收敘事文學中鬼觀念的產物了，是戲劇生成之後接受新質，在創作中自覺運用吸收敘事藝術成果的體現。

　　元代的鬼戲中的包公戲有《包待制智賺生金閣》、《包待制智勘後庭花》、《神奴兒大鬧開封府》、《玎玎璫璫盆兒鬼》、《小孫屠》等。《萬花樓演義》第五十八、五十九回仁宗扮閻羅，包公扮判官審郭槐，文中寫道：

　　　　……其時已是二更，有聖上扮爲閻羅王，包公扮作判官，還有
　　數名內侍，扮爲鬼卒，列在兩行，朝著閻羅天子；包公手下眾健漢、
　　役人，搽花了臉，扮作夜叉獄卒，四邊繞立，排齊妥當，往拿捉郭
　　槐。……當日郭槐罪惡滿盈，該當報應，日間受刑，押下天牢時，
　　已是神思恍惚，心下糊塗，夜半正在似睡非睡，又見奇形怪狀，猙
　　獰兇惡，催命鬼手執鋼叉，……只見陰風慘慘，冷氣森森，東也鬼
　　叫，西也神嚎，黑暗中一技發長鬼，屬聲喝道：「鬼門關那得私走？」
　　有後邊拘押眾惡鬼，喝道：「他有大罪在身，奉閻王之命，拿捉訊究，
　　休得攔阻。」那長大凶鬼，呵的一聲，閃去不見。……

　　　　忽然拘至森羅殿中，郭槐微微睜目，見殿中半明半暗，閻羅天
　　子遠遠南面而坐，兩旁惡鬼，披頭散髮，一赤髮紅臉鬼將他抓提上
　　階，往當中一摜，郭槐伏在地下，再也不敢擡頭，只低聲道：「閻王
　　饒恕！」閻王屬聲喝道：「郭槐，你在世間於了欺君惡事，可知罪麼？」
　　郭槐發抖，只是求饒。閻王喝道：「你在陽門希圖將幼主謀害，燒毀
　　碧雲宮，謀害君嗣，罪孽深重。陽間被你瞞過，今陰府中斷難遮瞞，
　　如有半字虛情，定不饒恕，眾鬼中，將此奸賊先撩入油鍋之內。」
　　早有青黃赤黑四凶鬼，「嗷」的一聲，一把拖下。郭槐慌忙中哭喊道：
　　「乞閻王寬宥，自願招實。」〔註41〕

除了審案和鬼戲的恐怖、恫嚇，民間社會的控制另一個渠道就是神秘恐怖的佛教地獄審判說。地獄，原語音譯爲「泥犁」、「那洛迦」等，意義是「苦器」，住著最苦痛的眾生。這一類眾生，主要的在地下，所以早期的譯經者，爲了國人的容易接受，就譯作「太（泰）山地獄」。其實地獄並不是在泰山的。地獄可分四人類：

〔註41〕西湖散人：《萬花樓演義》，上海古籍出版社，1990 年版，第 94～99 頁。

（1）八熱地獄：在地下，最底層是阿鼻一無間地獄。這裏是地獄中最根本的，到處充滿火焰，與基督教所說的「永火」相近。《龍圖公案》中有「倘有阿鼻地獄，永墜牛馬之途。佛法遲且報在來世，王刑嚴即罪於今生。梟此群凶，方快眾忿。」〔註42〕

（2）遊增地獄：每一熱地獄的四門，每門又有四小地獄。八熱地獄四門各有四獄，總共有百二十八地獄。這足附屬於人地獄的，是從人地獄出來的眾生，要一遊歷的苦處，所以總名為「遊增」。

（3）八寒地獄：是極寒冷的苦處，都以寒冷悲號，及身體凍得變色為名。

（4）孤獨地獄：這是在人間的，山間、林中等，過著孤獨的、非人的生活，可說是人間地獄。八熱，八寒，遊增，孤獨，總有十八地獄。

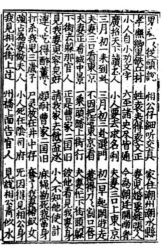

圖 10-2　《包龍圖公案詞話》「包丞相廳上問鬼魂訴」

敦煌講唱文學《大目乾連冥間救母變文》（S・2614）較為集中地體現這方面內容。目連以善因證得阿羅漢果。他借了佛力，上天堂見到了父親，但不見母親青提夫人。佛告目連：「汝母已落阿鼻，現受諸苦。」目連於是遍歷地獄，親睹其間慘狀。目連來到奈河橋邊，只見無數罪人，脫衣掛在樹上，大哭數聲，欲過不過，淒淒惶惶，五五三三，抱頭啼哭。牛頭獄卒岸邊厲聲催促。至五道將軍坐所，只見金甲明晶，劍光交錯，千軍萬眾簇擁的五道將軍有雷霆之威，令人生畏。此處群鬼或有劈腹開心，或有面皮生剝。目連見了魂驚膽落。目連再向前行。行至十處地獄，左名刀山，右名劍樹。地獄之

〔註42〕 明・佚名：《包公案》，三秦出版社，1995年版，第274頁。

中，鋒劍相向，血流成河。只見刀山白骨亂縱橫，劍樹人頭千萬顆。目連再行至銅柱鐵床地獄·那些生前犯姦淫之罪的男鬼女鬼在此受罰。目連幾乎找遍所有的地獄不見母親，最後在氣氛十分恐怖的阿鼻地獄第七隔中見到受苦受難的母親。目連母親瘦骨伶仃腰間圍饒 29 道長釘鐵鎖，小鬼呵斥著驅出門外，只見她七孔流血，口噴猛火，身如枯骨氣如絲。目連見母親可憐，乞得飲食捧與母親。那母親慳吝成性，至此業障未除。她見兒子送來吃食，「恐怕被侵奪，舉眼連看四件，左手抱缽，右手團食，食未入口，變爲猛火。」母親吃食不成又索水喝，目連取恒河之水，但是那清涼淨水到青提夫人口中便變成了膿河猛火。〔註43〕

　　到了晚清，李伯元解構了中國傳統的社會控制手段，陰曹地獄的終極的「正義審判」受到質疑，它既不比眼前世界糟糕，也不比它好到哪裏。實際上，地獄就是我們這個世界。《活地獄》的楔子如是論道：

　　　　大堂之中，公案之上，本官是閻羅天子；書吏是催命判官，衙役三班，好比牛頭馬面。板子夾棍，猶如劍樹刀山。不要等到押下班房，禁在牢獄，這苦頭已經夠吃的了。唉，上有天堂，下有地獄！

　　　　陰曹的地獄，雖沒有看見；若論陽世的地獄，只怕沒有一處沒有呢！

此處的弔詭是，爲恐嚇人們不得僭越法律，爲彰顯正義對抗邪惡的威力，斷案之人施行的拷問，要比罪犯應受的懲處性質更殘酷，效果更驚人。儘管設立法律是爲了阻止違法行爲，但法律所訴諸的刑訊技術，恰恰來自它意欲杜絕的非法行爲本身。因此，見諸於《三俠五義》和《老殘遊記》的法律，從未曾在它所限定的範圍中驅除罪惡；毋寧說它將罪惡涵納其中，並斟酌犯罪的模式，創造刑罰的體制。

二、價值建構與爭奪話語權的鬥爭

　　從歷史整個來看，人類敘事的核心是正義敘事和非正義敘事的話語爭奪。爭奪的結果是正義不斷被建構。從「替天行道」的「清天」到「反貪官不反皇帝」的清官。正義從超驗的、基於神靈的、基於皇帝支持的、忠於皇帝的，最終擺脫了皇權卻世俗化爲瑣細的法典約束。

〔註43〕引自鄭振鐸插圖本《中國文學史》（中卷），商務印書館，1999 年版，第 445頁。

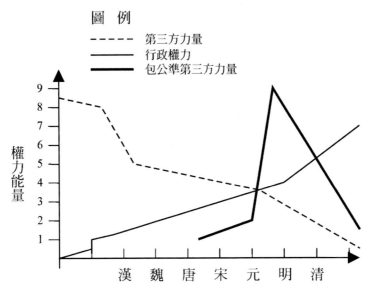

圖 10-3　社會結構中諸權力消長示意圖

（一）公天下觀念

在中國文化裏，「天下」原本只是中性指陳的特定歷史名號或空間地理的泛指，在與儒學基本範疇「仁」、「民」、「公」等的語用關係中逐漸凝聚了一種特殊的語義和語境，成為正面價值規範性的「第三方力量」，它代表著儒學的社會理想。其代表的社會集團包括早期的的俠客、隱士、聖人等。

「天下」是一種永遠高於現實國家的理想範型，因而是規範、超越、批判現實國家的絕對尺度。同時，作為國家母體，「天下」的公有與民本又是作為社會正義，亦即國家政府根本依據的邏輯前提：「每種傳統的正義觀中都有一種對最初狀態的闡釋。」「這種原初狀態當然不可以看作是一種實際的歷史狀態，也並非文明之初的那種真實的原始狀況，它應被理解為一種用來達到某種確定的正義觀的純粹假設的狀態。」〔註44〕「天下」原初狀態的公有與民本特性此後深入人心，成為中國政治文化中社會正義觀的基本準則，同時成為中國歷代國家政府權威合法性的淵源。

因此，儒學所闡釋的（公）「天下」始終作為社會範型與原初狀態根據入世衡判、作用於國家，始終保持著形上超越的「道」或理念地位，與「國家」確定地區別開來：

〔註44〕 羅爾斯：《正義論》，中國社會科學出版社，1988 年版，第 116 頁，第 10 頁。

「天下」與「國」的區別，成爲形上之「道」與形下之器的判然對峙。「天下」不僅不屬於國君，也不屬於天子，而繫於「聖人」。諸侯爭奪易手的只是「國」，「天下」卻不是可竊奪佔有的實體對象，而是神聖存在。〔註 45〕即歷史演進中的第三方力量。

（二）包公信仰——準第三方力量

包公信仰作爲一種意識形態，在爭奪話語權的過程中不同時代扮演了不同角色。從元代開始，包公文學的傳播經過明代中後期和晚清三個階段，由於傳播手段的改進，傳播的規模擴大了，但從爭奪話語權角度，元代雜劇中承載「公天下」觀念的包公戲最終被承載「皇權」（行政權力）意識的《龍圖公案》和消費意識的《三俠五義》所取代。〔註 46〕在晚清，行政權力話語的最終的勝出在文學領域的言說最爲典型的莫過《蕩寇志》了。〔註 47〕

《三俠五義》原名《忠烈俠義傳》，「忠烈」和「俠義」本身就是針對正義的言說，晚清「忠烈」與「俠義」成爲搭檔，這看似牴牾的合流，其中也是針對正義的立言，關於這一點，王德威精闢地指出：

> 俠士與清官的合作，在《三俠五義》中與其說加強了，不如說混淆了兩個小說傳統中分別闡述的正義觀。當俠客犧牲自身的行爲準則換取法律捍衛者的位置時，他其實回應了急轉直下的時代氣氛：傳統個人與家國權力的分界，正在迅速土崩瓦解。而當朝廷命官倚賴法外之徒或者金盆洗手的俠客來維繫社會秩序，正義眞正得以伸張的方式，就不能不啓人疑竇。

〔註45〕　參見尤西林：《人文學科及其現代意義》，陝西人民出版社，1996 年版，第 195～196 頁。

〔註46〕　統治階級通過暴力來主張話語權。清同治七年版，即 1868 年就一次查禁 237 種通俗小說，所列應禁書目中第一部便是《龍圖公案》，「至邪說傳奇，爲風俗人心之害，自應嚴行禁止，著各省督撫飭屬一體查禁焚毀，不准坊肆售賣，以端士習而正民心。」（《大清穆宗毅皇帝聖訓》卷十《聖治》三。）參見王利器：《元明清三代禁燬小說戲曲史料》，上海古籍出版社 1981 年版，第 81 頁。

〔註47〕　《蕩寇志》記述了牽涉社稷安危的一場武裝反抗與鎮壓，以及一群英雄在此役中奉奉報國之心。這是古典說部一個耳熟能詳的主題。它屬於歷史演義的傳統，這一傳統至少涵納《隋唐演義》、《薛仁貴征東》、《五虎平西》等作品。然而《蕩寇志》不僅僅是一部以武力平息叛亂的小說，它也意味著一場文學戰役。它要「終結」古典小說的一個傳統——即《水滸傳》傳統。

　　與大多數批評家的論點截然相反，我認爲《三俠五義》之類的小說所表述的，不是一代國人面對歷史一種浮誇的妄想，而是一種深沉的幻滅。在新一代作家（如劉鶚、李伯元和吳趼人等）對晚清法制發動全面抨擊之前，《三俠五義》這樣的「保守」之作已經對晚清的政治秩序和社會秩序提出模棱兩可的疑問。如果晚清讀者消費《蕩寇志》以求舒緩焦慮，那麼《三俠五義》中的俠客「樂爲臣僕」，必定標誌著晚清政治想像中一個更爲不祥的轉捩點，它指向一種方興未艾的無名怨懟。〔註48〕

　　換句話說，白玉堂是意識形態言說不徹底的遺留，是孫悟空變成土地廟後，豎在廟後的旗竿。胡適在重讀《三俠五義》時，曾盛讚白玉堂這個人物。白玉堂爲人有很多短處：「驕傲，狠毒，好勝，輕舉妄動。」因爲這些毛病，他最終以死履險，屍骨不全。但正如胡適所見，也恰恰由於他無法袪除這些短處，白玉堂超越了那些「全德的天神一樣」的英雄，成爲小說最鮮活生動的角色。倘若我們仍要找尋一種失去的古道熱腸的任俠風格，一種遠去的俠義傳統，白玉堂堪稱最後一位眞英雄。〔註49〕

　　在官府與俠客大和解的晚清語境中，解構最徹底的還是《老殘遊記》，其中說：

　　　　贓官可恨，人人知之，清官尤可恨，人多不知。蓋贓官自知有病，不敢公然爲非；清官則自以爲我不要錢，何所不可？剛愎自用，小則殺人，大則誤國。……歷來小說，皆揭贓官之惡；有揭清官之惡者，自《老殘遊記》始。

文學文本作爲感興修辭產品，無疑正可以視爲意識形態過程的成果之一，並且可以使人們從中窺見意識形態過程的風雲變幻。葛蘭西說：

　　　　通俗文化在一定程度上捲入爭奪霸權的鬥爭，即爭奪那一被認爲是天經地義的角色，日常生活積澱下來的文化方面被深深捲入爭奪、贏得、喪失和抵制霸權的過程中——通俗文化領域被企圖贏得霸權的統治階級和這一企圖的各種反對形式所構建。因此，它不僅僅是由被欺騙的、同統治階級步調一致的大眾文化所組成，也不僅

〔註48〕 王德威：《被壓抑的現代性——晚清小說新論》，北京大學出版社，2005年版，第158頁。

〔註49〕 胡適：《百二十回本〈水滸傳〉序》，《胡適古典文學研究論集》上海古籍出版社，1988年版，第827頁。

僅由各種自發的對抗文化所組成，而更像是兩者之間的一塊談判場
所——在那裏，不同類型的通俗文化——統治的、從屬的和對抗的
文化與意識形態價值和要素被「混合」在不同的隊列裏。〔註50〕
因此，文學創作必然會受到特定意識形態的影響。主導文化文本的創作，由
於注重社會整合問題，因而會與特定意識形態動因形成更爲直接而廣泛的聯
繫。當然，實際上，任何一種文化文本的創作都旨在建構價值和意識形態。

正如寫作時電視劇《大宋提刑官》中歌頌法醫學鼻祖南宋提刑官宋慈時
所唱的：

> 有多少冤魂嗟歎，空悵惘人寰無限，叢生哀怨。涉急流，登彼
> 岸。奮力撥雲間，消的霧患，社稷安撫臣子心，長驅鬼魅不休戰，
> 看斜陽，照大地阡陌，從頭轉。泣血蠅蟲笑蒼天，孤帆遠影鎖白鏈，
> 殘月升，驟起烈烈風，盡吹散，滂沱雨，無底洞，涉急流，登彼岸……

〔註50〕〔英〕奧利弗・博伊德・巴雷特、紐博爾德：《媒介研究的進路》，新華出版
　　　　社，2004 年版，第 431 頁。

附錄一　蒙元政權與漢族口頭傳統的異軍突起：兼及中國文學範型的演變

內容提要：

　　蒙元貴族的入侵所帶來中國封建帝制崩毀與傳統文化斷裂。元代儒士社會地位的下降引出的儒士危機感，對文化、文學的影響複雜。元代官方媒介缺失加之文字隔閡等原因，形成元代不同的文化圈。在宋代新型城鎮勃興基礎上，受市民文學發展沾漑（包括勾欄說唱等），少數民族喜愛的民間歌謠、說唱文學等口頭傳統得到了長足的發展，以部分仕進無門而又混迹勾欄的儒生參與合樂歌唱的曲詞，活態的以表演爲主的舞臺藝術元雜劇成爲傳播信息的公共空間，元雜劇是一種集多種傳播效果於一身的綜合性傳播「新媒介」。由此，長期以來獲得霸權的書面傳播格局被打破了。在一定程度上，繼承口頭傳統的元雜劇成爲占人口絕大多數的漢民族文化圈中的「準大眾傳播媒介」，而且對社會輿論發揮了「議程設置的功能」。在宋元以後，尤其是以公平正義聲音爲訴求的包公戲和水滸戲的演出的劇場則類似於一個「公共領域」，通過雜劇在漢文化圈中的搬演以及人際之間在場的頻繁傳播，使雜劇對社會公平正義的訴求在民眾的批判論爭中逐漸獲得公開、擴大的機會，並由此上陞爲「公共見解」，獲得了和蒙元統治階層「對話」的機會。包公及其傳聞正因爲種種歷史和文化的多重機緣，恰巧就在這個「節骨眼兒」上，幸運地搭乘上了民間言說建構的「新幹線」，從而成爲元明清三代著力傳播的清官典型。

關鍵詞：包公　包公戲　口頭傳統傳播

　　迄今爲止，中國文學的物質載體大體上包括書寫媒介傳播系統的甲骨、金石、竹帛、紙張、印刷、電子傳播和口頭—身體傳播媒介系統的神話、傳說、故事、戲劇等兩種類型。就人類文化而言，從一開始就內在地具有傳播性，它的產生和發展與媒介如影隨形，「即使在遠古也只有得到技術支持的文化才能被稱之爲文化。因爲文化是離不開傳承的（無論是由傳統、由學校還是由媒體進行），而傳承是必須記錄的。一個事物具有文化特性，因爲它是被展現的，即是說被記錄或『寫下的』」〔註1〕。文化在被記錄、展現和傳承中展示它的存在。因此，文化被記錄、展現和傳承的方式就必然會影響文化的形態和構成。換言之，傳播技術必然會對文化進行塑造。歷史上每一種文本載體形式的變化，對於各階段的文學發展均產生了較大的影響。

　　從13世紀初，蒙古軍隊從亞洲中部草原突然衝殺出來，其南下和西進結束了後古典時期很多偉大王朝的統治。蒙古南下在文學藝術領域的激蕩難以備舉。眾所週知，表述的口頭傳統的歷史比書寫漫長的多，但是在中國，書寫傳統很早就已經成熟，此後整個文化系統向書寫傳統適應並轉型。在文學領域的表現是各種街談陌巷、俚語豔詞都訴諸書寫。誌怪、傳奇結集編寫爲文學作品。言文的分岔越來越大。筆者認爲，這一文化傳統在元代遭到了逆轉，以詩文傳統爲審美主流的文化觀念受到空前挑戰，雜劇、寶卷等以說唱爲主的文學形式進一步活躍，這一巨大變化造成社會成員的認知、判斷、決策和行動的失序。從傳播角度，其勢必會影響諸媒介組織形態，使得媒介生態架構重組，影響社會文化結構。對此筆者僅以包公獲得傳播的文化土壤予以分析：

（一）口頭傳統與清官輿論興起的背景

　　中國文學史上極具影響的大事，便是用口語「說話」以及記錄說話的「話本」在宋代的出現，並自覺地成爲市井細民言說的一種文體。宋代話本中的說白和作曲相結合，使得口語和書面語相分離的傳統進一步彌合，這有利於俗文化的勃興，爲明清以來各種說唱文學的繁榮做了語言上的豐富和鍛鍊。

　　話本、戲曲致力於滿足市民階層的興趣愛好和利益願望，以其形式的通俗活潑，人物形象的鮮明生動，故事情節的曲折複雜，使其在公眾信息接受方面有過去文藝無法比擬的社會覆蓋面與歷史穿透力。蒙元貴族的入侵所帶

─────────────

〔註1〕〔法〕讓・弗朗索瓦・利奧塔：《非人》，羅國祥譯，商務印書館，2000年版，第162頁。

來的中國封建帝制的崩毀與傳統文化失範和嬗變，其最值得關注的一點是這一切打破了以往的文化接受格局。人才選拔上重「根腳」而輕「賢能」，改變了民族「學優而仕」和「修齊治平」的文化傳統，處於元代文化生態中的漢族知識精英不能不面對自身地位淪落而產生的身份認同危機。〔註 2〕仕途阻塞難通的事實已基本剝奪了知識分子參與政治與上層文化建設的資格，失去立身標誌的「讀書人」面臨精神和物質的雙重危機，文化身份認同是和文化接受方式相匹配的，無認同，任何閱讀和認知無所區分，不成秩序。接受方式的轉變與文化身份認同內涵的轉變需要一個過程。這一生態窘境對文化、文學的影響複雜。

元代提供了比以往朝代要寬泛得多的超精英階層，文人「凡所製作，皆足以鳴國家氣化之盛，自是北樂府出，一洗東南習俗之陋。大抵雅樂不作，聲音之學不傳，久矣。」〔註 3〕可知當時文人竟相製作屬於俗文化的「北樂府」散曲雜劇，並不屑於賦詩填詞已成為他們的文化價值觀。他們認為，學今之樂府，則不然，儒者每薄之，愚謂：「迂闊庸腐之資無能也，非薄之也；必若通儒俊才，乃能造其妙也。」〔註 4〕

自元朝建立以來，多元文化格局並存，元雜劇音樂體制的形成及完善是和女眞、蒙古等少數民族音樂與唐宋燕樂的融會貫通密不可分的。元雜劇曲牌聯套體所依託的北曲，正是在金元之間相繼進入中原地區的夷族音樂與唐宋燕樂、民間謠曲融合而成的新興俗樂。發祥於北宋瓦舍勾欄間的諸宮調，則是故事講唱向戲曲表演過渡的重要橋梁。諸宮調是市井商業文化多元融會的結晶，自其草創起，就充分顯現出民間文藝的通俗性、娛樂性、包容性和前瞻性的共性特徵。尤其是其明快健勁的音樂旋律、質樸淺切的曲辭賓白，更易於破除語言障礙溝通情感。而在音樂與語言兩大要素之中，訴諸聽覺的音樂則因其先天的優勢而成為入主中原的蒙古民族與炎黃民族文化交流的先導。

以蒙古族為首的少數民族的固有文化和審美趣味更偏愛民間「口語」的歌謠和教坊雜戲，這影響了社會總體的文化和審美觀。南宋孟珙《蒙韃備錄》

〔註 2〕參見蕭啓慶《內北國而外中國：蒙元史研究》，中華書局，2007 年版，第 31～32 頁。

〔註 3〕虞集：《中原音韻序》，引自中國戲曲研究院編《中國古典戲曲論著集成》第一冊《中原音韻》卷首，中國戲劇出版社，1959 年版，第 173 頁。

〔註 4〕羅宗信：《中原音韻序》，引自見中國戲曲研究院編《中國古典戲曲論著集成》第一冊《中原音韻》卷首，中國戲劇出版社，1959 年版，第 177 頁。

「燕聚舞樂」記蒙古時期「國王出師，亦從女樂隨行，率十七八美女，極慧黠。多以十四絃等彈《大官樂》，四拍子為節，甚低，其舞甚異。」〔註5〕元代的教坊樂部很龐大，明初高啟《聽教坊舊妓郭芳卿弟子陳氏歌》中寫：「文皇（指元仁宗）在御昇平日，上苑宸遊駕頻出，杖中樂部五千人，能唱新聲誰第一？燕國佳人號順時，姿容歌舞總能奇」〔註6〕。教坊司演出的雜劇改編民間流行的故事內容，使之適合宮廷搬演。

英尼斯指出，不同媒介以其自身的「偏向」而對社會形態產生不同的影響。〔註7〕「媒介中所固有的獨特品質渲染了其所接收的經驗的類型」〔註8〕而正是歌謠、雜劇等諸新媒介的時空偏倚與蒙元貴族知識結構和話語權力相表裏，改寫和壟斷了中國知識系統的走向。說唱文學形式因此獲得到了官方的認同並得到長足的發展，漢族的詩文書寫傳統也發生了轉向，以書寫傳播為主的雅文學的話語權威比前代相對衰落。儒士混迹勾欄，參與合樂曲詞和說唱文學的創作，推動了市民文化的成熟，宋代以來以「說話」為特徵的俗文學因之得以大放光彩。

元代也是語言發展一個重要的時期。蒙元民族眾多，宗教林立，語言文字種類繁多，除了蒙古語文（八思巴文）、漢語文、波斯語文外，還有回鶻語文、察合臺語文、阿拉伯語文、古敘利亞語文等。多元文化圈的存在，雜劇的興盛，極大地擺脫了書面語的束縛，推動了元代乃至以前書面的「文言」傳統的口語化，促進了漢語的發展和表達能力的提高。對此臧晉叔《元曲選》云：

> 宇內貴賤妍媸幽明離合之故，奚啻千百其狀？而填詞者必須人習其方言，事肖其本色，境無旁溢，語無外假。此則關目緊湊之難。北曲有十七宮調，而南止九宮，已少其半，至於一曲中有實增數十句者，一句中有襯貼數十字者，尤南所絕無而北多以是見才，自非精審於宇之陰陽，韻之平仄，鮮不劣調，而況以吳儂強效傖父喉吻，焉得不至河漢？此則音律諧?之難。〔註9〕

〔註5〕孟琪：《蒙韃備錄》「燕聚舞樂」，曹元忠校注，上海古籍出版社，2005年版，第18頁。

〔註6〕沈德潛：《明詩別裁集》卷一，上海古籍出版社，1979年版，第8頁。

〔註7〕〔美〕伊萊休‧卡茨、約翰‧杜倫‧彼得斯、泰瑪‧利比斯等：《媒介研究經典文本解讀》，北京大學出版社，2011年版，第173頁。

〔註8〕〔美〕威廉‧麥克高希：《世界文明史：觀察世界的新視角》，董建中、王大慶譯，新華出版社，2003年版，第342頁。

〔註9〕〔明〕臧晉叔：《元曲選》，中華書局，1958年版，第4頁。

語言的運用必須接受新的媒介詩學的規範，戲劇在場形式的限制勢必對戲劇語言的文學特性帶來重大影響，從而導致戲劇文本的美學特質的嬗變。換言之，雜劇爲了滿足聽衆「悅耳」的要求，適應內容的需要，和曲韻的格律，演出中吸收此前的口語語彙。索緒爾認爲，在象形文字系統中，書寫的詞在我們的心目中代替口說的詞的傾向更爲強烈。〔註 10〕而這種替代傾向在元代新的媒介詩學特性下得以部分逆轉。王國維在《宋元戲曲史》中也說：「元劇實於新文體中自由使用新語言，……然其源遠在宋金二代，不過至元而大成。」〔註 11〕貼近口語的說唱文學產生，這逐漸彌合長期以來書寫文化和口語文化分離的傳統。因爲，雜劇作爲一種包括口語性對話在內的視聽性質的綜合藝術，是語文思維成熟的產物，在此之前，即使有民間的戲劇活動存在，也不能通過文本將其記錄下來。這一點，人類學家對文字書寫有著更爲深刻的洞察：「無論如何，從埃及到中國所看到的書寫文字一出現以後的典型的發展模式：書寫文字似乎是被用來剝削人類而非啓蒙人類的工具。」和書寫傳播招致的話語霸權嫌疑相比，口語更富有更多的人文啓蒙色彩。〔註 12〕先秦就已出現的「優戲」概念，但在語文思維成熟以前，歷悠悠千年之久，卻無一被書寫保存傳世，這絕非偶然。而一向作爲元雜劇權威選本的《元曲選》，實際上是元末明初幾代文人不斷加工修整，「戲取諸雜劇爲刪抹繁蕪，其不合作者，即以己意改之，自謂頗得元人三昧」，到臧懋循定稿的文本再創作成果。〔註 13〕語文思維是以生活口語爲培養基的，口語思維是基於記憶的、移情作用的、參與共享的、情境化的，這就使得編創者生活體驗能夠通過語文思維進行全方位的表達，從根本上改變了書寫文化既定的話語強勢地位，這在文學發展史上是一個重大的轉折。

（二）元代媒介形態格局變化與清官包公的成因

　　元雜劇所傳播的信息成爲官方信息傳播缺位的有力補充。從信息的傳播格局上，「新媒介」元雜劇是社會文化格局、審美偏好、語文思維發生改變的結果，同時又是這一切發生改變的原因。

〔註10〕〔瑞士〕索緒爾：《普通語言學教程》，高名凱譯，商務印書館，1980 年版，第 51 頁。
〔註11〕王國維：《王國維文學論著三種》，商務印書館，2001 年版，第 165 頁。
〔註12〕〔法〕列維·斯特勞斯：《憂鬱的熱帶》，三聯書店，2000 年版，第 385 頁。
〔註13〕臧懋循：《寄謝在杭書》，《負苞堂集》，古典文學出版社，1958 年版，第 92 頁。

元代統治者入主中原後，中斷了兩宋確立的中央邸報發佈制度。〔註14〕作為體現文化發達標誌的原始形態報紙，在元初曾經殘存一段之後也中斷了。〔註15〕元代有較為發達的「驛站」制度，《成吉思汗法典》也明確把「收集情報、傳遞信息」作為驛站的主要職責，但是縱觀有元一代的驛站，主要功能還是傳遞軍事情報和物資運輸。〔註16〕由於民族關係複雜，儒臣和色目聚斂之臣之間的角色身份以及相應的意識形態衝突不斷，蒙古族貴族對漢族及其它民族官員心存戒備，有什麼朝廷政令或「小道消息」，僅僅在蒙古族貴族之間傳播。況且，元王朝規定一切詔令奏章均使用蒙文，元朝政府中做官的漢族及其它民族人，普遍不懂當時的漢語，語言文字隔閡明顯〔註17〕。起初蒙古語是成吉思汗時畏吾兒人塔塔統阿創製的畏吾字蒙古語。後來，忽必烈又命令帝師八思巴以吐蕃字母拼蒙古語而創製八思巴蒙古字，並多次不遺餘力的推廣。忽必烈曾親自命令降元南人將領管如德學習蒙古語：「習成，當為朕言之。」〔註18〕民族政策已經使那些勉強能在元朝政府中做官的漢族及其它少數民族官員謹小慎微，元政府又一再明令禁止非法傳播官報：諸如「訛言惑眾」、「妄言時政」、「誹謗朝政」及「諸內外百司有兼設蒙古、回回譯史者，每遇行移及勘合文字，標譯關防，仍兼用之。諸內外百司公移，尊卑有序，各守定制，惟執政出典外郡，申部公文，書姓不書名。諸人臣口傳聖旨行事者，禁之。」〔註19〕太宗時期還有過「諸公事非當言者而言拏其耳，再

〔註14〕方漢奇：《中國新聞事業通史》，中國人民大學出版社，1992年版，第113～118頁。

〔註15〕黃卓明：《中國古代報紙探源》，人民日報出版社，1983年版，第74頁。

〔註16〕《〈成吉思汗法典〉及原論》，商務印書館，2007年版，第87～88頁。

〔註17〕元代的官方語言是蒙古字。1271年後，忽必烈下詔規定「今後不得將蒙古字道作新字」《大元聖政國朝典章》卷第三十一《禮部·學校》條。因而在《元史》等史籍中所稱的「蒙古字」、「國書」、「國字」等都是指八思巴字。忽必烈創製八思巴字要以這種文字「譯寫一切文字」，即是說不僅書寫蒙語，還要書寫其它民族語。從現有文獻可以知道八思巴字除拼寫蒙語外，還記錄了漢語、藏語、梵語、回鶻語等語言。八思巴字創製後，忽必烈利用行政手段不遺餘力地推行、普及，在大都和各地州、郡設立學校，教蒙古貴族子弟和百姓中的優秀子弟學習，至元八年（1271）在大都設立蒙古國子學，選派蒙古貴族大臣子弟入學。用巴斯巴文書寫官方重要文書，漢族官員基本不認識，這也就成就了一批衙門裏的翻譯官。

〔註18〕參見羅常培，蔡美彪《八思巴字與元代漢語》，中國社會科學出版社，2004年版，第9～12頁。

〔註19〕宋濂：《元史》刑法一，中華書局，1976年版，2615頁。

犯笞，三犯杖，四犯論死」的禁令，和宋代制度化的傳播相比，元代官方以及民間的正式的大眾媒介形態幾乎闕如。

從現存的文獻資料看，大致由於語言文化的隔膜，蒙古宮廷貴族對漢族人所演之雜戲並不欣賞。據波斯著名史學家拉斯特編著的《史集》中記載：

> 從漢地來了一些戲子，演出了一些奇怪的戲，其中有各族人的形象。在有一齣戲中，他們拖出了一個鬚鬢斑白、頂纏頭巾，縛於馬尾的老人。〔合罕〕問道：「這是什麼人的形象？」他們答道：「是〔我們的〕敵人木速罕的形象，戰士們就是這樣把他們從城中拉出來的」。他命令停演，……（拿出來一些西域特有的珍寶和一些漢地貨物）……他說道：「很少有大食木速罕的窮人，不擁有供他驅使的漢人奴隸，但是，沒有一個漢人的大官有木速罕俘虜。……成吉思汗的偉大箚撒在實質上也與此相符，他規定一個木速罕的血的價值為四十個金巴里失，而一個漢人僅值一頭驢。明顯的證據如此之多，怎麼還能以侮辱的形式來表演木速罕呢？你們應當為此惡行受到懲罰，但這次我饒了你們。走開吧，以後不要這樣作了」〔註 20〕

所錄內容資料據趙山林考證，認為這則軼事應當發生在公元 1235－1241 年間，〔註 21〕可見蒙古族宮廷演劇之早。從中反映出蒙古宮廷對漢人所演雜劇相當陌生，沒有意識到這種口頭傳統的危險性，僅僅覺得「奇怪」，對「木速罕」戲很是反感。〔註 22〕

元代正式的制度化的、功能化的傳播形態不能滿足民眾的信息需求，而宋代中期以後，盛行於勾欄瓦舍的喜聞樂見的傳播蔚然成風。在宋代新型城鎮勃興基礎上，受市民文學發展沾溉（包括勾欄說唱等）的，以部分仕進無門而又混跡勾欄的儒生直接參與發展壯大的活態的元雜劇成為傳播信息的公共空間。元雜劇是原生態的舞臺藝術，屬典型的口頭文學，其中的對白，幾

〔註20〕 拉斯特：《史集》第二卷，商務印書館，1985 年版，第 83 頁。

〔註21〕 趙山林：《中國戲曲傳播接受史》，世界出版集團、上海人民出版社，2008 年版，第 113 頁。

〔註22〕 口語傳播是一種流動性強、意義模糊多變、無法進行壟斷的傳播方式。對於執政者來說，口語傳播使得蘊藏著叛逆顛覆的危險。嚴格的城鄉隔離，嚴格限制民眾的流動使歷代統治者避免了口語傳播的風險。因此德里達才說：「為了剝奪這個民族的民眾對其語言的支配權從而剝奪他們的自主權，我們必須懸置語言中的口語成分。」〔法〕德里達：《論文字學》，汪家堂譯，上海譯文出版社，1999 年版，第 472 頁。

乎是當時純粹的口語。胡適在《吾國歷史上的文學革命》一文中說：

> 文學革命，至元代而登峰造極。期間，詞也，曲也，劇本也，
>
> 小說也，皆第一流之文學，而皆以俚語爲之。〔註23〕

元雜劇不是博取功名的文人的案頭創作〔註24〕，大量「不屑仕進」的儒雅文士
（包括大批官宦）「蓋當時臺省元臣、郡邑正官及雄要之職，中州人多不得爲
之，每沉抑下僚，志不得伸」，「屈在簿書、老於布衣者，尚有多人。於是以其
有用之才而一寓之乎聲歌之末，以紓其怫鬱感慨之懷，所謂不得其平而鳴焉者
也。」〔註25〕正因爲戲劇編創並非要藏之名山，而是使抑鬱不平之志伸張於現
場口語表達之中。所以，從雜劇起源看，撰作底本，流傳後世並不是書會活動
的起點和中心，爲了傳承的方便，以關漢卿、馬致遠等爲首才逐漸才以手寫口，
潤色編排。即便如此，編創者深諳案頭戲劇之局限，又以「書會」的民間撰演
活動相號召，同氣相求，爲傳授方便，需合樂歌唱，對文人劇本的曲詞，認爲
「不可作」，往往全文背誦。而對說白，則完全不以文人的閱讀審美爲標準，
只要適合表演即可：「不必要上紙，但只要好聽。俗語諺語市語皆可。前輩云：
街市小令唱出新意。成文章曰樂府是也。樂府小令兩途，樂府語可入小令，小
令語不可入樂府。未必其然，渠所謂小令，蓋市井所謂小曲也。」〔註26〕由此
總結歸納，分門別類形成一些程序化的套語，到演出時由演員視具體情況選擇
運用，有時可以在現成的套語上，依靠口頭語言的程序，即興仿傚編創、集體
編創，演出雜劇數量迅速擴大，根據表演需要形成的版本情況也複雜起來。如
供腳色個人使用的「掌記」、框架提綱式的「幕表戲」、以「段數」「名目」存
在的雜劇院本、號稱「全本」「的本」的整本雜劇、只有唱詞的各種「摘豔」「樂
府」等等。清人梁廷楠在《曲話》中云：「……《生金閣》等劇，皆演包待制
開封府公案故事，賓白大半從同；而《申奴兒》、《生金閣》兩種，第四折魂子
上場，依樣葫蘆，略無差別。相傳謂扮演者臨時添造，信然。」「此又作曲者
之故尚雷同，而非獨扮演者之臨時取辦也。」〔註27〕

〔註23〕 胡適：《胡適古典文學研究論集》，上海古籍出版社，1988 年版，第 10～13
頁。

〔註24〕 元雜劇作家創作的原本沒有元刊本傳世就能説明問題。

〔註25〕 胡侍：《眞珠船》，《元曲》卷四。

〔註26〕 王驥德：《曲律》，引自見中國戲曲研究院編《中國古典戲曲論著集成》第三
冊，中國戲劇出版社，1959 年版，第 133 頁。

〔註27〕 〔清〕梁廷楠：《曲話》，見中國戲曲研究院編：《中國古典戲曲論著集成》，
第八冊，中國戲劇出版社，1960，第 262 頁。而在宋末元初，在話本、宋雜

　　從倚重書面傳統的傳播轉換爲倚重口頭傳統的說唱，敘事中的媒介轉換問題浮出水面。口頭文學是動態的文化模式，具有集體性、承傳性、變異性等特點，相互「雷同」的情況無可厚非。恰恰相反，這正從另一個角度印證了元雜劇民間口頭文學的性質。〔註 28〕口頭傳播是偏向時間的傳播，雖然戲劇演員的聲音不能逾越物理上的障礙在廣袤的空間裏傳播，但說唱所承載的知識往往以隱喻、變異等特點頑強恒久地融入歷史文化傳統之中，成爲英尼斯所稱道的偏向時間的典範。〔註 29〕

　　從種種情況看，元雜劇這種「新媒介」在一定程度上成爲了當時占人口絕大多數的漢民族文化圈中的「準大眾傳播媒介」，在一定意義上逆轉甚至顛覆了早熟的史官文化影響形成並倚重的書面傳統，對元代漢文化圈的社會興論發揮了「議程設置的功能」改變了社會感知的比率。〔註 30〕傳播學家麥克盧漢從傳播媒介技術的社會功能角度提出的「媒介即訊息」強調媒介形式遠比媒介內容重要，眞正在影響人類行爲、支配歷史進程、制約社會變遷的並不是媒介所能傳播的實際訊息，而是媒介本身。他指出：「任何媒介（即人的任何延伸）對個人和社會的任何影響，都是新的尺度的產生。」〔註 31〕我們在考察元雜劇對社會結構的影響時，要認識到它發揮的不僅僅是載體作用，而且更是由此而產生的對人及其社會「塑造和控製作用」，這一新媒介的搬演運作過程潛移默化地改變人和人賴以生存的社會文化結構和組織形式，影響並建構了漢民族市井文化的「小傳統」。

　　從傳播媒介的演進上看，在民間，視聽傳播的雜劇替代書面語言傳播的「報狀」的功能成爲意識形態，支配了大多數人的視聽，並且和蒙元游牧文

　　　劇、金院本繁盛的一段歷史時期，書會撰演中佔有相當比重的底本，恰恰不是先撰後演的幕表戲，不是文學史上公認的有人物、有故事情節、有上下場規定的完整曲本，而是那些未被發掘的先演後編的庶民戲、路頭戲、提綱戲，而是如《武林舊事》載官本雜劇段數二百八十本、《南村輟耕錄》錄院本名目六百九十四種等一類數量巨大的存目戲。簡言之，在雜劇早期，撰作底本，並不是書會活動的起點和中心，而是黏附要素之一。

〔註 28〕 元雜劇的民間特點，多爲學者有論及。參見周華斌《中國戲劇史新論》，北京廣播學院出版社，2003 年版，第 294 頁。

〔註 29〕 〔美〕伊萊休·卡茨、約翰·杜倫·彼得斯、泰瑪·利比斯等：《媒介研究經典文本解讀》，北京大學出版社，2011 年版，第 175 頁。

〔註 30〕 麥奎爾和 S·溫達爾關於「議程設置功能」假說認爲公眾對這些「議題」及其重要性的認知和傳播媒介對這些「議題」的報導量兩者之間存在因果關係。

〔註 31〕 〔加〕麥克盧漢：《理解媒介》，商務印書館，2000 年版，第 49～50 頁。

化的審美趣味相契合。正如劉楨所言:「馬背民族的鐵蹄踏破了千年冰封的漢
族河山,也踏裂了戲劇噴發的那根神經,於是成熟的戲劇形式雜劇誕生了。」
〔註32〕原來處於邊緣的雜劇進入了意識形態的中心。

借用哈貝馬斯的「公共領域」的概念,準大眾傳播的出現,諸如小規模
的報紙和獨立的出版社等,拓展了公共領域,雖然這一領域只限於少數有地
位的受過良好教育的知識分子,但它具有重要意義,因為在不同權威和家庭
等私人領域的公共領域中,通過理性的討論和爭辯可以形成一種「公共見
解」,進而形成一種他所說的「公共性原則」。筆者認為,中國在宋元以後,
元雜劇和說唱文學尤其是以公平正義聲音為訴求的包公戲和水滸戲的演出的
公共空間——劇場則類似於這樣一個「公共領域」,雜劇在漢文化圈中的搬演
以及人際之間在場的頻繁互動,使劇作者對社會公平正義的訴求在民眾的批
判論爭中逐漸獲得公開、擴大的機會,並由此上陞為「公共見解」,獲得了和
蒙元統治階層「對話」的機會,在某種意義上促進了政權統治後期對儒生政策
的調整。蒙元統治階層對漢民族傳統的相對陌生使這一行為有了存在的空間。

種種因素的共同作用使得蒙元的統治在某種意義上全面復活了歷史悠久
的口頭編創傳統。〔註33〕眾所週知,在魏晉以後宋元以前,文學形式主要為
詩詞散文。口語和書寫分離〔註34〕,語言作為一種聽覺符號,轉瞬即逝,傳

〔註32〕 劉楨:《勾欄人生》,河南人民出版社,2000年版,第90~91頁。

〔註33〕 如果認為口語文化是書面文化的派生、變異、衰減和墮落,這就把兩者的關
係本末倒置了,從歷史淵源來講口語文化和書面文化的關係是前後相繼的關
係,不能顛倒過來,何況口語文化還創造了輝煌史詩、神話和傳說。和口頭
傳統相比較,文字印刷傳統的歷史很短暫,由於文字印刷傳統的偏倚和霸權
地位,口頭傳統的空間被擠壓和建構,蒙元與漢民族在語言文字上的隔閡與
溝通,重新喚起了口頭傳統的生命力。

〔註34〕 近代言文一致的追求包含了中國知識分子對於漢語的全新反思,涉及漢語,
也牽涉漢字,形成了日後的漢字改革、國語運動與文學革新的匯流。為了挽
救民族危亡、啟蒙民眾,「覺世之文」在總體上是中國思想文化現代轉型的組
成部分。黃遵憲他認為「語言文字離,則通文者少;語言文字合,則通文者
多。」由此要創造「明白曉暢,務達其意」、「適用於今,通行於俗」的文體,
「令天下農工商賈婦女幼稚,皆能通文字之用」《日本國志‧學術志》,上海
古籍出版社,2001年版,第246頁。梁啟超認為以古代文言書寫並與口語長
期分離,割裂了社會階層,遮蔽了自由思想,妨礙了自由表達,和近代民主
自由的現代精神相背離。認為言文分離是中國落後、衰弱的重要原因,「稽古
今之所由變,識離合之所由興衰,中外之異,知強弱之原。」梁啟超:《梁啟
超全集‧沈氏音書序》(第一冊),北京出版社,1999年版,第90頁。

播者的駐留性與重複性不夠，缺乏傳播冗餘的書面文言不利於在轉瞬即逝的說話、雜劇傳播中描摹和講述生動豐富的人物形象和曲折複雜的動人故事，因而它們較難深入民間社會，特別是深入不識字的細民中間。包拯生活的宋代就大不一樣了，城市的迅速發展與市民階層的日益壯大，市民文藝崛起與繁榮。宋人孟元老《東京夢華錄》提到汴京瓦舍勾欄裏的名目繁多的表演就有幾十種：例如小唱、嘌唱、雜劇、傀儡、雜手技、講史、小說、散樂、舞旋、影戲、合生、說諢話、雜扮、叫果子等等。《東京夢華錄》卷六「元宵」條載：

> 正月十五日元宵，大內前自歲前冬至後，開封府絞縛山棚，立木正對宣德樓，遊人已集御街，兩廊下。奇術異能，歌舞百戲，鱗鱗相切，樂聲嘈雜十餘里。……內設樂棚，差衙前樂人作樂雜戲，並左右軍百戲在其中，駕坐一時呈拽。宣德樓上皆垂黃緣，簾中一位乃御座。用黃羅設一綵棚，御龍直執黃蓋掌扇，列於簾外。兩朵樓各掛燈球一枚，約方圓丈餘，內燃椽燭，簾內亦作樂。宮嬪嬉笑之聲，下聞於外。樓下用枋木壘成露臺一所，綵結欄檻，兩邊皆禁衛排立，錦袍襆頭簪賜花，執骨朵子，面此樂棚。教坊、鈞容直、露臺弟子，更互雜劇。〔註35〕

（三）媒介演進選擇了口頭傳統元雜劇，集體記憶情境選擇了公案題材「包公戲」

當然最具變革意義的還是元雜劇的誕生。在蒙元時期，寄託著禮樂治國的政治訴求，宮廷教坊創製的《白翎雀曲》，成為雜劇伴奏的重要曲子，是元代教坊大曲的代表，它的創製應該吸收了當時各民族音樂的特色，最終帶來了多民族音樂的交流與融合，從而催生出了一種新的以金、宋、蒙古宮廷燕樂為基礎的音樂體制——北曲，而北曲形成進而發展成聯套，為元代北曲雜劇的形成和繁盛奠定了紮實的音樂基礎。而民間說唱文學唱貨郎兒、蓮花落、道情等，與元雜劇同樣關係密切，實際上，這些民間文學同樣哺育了元雜劇的成長。

元雜劇名目約有五百三十多種，今存本 162 種，其中以公案故事作為題材的約十分之一以上，其中以包公為主角的故事最多，占十三種，而存目十一種，總計占二十四種。

〔註35〕孟元老：《東京夢華錄箋注》卷七，鄧之誠注，中華書局，2006 年版，第 541 頁。

　　美國媒介環境學派著名的學者沃爾特·翁精闢地指出：「千百年來，從口語到文字、印刷術再到電子技術對語詞處理的變遷過程，深刻的影響並基本決定了語言藝術樣式的變化，同時也影響決定了人物描寫和情節結構的方式。」而西方意義上的小說是印刷術產生的文學樣式，去除了英雄情結，且常常被用於諷刺。〔註36〕包公形象的塑造經歷了了宋代話本、元代雜劇和明清小說三個階段，是眞正的「層累塑造」角色。從早期話本的「作爲歷史符號的清官」到後期最後階段「成爲故事形象清官」，其中間最重要的階段是元代劇場演出中「作爲舞臺角色的清官」。雜劇通過細節改寫塑造新的意義空間。善說前代或改寫故事，這是戲曲敘述的一種特殊策略。演員的超凡手眼在這時有著決定性的作用。和西方戲劇不同，中國戲劇爲了彌補「在場」的限制，舞臺演出性傳播要素廣泛而複雜，除了文學、動作（舞蹈）、歌唱以外，還包括象徵性的「調陣子」、「布景」、行頭、臉譜、道具、音樂、戲臺等等，併兼有詩和音樂的時間性、聽覺性，以及繪畫、雕塑、建築的空間性，視覺性，而且和舞蹈一樣，具有以人爲媒介的本質傳播。〔註37〕包公的黑色臉譜，象徵其性情森嚴，鐵面無私，不苟言笑，令人望而生畏。〔註38〕傳播過程常常是移情式的和參與式的，「搬演古今事，出入鬼門道」，在擴大自我世界的時空範圍的同時，又跨越了二元對立世界的界限。而且由於戲劇形象情景的具體性，未知的世界、悠古的歷史，都呈現在面前，栩栩如生。成爲他們接觸、經驗外部世界的主要方式，同時也構成了他們經驗中的外部世界，包括古代、異鄉與神鬼域。

　　當政治黑暗，社會動亂，特權不法，姦臣弄權，貪官污吏、土豪劣紳、惡霸、流氓、惡棍胡作非爲，公平公正訴求得不到滿足時，平民大眾心中便渴望出現一個「便是官宦顯達，綽見影兒也怕。」〔註39〕「威德無加，神鬼皆驚嚇」〔註40〕的鐵面無私的耿介官吏，能夠不畏權豪勢要，整治製造冤案

〔註36〕〔美〕沃爾特·翁：《口語文化與書面文化》，何道寬譯，北京大學出版社，2008 年版，第 122 頁。

〔註37〕〔日〕河竹登志夫：《戲劇概論》，陳秋峰、楊國華譯，中國戲劇出版社，1983 年版，第 3 頁。

〔註38〕齊如山：《中國劇之組織》，華北印刷局，1928 年版，第 80～82 頁。

〔註39〕吳白匋：《古代包公戲選》《包待制智勘後庭花》，黃山書社，1994 年版，第 219 頁。

〔註40〕吳白匋：《古代包公戲選》《玎玎璫璫盆兒鬼》，黃山書社，1994 年，第 329 頁。

的異族吏治。這種期盼依賴心理和知識階層安身立命的「道統」追尋熱情相表裏，轉化為對宋代士大夫政治的嚮往和對一些清官廉吏的品格的景仰，由此激發了對以包公為主要角色的「說公案」的演繹和建構的熱情。因之，宋代以孝肅忠義為立身的清官包公遂成了禮崩樂壞的元代道德典範和公平正義的人格化身。《盆兒鬼》雜劇中張別古說「俺將這瓦盆兒親提到南衙內，直告那龍圖待制，便不拿的他，下地獄且由他。但的見青天恁時節可也快活殺你！」這種政治背景，成為元雜劇建構包拯超凡力量的社會心理動因。

我們不難想像，在元代，有現實關懷和公平正義訴求的包公戲演出時，劇場內人頭攢動，或群情激憤，或歡呼雀躍的熾熱場面，不難想像，演出後人們爭相議論、奔走呼告的情形。人們在劇場這一「公共領域」的聚會，大大加速了信息的流動，日久天長，由於群體動力學的原因，遵從機制開始發揮作用，百姓逐漸有意無意地形成一種對清官的心理期待，「清官情結」就產生了。

「從本質上說，媒介乃是人類心靈和外界事物交互作用的場所，是為觀念的生活世界提供給養的技術資源。隨著媒介的演進，某種特定的媒介或許會成為社會傳播的唯一實在機構，從而也就完全控制了知識的特性與擴散。這種關乎人類心智的壟斷機制不但能夠不斷加固自身的地位，更可從根本上左右社會關注，為世界賦予對自己有利的圖景並維護社會權力結構的現狀。」〔註41〕由於媒介的偏好，從而最終控制了文化走向。以說唱為主的元雜劇作為新媒介在官方和民間媒介普遍「缺失」（不同於「失語」）的背景下，承擔起了準大眾傳播媒介的部分職能。而且，雜劇不排斥文盲，幾乎「聚集」了漢文化圈甚至社會的各個階層。英尼斯指出，傳播媒介是人類文明的本質所在，歷史就是由每個時代占主導地位的媒介形式所引領的。媒介決定了某一歷史時期所發生的事件以及哪些事件是具有歷史意義的。〔註42〕正是由於「作為我們感知延伸」的元雜劇對民間意識形態的導引，「改變了我們感知的比率」，包公戲以其對此前相關說話題材的繼承，傳播規模的龐大，內容的寫實，清官形象的塑造，與匡扶正義的社會心理需要相表裏，從而上陞為「公共知識」，衝上了傳播的風頭浪尖，獲得了廣泛的社會認同。它改寫了

〔註41〕〔美〕伊萊休·卡茨、約翰·杜倫·彼得斯、泰瑪·利比斯等：《媒介研究經典文本解讀》，北京大學出版社，2011 年版，第 177 頁。

〔註42〕見斯蒂芬·李特約翰著、史安斌譯：《人類傳播理論》，清華大學出版社，2004年，第 354 頁。

過去包公故事傳播的有限規模以及和準大眾媒介疏離的歷史，〔註43〕掀起了包公故事傳播的第一個高潮，對包公故事傳播具有劃時代的意義。同時，元雜劇作爲包公故事傳播中的一級傳播，其新媒介的參與規模，振聾發聵的聲音，產生了足以穿越歷史隧道的聲響，是包公在明清小說中進一步擴散的基石。

商品意識的自覺，引起了演員、觀眾和編劇價值取向、審美趣味、思想觀念等系列變化，逐漸打破了長期以來「百戲雜陳」的局面。雜劇開始由滑稽說笑爲主向搬演完整故事轉變，迎來了我國民族戲劇形式的成熟和全面繁榮。這也改變了中國文學的結構，開始動搖以政治教化爲主要目的詩文的正統文學的地位，從此以後弱化了文學以政治教化爲主的言說傳統。同時，「打腹稿」、「構思」等和書面文學相聯繫的一系列創作思想也隨之改變。

口頭文本等的主要的意義就在於證實一個民族的存在，闡述和建構一個民族的歷史，因此，民族歷史、宗教情懷、地域文化等都相應地進入了口頭文本之中。在特定時代背景下，通過一定的民族儀式或者特定場域內的文化展演，使一個族群內的全體成員在「集體記憶」的基礎上，對自己的歷史有著更爲清楚的認識，增強民族認同感和歸屬意識。這就是爲什麼包公戲和小說把判案的地點都永遠的鎖定在以龍圖閣直學士身份權知僅僅 1 年零 4 個月的開封，「開封有個包青天，鐵面無私辨忠奸」成爲那個時代對漢族治理的民族集體想像。有意味的是在這種民族心理語境下，元代水滸戲的主題也因之有了微妙的變化：劇中不正面描寫梁山「盜賊草寇」武裝和政府軍隊的對立，相反，元人水滸戲中的梁山泊成了懲惡揚善的法庭，《燕青博魚》中甚至把梁山與包公的開封府相提並論，在民族矛盾尖銳的蒙元統治下，趙宋漢族統治下的反政府武裝都被闡釋成一種建構的力量。正是在這種政治、經濟和文化背景下，距離政治中心汴京最近的包公故事及其傳說和梁山聚義的傳聞才得以進入以儒業立身的邊緣化的知識階層的視野。所以，在某種意義上說，「包公戲」和「水滸戲」的興起是漢民族文化的典型記憶，是一種民族心理的文化依賴。通過對東京故事的回憶，旨在「復原」一個文化場景。其功能是喚起漢民族的「族群認同或民族認同，實際上就是基於族群「集體記憶」或「共同記憶」（shared memories）之上的族群中的個體對族群共同體的歸屬認知和

〔註43〕 由於坊市制的崩潰，瓦舍勾欄的興起，說唱演劇的客觀需要使包公的輿論傳播具有了文學品質，成爲勾欄瓦舍的演出的固定題材：公案。

情感依附。〔註44〕所以，在「天摧地塌」的元代前期，儒士處於恐慌和幻滅階段，包公的傳播的是於處於蒙元統治下的漢族知識分子集體無意識的民族認同和文化心理歸屬的需要。蒙元後期，統治階級確立了理學的統治地位，包公的傳播抒發和宣泄了儒士對公平正義原則遭遇踐踏的怨恨和憤慨心理。

王國維曾經指出：元劇「關目之拙劣，所不問也；思想之卑陋，所不諱也；人物之矛盾，所不顧也。彼但摹寫其胸中之感想，與時代之情狀，而眞摯之理，與秀傑之氣，時流露於其間。」〔註45〕元雜劇僅僅是借這些故事的「殼」表達民間對社會及歷史的一種觀察，一種集體記憶，一種思想、情感、願望，它所追求的是情感眞實，並不以再現歷史眞實和營造生動曲折的故事爲旨歸。

當通俗文學成了平頭百姓歷史敘事與歷史接受的一種有效方式時，包公遂成爲俗文學價值建構的寵兒。這一文學樣式雖然「參和」著政治治理與鄉野草民的各種理解因素，然而，它的基本性格卻是民間性的，通俗性的。文化權力的下移，原本那種歷史話語「單聲道」的霸權敘述，成爲巴赫金所謂「多聲道」的眾聲喧嘩。〔註46〕包公及其傳聞正因爲種種歷史和文化的多重因素，恰巧就在這個「節骨眼兒」上，幸運地搭乘上了民間言說建構的這趟「新幹線」，其它政績顯要的宋代和前代官僚因種種原因就沒有獲得這種歷史機緣。

〔註44〕　集體記憶是由法國年鑒學派第二代社會學家莫里斯・哈布瓦赫首先提出和使用的，是指「同一社會中許多成員的個體記憶的結果、總和或某種組合。莫里斯・哈布瓦赫：《論集體記憶》，畢然，郭金華譯，上海人民出版社，2002年版，第70頁。保羅・康納頓發展了哈布瓦赫的理論，提出了「社會記憶」，並強調社會記憶本質上是習慣—記憶。阿斯曼認爲他們二人對集體記憶的理解不同，前者是一種「溝通記憶」，後者是一種「文化記憶」。文化記憶是「一個民族或國家的集體記憶力」。阿斯特莉特・埃爾、馮亞琳：《文化記憶理論讀本》，北京大學出版社，2012年，第5頁。

〔註45〕　王國維：《宋元戲曲史》，華東師範大學出版社，1995年，第98頁。

〔註46〕　有關巴赫金「複調理論」的研究，參見劉康：《對話的喧聲：巴赫金的文化轉型理論》，中國人民大學出版社1995年；董小英：《再登巴比倫塔：巴赫金與對話理論》，三聯書店，1994年版。

附錄二　祭祀儀式劇與包公形象的演變

內容提要：

　　民間傳說包公相貌醜陋漆黑，卻日斷陽世棘手案件，夜理陰曹地府的因緣果報，成爲一個集偵破、審訊、判決於一身併兼職降妖伏魔、驅除鬼魅等行當的清官形象。但遺憾的是明代公案小說中，包公在探案時多運用拆字、圓夢、算卦、看相、鬼魂申冤、遊仙、赴陰等破案手段，並擅長領悟鬼神的對案件的示意。包公這一形象的形成，雜糅疊加了先秦以來方相氏鎮魂驅鬼，鍾馗驅除魑魅、鎮宅護家，消災避邪、儺神辟邪鎮宅、鎮魂等角色和功能，成爲一個扶正、除邪、保平安的神靈，集體記憶對包公角色形象及其社會功能的重構是以「鎮魂祭祀」儀式作爲中介的。包公這種基於場合、儀式賦予的符咒能力，是一種民間信仰作用的結果，正是作爲信仰的存在，使包公獲得年復一年銘記並傳播的內在驅動。

關鍵詞：包公；鎮魂祭祀；鍾馗；儺儀

包拯自三十九歲重登仕途直至六十四歲病逝，其間仕宦二十六年，任職多次變化，主要職掌過地方守臣、御史、諫官、三司官、監司官、軍政官等。職掌內容涉及地方和京師軍政，中央監察、諫諍、財政、軍政等。他在宋代的人格特徵是清廉剛正，主要表現在直言敢諫、公正嚴明、關心民眾、廉潔自律諸方面，由此贏得朝野人士的普遍尊敬，當時人便敬稱他為「包公」。胡適認為民間傳說中的包公是個「有福之人」，《三俠五義》序開門見山寫道：

> 古代許多精巧的折獄故事，或載在史書，或流傳民間，一般人不知道他們的來歷，這些故事遂容易堆在一兩個人的身上。在這些偵探式的清官之中，民間的傳說不知怎樣選出了宋朝的包拯來做一個「箭垛」，把許多折獄的奇案都射在他身上，包龍圖遂成了中國的歇洛克·福爾摩斯了。〔註1〕

明代《百家公案》和《龍圖公案》將許多與包公毫不相干的斷案故事彙於包公名下，後世改編為戲劇演出。戲劇改編搬演傳統又使歷史上的包公面目漫漶，其形象轉換使人不免產生兩點疑問：

1. 民間傳說中包公生來相貌醜陋漆黑，在京劇、晉劇等戲劇舞臺上，「包公」臉譜額頭上有月牙狀塗面。但從包拯後裔珍藏的肖像來看，歷史上的包拯是一位方面白臉、眉清目秀的儒者，額頭沒有任何特殊之處，在民間想像中，包公是怎麼演變為黑臉的？額頭的月牙是怎麼回事？

2. 戲劇和民間故事中的包公角色形象不局限於日斷陽世棘手案件，還兼理陰曹地府的因緣果報，乃至在民俗儀式中降妖除魔，這是怎麼形成演變的？

筆者不揣淺陋，探討這背後複雜的戲劇文化背景，撰文以見教方家。

一、方相氏與包公形象

在藝術形象中包公的黑色臉譜，在長期口頭傳播中，轉變為包公天生黑醜的集體記憶，而包公黑臉譜又是對方相氏在喪儀上驅鬼功能的色彩化表達。方相氏是中國古代儺祭（一種驅鬼巫術儀式）的主持者。在遠古時代，原始先民對於人類自身的疾病、瘟疫和死亡充滿著迷惑和畏懼，以為是某種厲鬼作祟。每遇此事，便要舉行隆重的儀式：點燃火燭，戴著恐怖的如同「饕餮」（傳說中一種貪婪兇殘的猛獸）面具，跳著勇猛激烈的舞蹈，嘴裏不住地

〔註1〕胡適：《中國章回小說考證》，安徽出版集團，2006年版，第275～276頁。歐陽哲生主編《胡適文集》4，北京大學出版社，1998年版，第369頁。

發出「儺」、「儺」的吶喊聲，以嚇退厲鬼，這種驅鬼儀式就叫「儺」。方相氏就是「儺祭」的司儀官。商周形成的驅逐疫鬼的儺儀中，方相氏是喪儀先導（附圖1）。《周禮·夏官·方相氏》記載了商周儺儀的基本形態：

> 方相氏，掌蒙熊皮，黃金四目，玄衣朱裳，執戈揚盾，帥百隸而時儺，以索室驅疫。大喪，先柩，及墓，入壙，以戈擊四隅，驅方良。〔註2〕

附圖1　方相氏，漢墓磚畫拓片，製作於漢

這種儀式實際上是神話時間裏對英雄祖先行為的重複，幾乎所有的民族都是如此。在新幾內亞，當一位領頭的水手出海的時候，他便是部落英雄奧利的化身，「他穿上據說是奧利曾經穿過的服裝，滿臉塗黑。……他在平臺上跳舞，伸展開他的胳膊就像奧利的翅膀一樣。」〔註3〕先秦文獻記載，中國早期儺儀中的主祭師是方相氏，他「掌蒙熊皮」，執戈盾一類的武器，率領著「百隸」在喧鬧鼓聲中，驅逐方良這類惡鬼。據《禮記·月令》等書的記載，有季春三月舉行的「國儺」、仲秋八月舉行的「天子之儺」和年終舉行的「大儺」。儺儀的功能大致有三：一是「索室毆疫」，就是搜索、清掃居室，從而毆逐疫鬼。二是「大喪，先柩」，在重大的喪葬儀式裏走在棺柩的前面，驅逐凶鬼。

〔註2〕賈公彥：《周禮注疏》，《十三經注疏》本卷31，《夏官·司馬》下。
〔註3〕〔美〕米爾恰·伊利亞德《神聖的存在：比較宗教的範型》，晏可佳，姚蓓琴譯，桂林：廣西師範大學出版社，2008年版，第370頁。

三是到墓坑裏用戈擊四隅，毆逐可能危害屍體的鬼怪「方良」，毀壞眾多兵器。
李渝先生介紹說：

> 用相貌極其醜陋的人做葬禮先導來驅逐鬼疫這一古老習俗至
> 今在貴州黔北地區仍盛行。這一帶出殯行列先導，乃專門找一形象
> 醜陋之乞丐，手持燃燒之竹子（爆竹），來爲死者驅鬼開路。〔註4〕

附圖 2　反山良渚玉琮王（M12：98）
在其角紋之間雕琢的「巫騎獸儺舞事神圖徽」

上古方相氏做喪儀先導，後來便成了民間喪儀的開路神。20 世紀 50 年代以後，
考古工作者在很多古代墓葬中都發現了這種把方相氏及「所用戈盾，皆殉於
墓，永爲死者護衛」現象〔註5〕。方相氏沿門驅鬼、逐疫、辟邪鎮宅、祓禳、
沿門乞討逐疫的習慣，以及相貌醜陋的特點，都被繼承了下來。

　　古代醫療衛生技術不發達，瘟疫、「疾」和「厲」（癘）一旦爆發，人們
往往認爲厲鬼在作祟。漢代的王充在《論衡·訂鬼篇·第六十五》中寫道：

〔註6〕

〔註 4〕李渝：《貴州儺面具的分類及其源流》，《儺·儺戲·儺文化》，文化藝術出版
　　　　社，1989 年版，第 34 頁。

〔註 5〕井中偉：《西周墓中「毀兵」葬俗的考古學觀察》，《考古與文物》，2006 年 4
　　　　期，第 47～59 頁。

〔註 6〕漢代獸面雕飾（湖南省博物館藏）。滑石獸面是漢代一種最具時代特徵，怪誕
　　　　又最具魅力的藝術品。它們主要出土於漢墓，其它朝代少見。湖南省博物館
　　　　藏滑石獸面是用一塊厚 1.5 釐米～2 釐米的滑石板粗雕而成，長寬一般在 14
　　　　釐米～25 釐米之間，形象大體相同，細部則有差異，面貌猙獰，頭上有長長
　　　　的尖角，圓睜雙眼，巨口獠牙，多數無下頜，形象使人望而生畏。滑石獸面
　　　　在鼻、口、耳或頭角處，鑽有穿孔，孔內尚有鐵釘及木的殘存，原來應是釘
　　　　在棺槨上的。它的作用是驅逐墓中厲鬼，保護亡靈。

　　　　《禮》曰：顓頊氏有三子，生而亡去爲疫鬼，一居江水，是爲
　　　瘧鬼；一居若水，是爲罔兩蜮鬼；一居人宮室區隅，善驚人小兒。
　　　病者困劇身體痛，則謂鬼持棰杖毆擊之，若見鬼把椎鎖繩纆立守其
　　　旁，病痛恐懼，妄見之也。初疾畏驚，見鬼之來；疾困恐死，見鬼
　　　之怒；身自疾痛，見鬼之擊，皆存想虛致，未必有其實也。

據《東京夢華錄》記載，北宋宮廷儺儀，往往讓教坊裝「將軍」、「門神」、「鍾
馗」、「小妹」、「土地」、「竈神」之類，其中提到「教坊南河炭醜惡魁肥，裝
判官，又裝鍾馗、小妹、土地、竈神之類，共千餘人。自禁中驅祟出南薰門
外，轉龍灣，謂之「埋祟」而罷。」〔註7〕

附圖 3　齊如山舊藏秦腔古臉譜「包公」

　　鬼怪多爲黑面凶相，炭黑和凶醜都具有威懾力量。爲了全爲了避害，早
期儺的主角「方相氏」是一種面目猙獰、氣勢洶洶的形態，他對「妖」、「怪」
和「鬼」毫不留情地追趕和驅逐。包公生前立朝剛毅，開封府尹，更是立朝
剛毅，一身正氣，不苟言笑，「人以包拯笑比黃河清」。因而胡作非爲的達官
貴人都很怕他，「貴戚宦官爲之斂手，聞者憚之。」〔註8〕《宋史·包拯傳》
稱讚包公，「人以包拯笑比黃河清，童稚婦女，亦知其名，呼曰『包待制』。

〔註 7〕《東京夢華錄》（外四種），上海古典文學出版社，1956 年版，第 62 頁。
〔註 8〕曾鞏：《孝肅包公傳》，引自楊國宜：《包拯集校注·附錄一》，黃山書社，1999
　　　　年版，第 267 頁。

京師爲之語曰：『關節不到，有閻羅包老。』吏民畏服，遠近稱之。」〔註9〕
《孝肅包公墓誌銘》載：「（嘉祐三年，除右諫議大夫，權御史中丞兼）理檢
使。公之總風憲，法冠白（豸葛）立，（峨）然有不可淩之勢。其所排擊，曲中
理實，壞陰邪之機牙，（莫）敢妄發。」〔註10〕從元代開始，包公戲中包公的
臉譜，除了兩道白眉之外全部是黑色的。〔註11〕今天我們把黑色解釋爲鐵面
無私，從早期的顏色功能上看，黑色有降妖伏魔，鎮壓凶鬼的作用。

　　元代鎮魂祭祀、超度鬼魂的祭祀儀式劇，「審判」、「超度」的主角都是包
公。田仲一成對中國各地現存的祭奠亡魂習俗進行調查而認爲：農村祭奠孤
魂野鬼的習俗兼有「普度」與「判刑」兩面，其中審判戲包括「鬼魂上訴」（判
官受理控告）、「招魂」（傳喚鬼魂進公堂）、「審問鬼魂」（鬼魂訴冤）、「超度
鬼魂」等階段，展示了當時流傳的鎮魂祭祀習俗。〔註12〕元代鬼魂訴冤的公
案劇，既是公案戲又爲鬼魂戲。《盆兒鬼》中，鬼魂隨著大旋風，在判官（包
公）面前現身，是打官司的原告，只有「日斷陽間夜判陰」的包公才能看得
見。包公讓他到開封府來鳴冤叫屈，說「速退，速退」，暫叫冤魂退下。《神
奴兒》中包公下牒文，傳喚鬼魂，然後燒了紙錢，對門神下令：「邪魔外道擋
攔住。只把冤鳴反過來」，以便讓冤魂進法堂裏來。《生金閣》中鬼魂唱到：「也
是千難萬難得見南衙包待制，你本上天一座殺人星。除了日間剖斷陽間事，
到得晚間還要斷陰靈。只願老爺懷中高揣軒轅鏡，照察我這悲悲痛痛，算算
楚楚，說不休，訴不盡的含冤負屈情。」〔註13〕

　　由此分析，上古驅趕厲鬼方良，保護亡靈的四方之祭方相（方向）氏，
其面貌猙獰，巨口獠牙，卻能判斷冤死鬼。在關聯性思維邏輯的驅動下，包
公的信仰角色功能和大儺方相氏形象及其角色功能發生置換，包公的藝術形
象被方相氏裏挾，包公的判官角色不斷放大。元代的民俗信仰中，包公進一
步人格化爲出入陰陽兩界，代鬼伸冤，鎮魂祭祀，令人忌憚的黑臉判官。

〔註9〕又見司馬光《涑水紀聞》卷十，引自《包拯集校注》，黃山書社，1999年版，
　　　　第298頁。
〔註10〕楊國宜：《包拯集校注‧附錄一》，黃山書社，1999年版，第277頁。
〔註11〕齊如山《國劇藝術彙考》，遼寧教育出版社，1998年版，第209頁。
〔註12〕田仲一成：《中國祭祀戲劇研究》，布穀譯，北京大學出版社，2008年版，第
　　　　229頁。
〔註13〕吳白匋：《古代包公戲選》《包待制智賺生金閣》，黃山書社，1994年版，第
　　　　102頁。

二、童子戲、儺戲與包公形象

　　漢代以後，方相氏獰厲的驅鬼儀式逐漸消失了，後世宮廷大儺以侲子為主神。《隋書‧禮儀志》記載的北齊大儺，侲子數達二百四十人。段安節《樂府雜錄‧驅儺》云：「侲子五百，小兒為之。衣朱褶、素襦，戴面具。以晦日於紫宸殿前儺，張宮懸樂。」〔註14〕

　　南通童子戲是從民間宗教儀式向戲劇過渡的典型樣式。其主體部分又稱「上童子」，是巫醫（童子）為病人驅邪治病的儀式。據曹琳先生介紹，通州市橫港鄉北店村胡氏的「上童子」，程序多達七十六項，其中既有無法獨立於儀式之外的「以戲構儀」的戲劇化儀程，又有「以戲附儀」的世俗戲曲。「僮子」自稱「小侲童」，又別稱巫童、香火童子、巫師、巫醫等。他們以神的化身自居，「自稱為某神」，就是民間所說的「神附體」，所以才能具有「言人禍福」、為人醫病的特異功能。〔註15〕

　　包公在童子戲等儺戲中擔當溝通人神、逐疫、辟邪鎮宅、鎮魂等角色，因之具有「神人相通」的巫師的法力。〔註16〕田仲一成做過田野調查，包公戲《坐堂審替》〔註17〕是包公捉鬼、審鬼、逐鬼的一齣戲。「包公」的四個隨從張龍、趙虎、王朝、馬漢，分別戴龍、虎、狗、馬四式紙糊套頭面具，是臉子戲。包公捉拿歸案的罪犯薛金蓮是一個紙紮的女子，演的是偶戲。包公陳州放糧，打道南通州，在天齊王廟受理冤情。通州百姓怕被假青天坑害，一位童子闖上公堂反審包公，包公事理分明，童子篤信，呈上告山東兗州女

〔註14〕《中國古典戲曲論著集成》第 1 冊，中國戲劇出版社，1959 年版，第 44 頁。

〔註15〕群眾當面尊稱其為先生，背後稱之為僮子，有的地方也稱香火。僮子主持的祭儀，當地人叫做「做會」。又因為做會總要燒掉許多紙錢（俗稱冥票，給死人在陰間使用的貨幣，迷信用品），所以又稱這種活動為「燒紙」。僮子在祭祀、祈禱、招魂等祭儀上活動中進行舞蹈歌唱，形式很多，但與儀式關係最為密切的一種說唱則稱為「神書」。把具有一定故事情節的說唱神鬼詞句及七字調、古兒書唱本加工後，化妝登臺，串演戲文（「勸」世文）。參見康保成：《儺戲藝術源流》，廣東高等教育出版社，2005 年版。第 332 頁。

〔註16〕據曹琳撰文所記皋蒲西鄉老僮子顧延卿（八十二歲）回憶：「五十年前，他做僮子會要掛五堂軸子──阿育王玉皇大帝居中，金童玉女擁其左右；泰山東嶽天齊王，有張、康二香單童為伴；五福都天神是端坐在元寶上的財神，招財、進寶童子分立兩側；地藏王菩薩打坐木蓮之上。」也就是說，元曲裏的審判戲是由「超幽建醮」禮儀直接轉化而來的形式，必須被認為和前述「英靈鎮魂戲」一樣，同為元曲最早的形式。

〔註17〕照片引自田仲一成《中國戲劇史》，雲貴彬等譯，北京廣播學院出版社，2002 年版，第 84 頁。

鬼薛金蓮無故害人（指病者）。包公命張龍、趙虎去土地神處捉拿女鬼。包公審替身，定罪焚燒，為病者祛災。戲中的包公類似一位薩滿人物（附圖4）。〔註18〕

附圖4　包公戲《坐堂審替》

　　不僅在童子戲中如此，在安徽、貴州等地的儺戲中包公同樣扮演逐疫、辟邪鎮宅、鎮魂等角色。貴池儺戲〔註19〕中保存的包公戲的劇目有《陳州散糧》（即《打鑾駕》或《陳州糶米記》）《包文正犁田》〔註20〕《宋仁宗不認母》〔註21〕等。貴州儺堂戲全堂戲演二十四齣，半堂戲演十二齣。其中包公戲有《五虎平西》、《陳州放糧》等。

〔註18〕薩滿認為，可以通過過陰、追魂、與惡魔鬥法等形式與下界的魔鬼等打交道。通常，他們是為了患有重病者索魂而行。薩滿憑藉昏迷術使自己的靈魂出殼，進入地界，通過與惡魔鬥法戰勝惡魔，奪回病者的靈魂；或通過向惡魔祈求，請其放回所拘之魂，使之回歸病人軀體，從而使病人康復。

〔註19〕安徽貴池儺戲有在明代民間說唱詞話基礎上形成的可能性。貴池縣的家族儺里保存了一些被稱為「儺神古調」或「嚎啕戲會」的儺戲抄本，其中有五本與上海嘉定縣宣家墳1967年出土的明成化年間（1465～1487年）刊本《說唱詞話》裏的說唱本形式和詞句接近，有些甚至完全相同，這只能解釋為貴池儺戲使用了說唱本作為底本來表演，其時間可能在明代前期。參見王兆乾《池州儺戲與成化本〈說唱詞話〉》，《中華戲曲》第六輯，山西人民出版社，1988年版。

〔註20〕安徽貴池黃家店汪姓有儺戲抄本《包文正犁田》。

〔註21〕清溪鄉楊家畈和劉街蕩裏姚有《仁宗不認母》一部。

巴蜀自古巫儺之風盛行，道教興起之初，張道陵等人在川北、漢中等地開壇設教，幾乎吸收了儺與巫的全部衣缽，如占卜、符籙、驅鬼逐疫、請神禳邪等手段。歷朝歷代的各地縣志中均有端公、道士設壇行儺、祛邪禳災的記載。陝南端公們角色是「吃陽間飯，做陰間事」，專干與鬼神打交道的差事。〔註22〕從田野調查的情況看，端公戲裏的儺神塑像同樣面目黧黑。眾所週知，臉譜的塗面是從面具發展而來的。面具本身是薩滿的重要道具，通過它薩滿角色可變身為面具所描繪的神靈。戲劇舞臺上黑臉是包公程序化的固定形象。再對比一下蒙古族的薩滿，蒙古族的薩滿面具不僅面目漆黑，而且面具上繪有新月和星辰，「這是遠古馬納靈力的象徵符號」。〔註23〕由此我們大致可以類推：越往後世，人們給包公賦予的形象的神聖力量越發強大，而這一切不僅表現為戲劇的內容，而且從戲劇舞臺的臉譜、穿關等元素中表現出來。

後來，儺又吸收了道教、佛教的神靈和祭祀儀式。兩宋時期「三教合一」，這種變化更加明顯。儺還把許多歷史人物神、民間傳說神以及各地區的地方保護神拉到自己的神壇或神圖裏，不斷壯大自己的神靈譜系。包公被納入其中，一方面從民族社會心理上，民眾賦予包公溝通人神，來往於陰陽兩界的能力，同時包公也擁有法器「赴陰床」、「遊仙枕」、「斬妖劍」、「照魔鏡」、「還魂丹」等等，〔註24〕既能下陰曹地府見閻羅王，又能謁見玉皇大帝。

三、鍾馗與包公形象

唐宋時代是雜劇的形成和發展關鍵時期，更直接促成了以方相氏為主角的儺儀形態由舞蹈儀式向戲劇表演的轉變。佛、道教的各路神靈也滲透到儺儀之中，使得儺禮中的神鬼系統出現了多元化。〔註25〕

孟元老《東京夢華錄》卷十對「宮廷儺」就有下面的描述：

> 至除日，禁中呈大儺儀，並用皇城親事官。諸班直戴假面。繡畫色衣。執金槍龍旗。教坊使孟景初身品魁偉，貫全副金鍍銅甲，

〔註22〕王繼勝：《陝南端公》，陝西出版集團，2009 年版，第 77 頁。

〔註23〕〔英〕菲利普‧威爾金森：《神話與傳說：圖解古文明的秘密》，郭乃嘉、陳怡華、崔宏立譯，三聯書店，2012 年版，第 269 頁。

〔註24〕朱一玄校點：《明成化說唱詞話叢刊》，1997 年版，第 129 頁。

〔註25〕民間儺在孔子時代也被稱之為「鄉人儺」。它在中國各地有不同的民間口語化的稱謂。鄉人儺比之於宮廷儺各方面都要相對簡陋一些，其歷史也難見於文字記載，但其生命力頑強。兩千多年後的今天，依然可以看到的民間儺還活躍中國的鄉村裏，但宮廷儺早已不見蹤迹。

裝將軍。用鎮殿將軍二人，亦介冑，裝門神。教坊南河炭醜惡魁肥，
裝判官，又裝鍾馗、小妹、土地、竈神之類，共千餘人。自禁中驅
祟。出南薰門外轉龍彎，謂之埋祟而罷。是夜禁中爆竹山呼，聲聞
於外。士庶之家，圍爐團坐，達旦不寐，謂之守歲。〔註26〕

從記載來看，宋代儺儀表演已具有一定故事情節，多由教坊伶人裝扮，顯然
已帶有戲劇的特徵。場面是方相氏戴著面具化了妝，披戴著一整套行頭，帶
領著千餘人表演隊，舞之蹈之，在皇宮裏的每一個角落上演著「索室毆疫」
這個戲劇性動作。這裏有表演者和觀眾的關係發生；這裏有特定的扮演人物
和角色——百二伥子；這裏還有一整套固定而連貫的臺詞和對話……。值得
注意的是驅儺隊伍中土地、竈神的出現表明儺與社的合流，這種情況在後世
更明顯，民國《臨晉縣志》載正月十五：

人民嬉戲諸技藝，則有高撬、柳木棍，妝演戲目，遊行街衢：
夜又有龍燈、竹馬、旱船、太平車等，金鼓喧闐，觀者如堵，俗謂
之『鬧社戶』。卜晝卜夜，歌謔歡呼，舉國若狂，殆濫觴於大儺云。

後世，方相氏最終爲鍾馗所取代。在敦煌文書描述的儺儀中，主體神幾乎全
是鍾馗。敦煌文書 P.4976 號寫本有「萬惡隨於古歲，來朝便降千祥。應是浮
游浪鬼，付與鍾馗大郎。從茲分付已訖，更莫惱害川鄉」。〔註27〕P.2055 寫本
則詳細描述了鍾馗的容貌特徵：「領取銅頭鐵額，魂（渾）身忽著豹皮，口使
朱砂深赤，咸稱我是鍾馗」。〔註28〕從「鍾馗」「銅頭鐵額」「著豹皮」的裝扮
看，「鍾馗」（中鬼）正是由「方相」演變而來。從早期方相氏「掌蒙熊皮」
率領「十二獸舞」來看，方相氏形象還帶有動物圖騰的特徵。後世方相氏的
驅鬼隊伍的人格化越來越明顯。作爲儺儀主體的方相、十二獸等已變爲將軍、
符使、判官、鍾馗、六丁、六甲、神兵、五方鬼使、竈君、土地、門戶、神
尉等，由伶工扮演。

鍾馗是古人槌擊鬼魅活動中人格化出的神靈形象。根據考古發掘的史前
資料，從原始宗教和巫術的角度來探討鍾馗傳說和鍾馗信仰的起源，不失是
一條新徑。近來，王正書先生指出：「鍾馗其人及歷代傳其驅鬼辟邪的觀念，

〔註26〕《東京夢華錄》（外四種），上海古典文學出版社，1956 年版，第 62 頁。
〔註27〕《敦煌寫本中的「兒郎偉」》，引自〔法〕謝和耐等著，耿昇譯：《法國學者教
　　　　煌學論文選萃》，中華書局，1993 年版，第 245 頁。
〔註28〕《教煌寫本中的「大儺」禮儀》，引自〔法〕謝和耐等著，耿昇譯：《法國學
　　　　者教煌學論文選萃》，中華書局，1993 年版，第 263 頁。

實起源於上古巫術，他是由先代位居祝融之號的重黎衍生而來的。」他認爲良渚文化反山、瑤山出土的玉琮上的獸形人面紋，乃是傳說中的重黎的形象，亦即後來出現的鍾馗的原型。〔註29〕

　　從文獻看，鍾馗傳說和鍾馗信仰在西晉或東晉末，就已經在民間相當流行了。〔註30〕胡應麟在《少室山房筆叢》裏所說的「余意鍾馗之說，必漢、魏以來有之」〔註31〕，並非臆斷。敦煌寫本標號爲伯2444的《太上洞淵神咒經·斬鬼第七》關於鍾馗是這樣寫的：

> 今何鬼來病主人，主人今危厄，太上遣力士、赤卒，殺鬼之
> 眾萬億，孔子執刀，武王縛之，鍾馗打殺（剎）得，便付之辟邪。

〔註32〕

敦煌本與《道藏》本的文本略有出入，「孔子執刀，武王縛之」的字樣，在《道藏》中是沒有的。這段顯然是驅除病癘之鬼的早期道教經典，儘管對鍾馗斬鬼的傳說語焉不詳，甚至也還沒有出現鍾馗形象的具體描寫，但鍾馗作爲專門的斬鬼者的角色，與孔子、武王這二位著名歷史人物一起出現在經中，其形象又是十分鮮明的。這說明，在寫本中，斬鬼的鍾馗，不是作者隨意創造出來的一個驅鬼逐邪的道具，而是取自當時已經家喻戶曉的民間傳說中的人物。

　　唐代鍾馗捉鬼的故事家喻戶曉，影響深遠。靈璧鍾馗畫中，鍾馗頭戴烏紗，身著官袍，有一股凜然難犯之氣，世人譽稱爲「判子」、「靈判」。據傳「玉帝對鍾馗剛烈不屈的性格非常讚賞，命其爲「陰陽兩界的判官」。這個看似猙獰可怕的魁頭，實際用它降伏惡鬼、嚇退魑魅、鎮宅護家、消災避邪，人稱「鎮宅鍾馗」。

　　兩宋時，除夕驅儺活動，也常常由伶人扮鍾馗，具有演劇性質。《夢粱錄·十二月》有「裝神鬼、判官、鍾馗、小妹等形」的記載〔註33〕。因判官、鍾

〔註29〕王正書《鍾馗考實——兼論原始社會玉琮神像性質》，上海民間文藝家協會、上海民俗學會編《中國民間文化》學林出版社，1993年第1期。

〔註30〕劉錫成《鍾馗傳說和信仰的濫觴》，《中國文化研究》1998年秋之卷。

〔註31〕胡應麟《少室山房筆叢》卷二十二續乙部《藝林學山》四，中華書局，1958年版，第294頁。

〔註32〕黃永武主編《敦煌寶藏》第120冊第480頁，臺灣新文豐出版公司，1985年版。又見邱坤良《臺灣的跳鍾馗》，見《民俗曲藝》第85期（下）第366頁注十一。兩書文字略有出入。此處採用了前書的文本。

〔註33〕〔宋〕吳自牧《夢粱錄》，商務印書館，1939年版，第48頁。

馗都是管鬼、收鬼的官，形象都正直無私，而且傳說中鍾馗被閻王任命為判官，《孤本元明雜劇》中《慶豐年五鬼鬧鍾馗》第四折中就說鍾馗被封為「天下都判官領袖」〔註34〕，因此民間往往以鍾馗為判官的代表。《東京夢華錄》卷七「駕登寶津樓諸軍呈百戲」：「又爆仗一聲，有假面長髯，展裹綠袍靴筒，如鍾馗像者，傍一人以小鑼相招和舞步，謂之『舞判』。」〔註35〕在地方戲曲中，往往（跳）舞判，就是（跳）舞鍾馗。後世五鬼又演變為包公故事《五鼠」鬧東京》中的「五鼠」，包公從西天雷音寺請來玉面貓降服五鼠。在人們的心目中，早已把判官和鍾馗看作一人。

附圖5　山西襄汾儺舞花腔鼓「五鬼鬧判」，王潞偉攝

明代公案小說中，包公和鍾馗常一起共事，見其社會功能基本一致。《百家公案》第二十二回「鍾馗證元弼絞罪」，包公請鍾馗作證，判元弼殺人罪。

拯聽得有此異事，仍復言胡氏可在此對理，想胡氏必領其命。拯遂差張龍、越虎牌拿郤元弼到臺。鞫究拷打一番。元弼因無見證，硬爭不肯招認。包公即寫牒文一道，請鍾馗以證此事。文云：拯自攝府政，朝夕惕勵，惟欲天下民安於無事。不幸值胡氏韋娘死情，未知是何兇惡。先生為亮奉祀福神，可作質證。乞駕臨敝衙，毋拒萬幸。寫完，令李萬前往武宅，將牒焚之。須臾，鍾馗直到公堂，

〔註34〕王季烈《孤本元明雜劇》，商務印書館，1941年版。
〔註35〕〔宋〕孟元老等《東京夢華錄》，中華書局1962年版，第43頁。

與拯敘禮，備陳元弼奸謀殺命情弊。鄰元弼泣訴鍾馗誣陷此事。鍾馗執劍策之：「汝爲奸計不遂，謀殺二口，還要強爭，是何道理？全不記作《長相思》以戲韋娘乎？」於是元弼心驚無語。鍾馗證畢辭去。拯喚張龍將元弼捆打，釘了長枷，取了供狀，問元弼殺死二人，擬罪當絞，以待三年秋，決豎貞節牌坊於武宅，以旌胡氏。後來元弼拘於獄中聽候。〔註36〕

《百家公案》第三回「訪察除狐妖之怪」中包公和鍾馗一樣能降妖伏魔，其法器爲照妖鏡：

> 時包公因革停猴節婦坊牌案，臨屬縣，偶見其家有黑氣衝天而起。包公即喚左右停止其處，親謁其宅，左右問其故，包公曰：「此間有妖氣，吾當親往除之。」……凡四日，而包公倏到，仗劍登門，觀者罷市，美人錯愕失措，將欲趨避，包公以照魔鏡，略照知其爲狐，遂乃大叱之曰：「妖狐安往？」美人俯伏於地，泣吟一律曰：
>
> 一自當年假虎威，山中百獸莫能欺，臥冰肅肅玄冬冱，走野茫茫黑夜啼。
>
> 千歲變時成美女，五更啼處學嬰兒。方今聖主無爲治，九尾呈樣定有期。

後世五鬼鬧鍾馗之「五鬼」又演變爲包公故事《「五鼠」鬧東京》中的「五鼠」。〔註37〕這是包公由判陰曹地府到往來三界降妖除魔的開始。

《五鼠鬧東京》收在明萬曆聚奎樓刻本《輪迴醒世》十七《妖魔部》，目下注明「宋時」，可見故事起源較早。其實，五鼠變妖事是一則長期在民間流傳的故事，世代累積，並隨著傳播環境屢次變異。初爲張天師與鍾馗收妖伏魔，並無包公形象。待包公事盛行時，始附會於此。要尋找這則故事的淵源，必與《五鼠鬧判》有關。這一點，我們可從一些有關儺戲的文獻裏見到蹤迹。

《金瓶梅詞話》第六十五回「願同穴一時喪禮盛 守孤靈半夜口脂香」描寫李瓶兒死後，「十一日白日，先是歌郎並鑼鼓地弔來靈前參靈，弔《五鬼鬧

〔註36〕 王汝梅、朴在淵：《韓國藏中國稀見珍本小說》《包公演義》，中國大百科全書出版社，1997年版，第218頁。

〔註37〕 《五鼠鬧東京》藏於英國倫敦博物院，共二卷，封面題有「五鼠鬧東京包公收妖傳」，講述西方佛祖座下五鼠幻化魅惑人界、擾亂朝堂，後經包公借來如來佛玉面神貓得以平亂的故事。參見劉世德 等主編《古本小説叢刊》第十五輯前言，中華書局，1991年版。

判》、《張天師著鬼迷》、《鍾馗戲小鬼》、《老子過函關》、《六賊鬧彌陀》、《雪裏梅》、《莊周夢蝴蝶》、《天王降地水火風》、《洞賓飛劍斬黃龍》、《趙太祖千里送荊娘》，各樣百戲弔罷，堂客都在簾內觀看。參罷靈去了，內外親戚都來辭靈燒紙，大哭一場。」〔註38〕

附圖 6　朱仙鎮版畫「包閻羅斬鬼」

　　魯迅在《中國小說史略》一書中論及《三寶太監西洋記通俗演義》時說：「所述戰事，雜竊《西遊記》、《封神傳》，而文詞不工，更增支蔓，特頗有里巷傳說，如『五鬼鬧判』、『五鼠鬧東京』故事，皆於此可考見，則亦其所長矣。五鼠事似脫胎於《西遊記》二心之爭；五鬼事記外夷與明戰後，國殤在冥中受讟，多獲惡報，遂大哄，縱擊判官，其往復辯難之詞如下：

　　　　……五鬼道，「縱不是受私賣法，卻是查理不清。」閻羅王道，「那一個查理不清？你說來我聽著。」劈頭就是姜老星說道，「小的是金蓮象國一個總兵官，為國忘家，臣子之職，怎麼又說道我該送罰惡分司去？以此說來，卻不是錯為國家出力了麼？」崔判官道，「國家苦無大難，怎叫做為國家出力？」……這五個鬼人多口多，亂吆亂喝，嚷做一馱，鬧做一塊。判官看見他們來得凶；也沒奈何，只得站起來；喝聲道，「哎，甚麼人敢在這裏胡說！我有私，我這管筆可是容私的？」五個鬼齊齊的走上前去，照手一搶，把管筆奪將下

〔註38〕《新刻繡像批評金瓶梅》，齊魯書社，1989 年版，第 104 頁。

來，說道，「鐵筆無私：你這蜘蛛鬚兒縈的筆，牙齒縫裏都是私（絲），

敢說得個不容私？」……（《第九十回《靈曜府五鬼鬧判》）〔註 39〕

筆者認為，民間故事中存在一個由五毒到五鬼、五鼠再到「五義」的發展過程，由於社會倫理規範以及細民百姓對恐怖鬼怪的恐懼和諂媚，對鬼怪的控制由最初的鎮壓、收復到最後的頂禮膜拜為神靈，最終，自然界的恐怖鬼怪也因此被建構成一種建設性的力量。

在人間朝廷官場上，判官是實力派人物，歷來都選擇德高望重、鐵面無私的官員擔任，宋代包公「性峭直，惡吏苛刻，務敦厚，雖甚嫉惡，而未嘗不推以忠恕也。與人不苟合，不偽辭色悅人，平居無私書，故人、親黨皆絕之。雖貴，衣服、器用、飲食如布衣時。」又由於包公「法冠白（貌）立，（峨）然有不可淩之勢。其所排擊，曲中理實，壞陰邪之機牙，（莫）敢妄發。」〔註 40〕人們把判斷是非曲直的判官鍾馗想像自然地和包公形象相融合，這樣包公角色自然就成了黑臉判官，這是的包公是方相氏疊加上判官鍾馗的形象。

附圖 7　端公戲之儺神，王繼勝攝

〔註 39〕魯迅《中國小說史略》，上海古籍出版社，1998 年版，第 120～121 頁。

〔註 40〕楊國宜：《包拯集校注·附錄一》，黃山書社，1999 年版，第 277 頁。

　　爲了避免孤魂野鬼禍害人，道教儀式設醮度鬼或驅鬼避邪。不管驅鬼還是度鬼，其儀式程序中往往有審判鬼魂的階段。中同北方的「捉黃鬼」「拉死鬼」的民俗以驅趕惡鬼爲目的。據關於河北武安「拉死鬼」的田野調查，這個祭祀活動有請神、捉鬼、拉鬼、審鬼、制鬼等一整套程序，先捉鬼，再把鬼拉到土地廟，坐在正堂的判官盤問死鬼的罪行。也對銜冤屈死的鬼魂，非得解除他生前的怨結，超度死者亡靈不可。浙江永康地區的度亡科儀敲天門，擊地戶，打開獄門，把亡魂招過來，設建道場，乞請諸神仙「解厄祛災，和冤釋對」，最後一天念經《大赦》解結，讓靈魂新生。

　　元雜劇中的包公也在法堂上堪問：「兀那鬼魂，有什麼冤枉事，我與你做主」，先聽鬼魂狀詞再下斷：設黃榮醮，超度鬼魂。在香港至今從北方移住來的客家人也把包公當做三官大帝、北帝、洪聖王等神的陪神祭祀在廟中〔註41〕。歷史上皖南地區的「街頭儺」，鍾馗和包公難分伯仲，面具通常可以互爲換用，江西等地就賦予包公和鍾馗一樣的打鬼降妖的角色功能。〔註42〕

　　從先秦以來驅鬼的方相氏的黑醜的「英靈鎮魂」形象和唐代以來鍾馗的判官形象，因爲民族集體感知和記憶的特點，發生了時間上的錯位，這裏面的混雜衍變有很多細節難以知曉或已湮滅，但都嫁接在宋代「立朝剛毅」、「鬼神難犯」的包公身上。民間傳說和歷史遺傳的混雜衍變雖然會給考據帶來迷霧，但也從其基因反映出的形神中，可以窺見其遺傳的斷斷續續的軌迹。〔註43〕

四、儀式劇在包公形象形成中的作用

　　祭儀劇作爲一種驅邪趕鬼的儀式，包公參與其中，至少有三種力量，在三個層次上運作，向在場的參與群眾產生心理效用，而完成其儀式功能。這三個力量分別來自「圖像」、「語言」和「敘事—搬演」。包公在儀式中的出現，

〔註41〕　筆者已經讀到的，有沈志沖、吳周翔搜集的〈僮子會資料〉，載《民間文藝季刊》1988 年第 3 期：《十三部半巫書》（南通市民間文學集席辦公室、南通市民間文藝家協會 1995 年内部資料本）：王仿的《巫術藝術的結合與分離》，載《民間文藝季刊》1969 年第 3 期。

〔註42〕　河南民間版畫《閻羅老包斬鬼》，引自高有鵬著《中國民間文學史》河南大學出版社，2001 年版，498 頁。

〔註43〕　參見張兵、張毓洲：《從敦煌寫本〈除夕鍾馗驅儺文〉看鍾馗故事的發展和演變》，《敦煌研究》2008 年第 1 期。

成為一種類似宗教圖像的存在，近似民間信仰門神和鍾馗的畫像，本身就有阻嚇鎮壓妖魔鬼怪的威力。〔註44〕岩城秀夫教授已指出，在元曲包公「審判戲」中，案件的偵察審判也不是依靠證據和推理，而大多是採取冤魂託夢，站在包公床前訴說，讓法官掌握冤情的眞相。這一形象匯集了歷史時間和集體記憶中的方相氏、鍾馗、僮子等各個時期不相同角色形象。〔註45〕這就是爲什麼除文字記載的歷史之外，哈布瓦赫說：還有一個隨時間更新的鮮活的歷史，在這歷史中可能遇到許多僅看似已消失的遠古的潮流。事實上，在集體記憶的持續發展中，沒有像在歷史中那樣界限分明，而是僅有不規則的、模糊的邊界。〔註46〕民眾在集體想像中，把儺戲中溝通人神的巫儺角色不自覺地加到判官身上，使得包公成爲一位能破解包括夢在內的神秘能量的神靈。

　　儺祭儀式是具有濃厚宗教色彩的祭祀活動，在喃喃的咒語聲中或龍飛鳳舞的繪符之際進行。繪符念咒是陝南端公們儺壇法事的主要內容，原始先民相信語言具有魔力。語言對於他們，既是工具，又是實現願望的主要依靠，是支配自然的「上帝」，甚至就是願望本身。端公們重咒輕符，「咒」歷代口口相傳，其中「訣」的威力最大，可以說是法師「鎮魔壓邪」的絕招，如「五官訣」、「八大金剛訣」「開山訣」、「三元將軍訣」、「土地傳城訣」、「船頭艄公訣」等。其次是「誥」，如「七令七聖七金剛，八令八聖八天王，手執金鞭降魔鬼，頭點火煉五四方，金魁搭在鬼頭上，頭昏眼花心又慌」等。〔註47〕

〔註44〕容世誠：《戲曲人類學初探》，廣西師範大學出版社，2003 年版，第 19 頁。民間演出都是爲一定實用目的而設，或因爲春祈秋報，或因爲求子、求學、求財，或爲了慶祝等，這種目的在演出中一定要有所表現，爲了突出這種目的，演員的演出行爲有時會從戲裏回到現實生活中，有時不惜改變劇目原有內容，這些在城市商業演出中絕不允許的行爲，在民間迎神賽社演出中卻是比比皆是，如上黨《過五關》演出中，關羽可以沿途隨意與觀眾談笑，甚至吃街上小販的東西，《捉黃鬼》中抑送黃鬼的大鬼、二鬼和跳鬼可以中途到就近人家歇息、喝茶、取暖，對演出活動中出現的這些「紕漏」，觀眾們毫不在意，他們願意讓關羽吃自己的東西，願意讓押黃鬼的鬼辛到家裏來，因爲在他們眼裏，這些演員不只是在演出，他們是在送吉樣、驅邪氣，他們的到來就是福祉的到來。

〔註45〕岩城秀夫：《元代審判戲中的包拯的特異性》，《山口大學文學會誌》，1958 年版，《中國戲曲戲劇研究》，第 452 頁。

〔註46〕莫里斯・哈布瓦赫，Maurice Halbwachs, La *Memory collective, critical edition prepared by Grard Namem*, Paris, Albin Michel, 1997，p. 113，p. 134.

〔註47〕王繼勝：《陝南端公》，陝西出版集團，2009 年版，第 76 頁。

附圖 8　朱仙鎮年畫包拯「扶正除邪保平安」

　　儘管儺戲觀賞性不強，但這類戲每次迎神賽社必演，民眾注重的是它的儀式性、象徵性，心中「對神既敬畏又嚮往的感情交織」，成為一種儀式的焦慮。在人類學視野中，儀式是按計劃的或者即興創作的一種表演，通過這種表演使日常生活超凡入聖。通過展演從而實現使現實主體的行為和活動達到與宗教信仰一致或融合，並能借助它的力量以達到自身的目的。（朱仙鎮年畫包拯「扶正除邪保平安」）

　　在安徽貴池，當迎神賽社演出時，幾乎在所有的舞臺或平地演出場所的後方，演員出場後都有兩位或一位先生坐場，手捧劇本總稿進行指揮，先生既化妝，也擔任臺上的檢場工作，也負責引戲上場和喊斷。有的劇本，如包公故事《陳州放糧》《宋仁宗不認母》演出時，「先生」要坐在臺上高聲演唱，唱到哪個角色，哪個角色就出場，根據唱詞需要動作一番，其餘時間則無動作，形同木偶。

　　更能體現這種「元語言」驅邪儀式的應該是記錄在《禮節傳簿》中的供盞隊戲（又稱「啞隊戲」）。關公、鍾馗、包公、目連和尉遲敬德等的形象，在祭祀的場合中出現，對於參與儀式的觀眾來說，已構成一種鎮壓四方妖邪

的力量。換句話說，沒有賓白語言，只有簡單表演動作的啞隊戲，是依賴宗教圖像的力量來除煞驅魔，這點和在儺戲中表演「關雲長耍大刀」的劇目，其背後的儀式意義是相通的。儺戲中儀式性衝突的雙方在結構和功能上具有同一性：

儺戲的地域	儀式性衝突（正方）	儀式性衝突（反方）
山西	關公	妖（蚩尤）
四川	包公	城隍
河北	閻王	黃鬼
雲南	關公	周倉（蚩尤）
安徽貴池	鍾馗（包公）〔註48〕	小鬼（劉衙內）
江蘇南通	包公	孤魂

在祈福除祟的祭祀場合裏所上演的包公戲等，往往就是一種驅邪儀式，儀式就在戲劇裏面，戲劇是儀式的實現方式。在這種情況底下，戲劇演出裏的演員、語言和動作，都可能具有雙重身份和意義。在包公戲裏飾演包公的演員，在戲劇故事的層面上，一方面扮演著公案故事裏鐵面判官，又或演出例如在《魚籃記》、《包公懲城隍》裏神化後的包公，但在同一時間和舞臺空間裏，在儀式進行的層面上，他卻是一個主持驅鬼儀式的祭師，在重演儺儀裏方相氏的角色，其彌漫性傳播的意義是有著深厚的民間信仰做支撐的。

基於這一原因，劇中角色在臺上的語言行為，也包含了兩重意義。首先，他們用合乎語句文法、地區語音，以及戲曲文類慣例的話語，在運用語言的過程中，表現了人物的內心世界，交代了故事的情節發展，也塑造出一個模擬的戲劇世界，在戲劇演出的層次上，完成了指涉的功能。其次，在賽祭的宗教演劇場合底下，在進行驅鬼除煞的語言環境裏，扮演包公角色的演員在戲臺上的說話行為，除了上述指涉功能外，本身就是一種驅邪的行為活動。亦即是說，在特定的場合裏，臺上角色說話或唱曲的時候，並不單是在說話或唱曲，而是在從事一項行為——在進行一項驅邪的儀式。當在戲臺上的包

〔註48〕如安徽貴池的《鍾馗捉小鬼》，鍾馗瓜青黑色面具，駝背雞胸，手拿寶劍，身掛「彩錢」，小鬼則戴鬼面具，舞蹈以鑼鼓為節，先是鍾馗用寶劍指向小鬼，小鬼不斷作揖求饒，鍾馗悻成自傲，小鬼卑躬屈膝，二者形成鮮明對比，不久小鬼伺機奪過鍾馗手中的劍，鍾馗反而向小鬼求饒，最後，鍾馗急中生智，奪回寶劍，將小鬼斬殺。儘管其中注入世情因素，但表演的基本情節還是殺鬼。再如賽戲中「除十祟」演出真武爺降服群鬼的故事。

公角色張開嘴巴說話的同一時間，在說話的過程中，他已在進行驅邪除煞的活動。進一步說，戲裏面的話語，在驅鬼的場合裏，通過驅邪儀式的祭師——包公角色的口中說出，使話語的身份有了改變，使它們變成了鎮壓邪魔的一種工具，蘊涵著符咒一類的力量，成了趕鬼活動裏的另一種憑藉。這種基於場合、儀式賦予的符咒能力，是一種民間信仰作用的結果，正是作為信仰的存在，使包公獲得年復一年銘記並傳播的內在驅動。

主要參考文獻

包公文學

1. 黎邦農、張桂安編，包公故事新編〔M〕，合肥：安徽人民出版社，1983 年版。

2. 李漢秋、朱萬曙編，包公系列小說〔M〕，遼寧教育出版社，1992 年版。

3. 劉世德等主編，古本小說叢刊第十五輯〔M〕，北京：中華書局，1991 年版。

4. 〔明〕佚名，包公案〔M〕，三秦出版社，1995 年版。

5. 浦琳，清風閘〔M〕，古本小說叢刊影印道光華軒齋刊本，北京：中華書局，1991 年版。

6. 石玉昆，三俠五義〔M〕，北京：人民文學出版社，2001 年版。

7. 石玉昆等，龍圖耳錄〔M〕，上海：上海古籍出版社，1980 年版。

8. 王汝梅、朴在淵，韓國藏中國稀見本中國小說，包公演義〔M〕，中國大百科全書出版社，1997 年版。

9. 無名氏，五虎平南後傳〔M〕，古本小說集成影印嘉慶刊本，上海：上海古籍出版社，1990 年版。

10. 無名氏，五虎平西前傳〔M〕，古本小說集成影印聚錦堂刊本，上海：上海古籍出版社，1990 年版。

11. 吳白匋主編，古代包公戲選〔M〕，合肥：黃山書社出版，1994 年版。

12. 西湖散人，萬花樓演義〔M〕，古本小說集成影印經綸堂刊本，上海：上海古籍出版社，1990 年版。

13. 朱一玄校點，明成化說唱詞話叢刊〔M〕，鄭州：中州古籍出版社，1997 年版。

文獻資料

1. 紀昀等，四庫全書總目提要〔M〕，四庫全書本。
2. 〔宋〕李燾，續資治通鑒長編〔M〕，上海：上海古籍出版社，1986年版。
3. 楊伯峻，孟子譯注〔M〕，中華書局，1960年版。
4. 〔清〕張廷玉等，明史〔M〕，北京：中華書局，1974年版。
5. 〔明〕宋濂等，元史〔M〕，北京：中華書局，1976年版。
6. 高楠順次郎等，大正新修大藏經〔M〕，臺北新文豐出版公司，1990年版。
7. 包拯，包拯集〔M〕，張田編，北京：中華書局，1963年版。
8. 張岱，陶庵夢憶〔M〕，嶽麓書社，2003年版。
9. 沈德符，萬曆野獲編〔M〕，北京：中華書局，1959年版。
10. 顧起元，客座贅語〔M〕，北京：中華書局，1987年版。
11. 蘇軾，蘇軾文集〔M〕，北京：中華書局，1986年版。
12. 包拯，包拯集校注〔M〕，楊國宜編，合肥：黃山書社，1999年版。
13. 黃文暘原輯，董康校訂，曲海總目提要〔M〕，北京：人民文學出版社，1955年版。
14. 北嬰編著，曲海總目提要補編〔M〕，北京：人民文學出版社，1959年版。
15. 大冢秀高，增補中國通俗小說書目〔M〕，汲古書院，1987年版。
16. 孫楷第，中國通俗小說書目〔M〕，北京：作家出版社，1957年版。
17. 傅惜華，明代傳奇全目〔M〕，北京：人民文學出版社，1955年版。
18. 傅惜華，明代雜劇全目〔M〕，北京：作家出版社，1958年版。
19. 趙景深主編，邵曾祺編著，元明北雜劇總目考略〔M〕，鄭州：中州古籍出版社，1985年版。

其它小說戲曲

1. 馮夢龍，警世通言〔M〕，馮夢龍全集第三冊，南京：江蘇古籍出版社，1993年版。
2. 洪楩編，清平山堂話本〔M〕，北京：文學古籍刊行社，1955年版。
3. 淩濛初，初刻拍案驚奇〔M〕，上海：上海古籍出版社，1996年版。
4. 淩濛初，二刻拍案驚奇〔M〕，上海：上海古籍出版社，1996年版。
5. 羅貫中、張榮起整理，三遂平妖傳〔M〕，北京：北京大學出版社，1983年版。
6. 臧晉叔編，元曲選〔M〕，北京：中華書局，1958年版。
7. 洪邁，夷堅志〔M〕，北京：中華書局，1981年版。
8. 葉德輝，書林清話〔M〕，遼寧教育出版社，1998年版。

9. 阿英，阿英全集〔M〕，安徽教育出版社，2000 年版。

10. 李昉等編，太平廣記〔M〕，北京：中華書局，1961 年版。

11. 羅燁，醉翁談錄〔M〕，北京：古典文學出版社，1957 年版。

12. 四水潛夫輯，武林舊事〔M〕，杭州西湖書社，1981 年版。

13. 鍾嗣成、賈仲明撰，馬廉校注，錄鬼簿新校注〔M〕，北京：文學古籍刊行社，1957 年版。

14. 廉明公案〔M〕，古本小說集成影印本〔C〕，上海：上海古籍出版社，1993 年版。

15. 明鏡公案〔M〕，古本小說集成影印本〔C〕，上海：上海古籍出版社，1993 年版。

16. 劉世德等主編，古本小說叢刊〔M〕，北京：中華書局，1991 年版。

17. 錢南揚，宋元戲文輯佚〔M〕，上海：上海北京：古典文學出版社，1956 年版。

18. 丁傳靖，宋人軼事彙編〔M〕，北京：中華書局，1981 年版，

19. 王國維，宋元戲曲史〔M〕，華東師範大學出版社，1995 年版。

20. 王季思主編，全元戲曲〔M〕，北京：人民文學出版社，1999 年版。

21. 王利器，元明清三代禁燬小說戲曲史料〔M〕，上海：上海古籍出版社，1981 年版。

22. 元好問等，續夷堅志〔M〕，北京：中華書局，1986 年版。

23. 莊一拂，古典戲曲存目彙考〔M〕，上海：上海古籍出版社，1982 年版。

研究專著

1. 李福清、李平編，海外孤本晚明戲劇選集三種〔C〕，上海：上海古籍出版社，1993 年版。

2. 李福清，古典小說與傳說——李福清漢學論集〔M〕，北京：中華書局，2003 年版。

3. 華萊士·馬丁，當代敘事學〔M〕，北京：北京大學出版社，2005 年版。

4. 勒内·韋勒克，文學理論（修訂版）〔M〕，南京：江蘇教育出版社，2005 年版。

5. 馬幼垣，中國通俗文學中的包公傳統〔M〕，博士論文，1971 年版。

6. 田仲一成，明清的戲曲：江南宗族社會的表象〔M〕，北京：北京廣播學院出版社，2004 年版。

7. 田仲一成，中國的宗族與戲劇〔M〕，上海：上海古籍出版社，1992 年版。

8. 田仲一成，中國戲劇史〔M〕，北京：北京廣播學院出版社，2002 年版。

9. 伊思·P·瓦特，小說的興起〔M〕，北京：三聯書店，1992 年版。

10. E‧希爾斯，論傳統〔M〕，上海：上海人民出版社，1991 年版。

11. 曹之，中國古籍版本學〔M〕，武漢大學出版社，1992 年版。

12. 陳大康，明代小説史〔M〕，上海：上海文藝出版社，2000 年版。

13. 陳建憲，神祇與英雄——中國古代神化的母題〔M〕，北京：三聯書店，1994 年版。

14. 陳汝衡，説書史話〔M〕，北京：人民文學出版社，1981 年版。

15. 陳汝衡，宋代説書史〔M〕，上海：上海文藝出版社，1979 年版。

16. 陳寅恪，金明館叢稿初編〔M〕，北京：三聯書店，2001 年版。

17. 陳寅恪，金明館叢稿二編〔M〕，北京：三聯書店，2001 年版。

18. 程毅中，宋元小説家話本集〔M〕，齊魯書社，2002 年版。

19. 丁肇琴，俗文學中的包公〔M〕，臺北：文津出版社，2000 年版。

20. 馮俊傑，戲劇與考古〔M〕，文化藝術出版社，2002 年版。

21. 葛兆光，中國思想史第二卷〔M〕，上海：復旦大學出版社，2000 年版。

22. 何宗美，明末清初文人結社研究〔M〕，天津：南開大學出版社，2003 年版。

23. 胡士瑩，話本小説概論〔M〕，北京：中華書局，1980 年版。

24. 黃岩柏，中國公案小説史〔M〕，遼寧北京：人民出版社，1991 年版。

25. 蔣瑞藻，小説考證〔M〕，北京：商務印書館，1935 年版。

26. 蔣述卓，宗教藝術論〔M〕，暨南大學出版社，1998 年版。

27. 焦文彬，秦腔史稿〔M〕，陝西人民出版社，1987 年版。

28. 孔繁敏，包公研究〔M〕，北京：中國社會科學出版社，1998 年版。

29. 李劍國，宋代志怪傳奇敍錄〔M〕，天津：南開大學出版社，1997 年版。

30. 廖奔，宋元戲曲文物與民俗〔M〕，文化藝術出版社，1989 年版。

31. 廖奔，中國古代劇場史〔M〕，鄭州：中州古籍出版社，1997 年版。

32. 廖奔，中國戲曲史〔M〕，上海：上海人民出版社，2004 年版。

33. 劉崇德，元雜劇樂譜研究與輯譯〔M〕，石家莊：河北教育出版社，2003 年版。

34. 劉禎，中國民間目連文化〔M〕，巴書蜀社，1997 年版。

35. 柳存仁，倫敦所見中國小説書目提要〔M〕，書目文獻出版社，1982 年版。

36. 魯德才，古代白話小説形態發展史論〔M〕，天津：南開大學出版社，2002 年版。

37. 魯迅，中國小説史略〔M〕，上海：上海古籍出版社，1998 年版。

38. 馬書田，中國民間諸神研究〔M〕，團結出版社，1997 年版。

39. 孟犁野，中國公案小說藝術發展史〔M〕，警官教育出版社，1996 年版。

40. 歐陽哲生編，胡適文集〔C〕，北京：北京大學出版社，1998 年版。

41. 錢靜方，小說叢考〔M〕，北京：商務印書館，1924 年版。

42. 秦暉，傳統十論〔M〕，上海：復旦大學出版社，2003 年版。

43. 喬納森‧卡勒，文學理論〔M〕，遼寧教育出版社、牛津大學出版社，1998 年版。

44. 申丹，敘述學與小說文體學研究〔M〕，北京：北京大學出版社，2001 年版。

45. 石昌渝，中國小說源流論〔M〕，北京：三聯書店，1994 年版。

46. 宋莉華，明清時期小說的傳播〔M〕，中國社會科學出版社，2004 年版。

47. 孫昌武，遊學集錄──孫昌武自選集〔M〕，天津：南開大學出版社，2004 年版。

48. 孫昌武，佛教與中國文學〔M〕，上海：上海人民出版社，1988 年版。

49. 孫楷第，滄州後集〔M〕，北京：中華書局，1985 年版。

50. 孫楷第，滄州集〔M〕，北京：中華書局，1965 年版。

51. 孫楷第，也是園古今雜劇考〔M〕，上雜出版社（上海：上海），1953 年版。

52. 譚正璧、譚尋，古本稀見小說彙考〔M〕，浙江文藝出版社，1984 年版版

53. 譚正璧著、譚尋補正，話本與古劇〔M〕，上海：上海古籍出版社，1985 年版。

54. 唐文標，中國古代戲劇史〔M〕，中國戲劇出版社，1985 年版。

55. 王德威，被壓抑的現代性──晚清小說新論〔M〕，北京：北京大學出版社，2005 年版。

56. 王德威，想像中國的方法──歷史‧小說‧敘事〔M〕，北京：三聯書店，1998 年版。

57. 王日根，明清民間社會的秩序〔M〕，嶽麓書社，2003 年版。

58. 王一川，文學理論〔M〕，成都：四川人民出版社，2003 年版。

59. 王政堯，清代戲劇文化史論〔M〕，北京：北京大學出版社，2005 年版。

60. 韋旭升，中國文學在朝鮮〔M〕，花城出版社，1990 年版。

61. 吳晟，瓦舍文化與宋元戲劇〔M〕，中國社會科學出版社，2001 年版。

62. 徐忠明，包公故事：一個考察中國法律文化的視角〔M〕，中國政法大學出版社，2002 年版。

63. 楊緒容，百家公案研究〔M〕，上海：上海古籍出版社，2005 年版。

64. 楊義，中國古典小說史論（新版圖志本）〔M〕，北京：中國社會科學出版社，2004 年版。

65. 楊義，中國敘事學〔M〕，北京：人民出版社，1998 年版。

66. 葉長海，中國戲劇學史稿〔M〕，上海文藝出版社 1986 年版。

67. 余英時，士與中國文化〔M〕，上海：上海人民出版社，1987 年版。

68. 趙景深，中國小說叢考〔M〕，齊魯書社，1983 年版。

69. 趙景深主編，邵曾祺編著，元明北雜劇總目考略〔M〕，鄭州：中州古籍出版社，1985 年版。

70. 趙前，明本〔A〕，任繼愈主編，中國版本文化叢書〔C〕，南京：江蘇古籍出版社，2003 年版。

71. 鄭振鐸，中國古代版畫史略〔M〕，鄭振鐸藝術考古文集〔M〕，文物出版社，1988 年版。

72. 鄭振鐸，中國俗文學史〔M〕，北京：商務印書館，1998 影印版

73. 中國地方志民俗資料彙編〔M〕，北京圖書館出版社，1997 年版。

74. 周華斌，中國戲劇史新論〔M〕，北京：北京廣播學院出版社，2003 年版。

75. 朱萬曙，包公故事源流考述〔M〕，合肥：安徽文藝出版社，1995 年版。

民俗學

1. 艾伯華，中國民間故事類型〔M〕，王燕生、周祖生譯，北京：商務印書館，1999 年版。

2. 阿蘭・鄧迪斯，民俗解析〔M〕，桂林：廣西師範大學出版社，2005 年版。

3. 約翰・邁爾斯・弗里，口頭詩學：帕里—洛德理論〔M〕，社會科學文獻出版社，2000 年版。

4. 弗雷澤，金枝〔M〕，北京：民間文藝出版社，1987 年版。

5. 柳田國男，連湘譯，傳說論〔M〕，中國民間文藝出版社，1985 年版。

6. 詹・喬・弗雷澤，金枝〔M〕，徐育新等譯，北京：中國民間文藝出版社，1987 年版。

7. 周星，民俗學的歷史、理論與方法〔M〕，商務印書館，2001 年版。

8. 陳泳超，中國民間文學研究的現代軌轍〔M〕，北京：北京大學出版社，2005 年版。

9. 段寶林，中國民間文學概要〔M〕，北京：北京大學出版社，1998 年版。

10. 劉守華，中國民間故事類型研究〔M〕，武漢：華中師範大學出版社，2002 年版。

11. 彭兆榮，文學與儀式：文學人類學的一個文化視野〔M〕，北京：北京大學出版社，2004 年版。

12. 陶立璠，民俗學〔M〕，北京：學苑出版社，2003 年版。

13. 夏之乾，神判〔M〕，上海：三聯書店，1990 年版。

14. 費孝通，鄉土中國〔M〕，北京：三聯書店，1985 年版。

15. 葉舒憲，文學與治療〔M〕，北京：社會科學文獻出版社，1999 年版。

16. 葉舒憲，中國神話哲學〔M〕，北京：中國社會科學出版社，1997 年版。

17. 鍾敬文，民俗學概論〔M〕，上海：上海文藝出版社，1998 年版。

18. 趙世瑜，狂歡與日常：明清以來的廟會與民間社會〔M〕，北京：三聯書店，2002 年版。

新聞傳播學等

1. 安東尼·吉登斯，社會學〔M〕，北京：北京大學出版社，2003 年版。

2. 柯武則、史漫飛，制度經濟學——社會秩序與公共政策〔M〕，北京：商務印書館，2000 年版。

3. 馬克斯·韋伯，學術與政治〔M〕，北京：三聯書店，2000 年版。

4. 卡普費雷，謠言〔M〕，鄭若麟、邊芹譯，上海：上海人民出版社，1991 年版。

5. 勒莫，黑寡婦〔M〕，北京：商務印書館，1999 年版。

6. 麥克盧漢，理解媒介〔M〕，北京：商務印書館，2000 年版。

7. 伊尼斯，帝國與傳播〔M〕，北京：中國人民大學出版社，2003 年版。

8. E·希爾斯，論傳統〔M〕，上海：上海人民出版社，1991 年版。

9. 道格拉斯·C·諾思，經濟史上的結構和變革〔M〕，北京：商務印書館，1992 年版。

10. 孔飛力，叫魂——1768 年中國妖術大恐慌〔M〕，上海：上海三聯出版社，1999 年版。

11. 孔飛力，中華帝國晚期的叛亂及其敵人〔M〕，謝亮生譯，中國社會科學出版社，2002 年版。

12. 卡爾·J·弗里德里希，超驗正義——憲政的宗教之維〔M〕，北京：三聯書店，1997 年版。

13. 克特·W·巴克主編，社會心理學〔M〕，天津：南開大學出版社，1986 年版。

14. 羅傑斯，傳播學史〔M〕，上海：上海譯文出版社，2001 年版。

15. 洛厄里、德弗勒，大眾傳播效果研究的里程碑〔M〕，北京：中國人民大學出版社，2004 年版。

16. 梅爾文·L·德弗勒，顏建軍等譯，大眾傳播通論〔M〕，華夏出版社，1989 年版。

17. 斯蒂芬‧李特約翰、史安斌譯，人類傳播理論〔M〕，清華大學出版社，2004 年版。

18. 威爾伯‧施拉姆、威廉‧波特，傳播學概論〔M〕，新華出版社，1984 年版。

19. 沃納‧塞弗林、詹姆斯‧坦卡德，郭鎮之等譯，傳播理論〔M〕，華夏出版社，2000 年版。

20. 約翰‧費斯克，關鍵概念：傳播與文化研究辭典〔M〕，北京：新華出版社，2003 年版。

21. 竹內郁郎，張國良譯，大眾傳播社會學〔M〕，上海：復旦大學出版社，1989 年版。

22. 奧利弗‧博伊德‧巴雷特、紐博爾德，媒介研究的進路〔M〕，新華出版社，2004 年版。

23. 戴維‧巴勒特，趙伯英等譯，媒介社會學〔M〕，北京：社會科學文獻出版社，1989 年版。

24. 丹尼斯‧麥奎爾，大眾傳播模式論〔M〕，上海：上海譯文出版社，1997 年版。

25. 弗雷德里克‧C 巴特萊特，記憶：一個實驗的與社會的心理學研究〔M〕，黎煒譯，浙江教育出版社，1998 年版。

26. 史蒂文森，認識媒介文化〔M〕，北京：商務印書館，2001 年版。

27. 陳衛星，傳播的觀念〔M〕，北京：人民出版社，2004 年版。

28. 戴元光、金冠軍，傳播學通論〔M〕，上海：上海交通大學出版社，2000 年版。

29. 方漢奇，中國新聞事業通史〔M〕，北京：中國人民大學出版社，1992 年版。

30. 郭慶光，傳播學教程〔M〕，北京：中國人民大學出版社，1999 年版。

31. 瞿同祖，中國法律與中國社會〔M〕，北京：中華書局，2003 年版。

32. 李彬，傳播學引論〔M〕，新華出版社 1993 年版。

33. 劉子鍵，中國轉向內在：兩宋之際的文化內向〔M〕，南京：江蘇人民出版社，2002 年版。

34. 莫里斯‧弗里德曼，中國東南的宗族組織〔M〕，上海：上海人民出版社，2000 年版。

35. 沙蓮香，傳播學——以人為主體的圖像世界之謎〔M〕，北京：中國人民大學出版社，1990 年版。

36. 邵培仁，傳播學〔M〕，高等教育出版社，2000 年版。

37. 斯坦利·巴蘭、丹尼斯·戴維斯，大眾傳播理論〔M〕，清華大學出版社，2004 年版。

38. 宋林飛，社會傳播學〔M〕，上海：上海人民出版社，1994 年版。

39. 王子今，權力的黑光──中國封建政治迷信批判〔M〕，北京：中共中央黨校出版社，1994 年版。

40. 尹韻公，明代新聞傳播史〔M〕，重慶出版社，1997 年版。

41. 張國良，20 世紀傳播學經典文本〔M〕，上海：復旦大學出版社，2003 年版。

42. 張隆棟，大眾傳播學總論〔M〕，北京：中國人民大學出版社，1993 年版。

43. 張詠華，大眾傳播社會學〔M〕，上海：上海外語出版社，1998 年版。

44. 周慶山，傳播學概論〔M〕，北京：北京大學出版社，2004 年版。

45. 周慶山，文獻傳播學〔M〕，書目文獻出版社，1997 年版。

46. 莊曉東，文化傳播：歷史理論與現實〔M〕，北京：人民出版社，2003 年版。

後 記

　　本書是在我的博士論文基礎上增訂而成。

　　光陰飛逝，世事滄桑，博士畢業已經十年。十年間幾經輾轉，專業調整，使我目不暇接，身心俱疲。回想十餘年的荏苒光陰，不禁思緒繚繞，感慨唏噓。

　　我曾在經濟管理系任教，耳濡目染，服膺於制度文明的重要。後來，懷著少年時代「銳意窮搜，勁鳴逐群」的英雄情懷，在師資緊缺時大膽承擔《傳播學概論》的教學，在教學相長中，深感文學傳播大有作爲。這兩次經歷影響到我的知識結構，使我把包公這樣一個「精神信仰」的文學傳播定爲選題。

　　博士入學不久，我就向導師彙報了自己的想法，導師肯定了我選題的意義，並就該選題目前的研究情況給予分析，還把自己搜集的有關資料給我，使我深受鼓舞。在論文寫作過程中，從材料的取捨、觀點的論證、字句的推敲，直到最後完稿，導師都悉心指教，並時常鼓勵鞭策我。

　　論文完成後，由趙逵夫教授任主席，霍松林、李浩、張新科、吳言生、傅紹良、劉鋒燾等教授所組成的答辯委員會對論文匡正極多。論文通訊評議專家武漢大學王兆鵬、山東師範大學王恒展、西北師範大學李占鵬、四川大學羅國威、華中師範大學戴建業等教授也提出了中肯的修改意見。

　　在論文寫作過程中，北京聯合大學應用文理學院院長孔繁敏教授、中國人民大學朱萬曙教授知道我的選題後，惠贈大作予以鼓勵。田榮軍博士將近年來自己田野調查獲得的寶貴資料無私地給我，使論文增色不少。

　　應當感謝的還有一起度過三年歲月的博士同窗，和他們交往的精神愉悅，使我暫時忘記了學業的繁重和生活的重壓。

彷彿刹那間，孩子冠祺已 12 歲。艱苦覓學期間，為使我後顧無憂，岳父母、父母、妻子魏月愛默默地操持家務，撫養冠祺，付出了很多艱辛，這讓我感懷終生……

李永平
2015 年夏於大唐古都啟夏門